昆德拉小说中的
"身份"问题研究

周 莹 著

吉林文史出版社

图书在版编目（CIP）数据

昆德拉小说中的"身份"问题研究 / 周莹著 . — 长春：吉林文史出版社，2019.8

ISBN 978-7-5472-6424-9

Ⅰ.①昆… Ⅱ.①周… Ⅲ.①昆德拉（Kundera, Milan 1929–）- 小说 - 文学研究 Ⅳ.① I524.074

中国版本图书馆 CIP 数据核字（2019）第 143704 号

昆德拉小说中的"身份"问题研究
KUNDELA XIAOSHUO ZHONG DE SHENFEN WENTI YANJIU

著　　者 / 周　莹

策划编辑 / 刘亚玲

责任编辑 / 王明智

封面设计 / 人文在线

出版发行 / 吉林文史出版社

地　　址 / 长春市福祉大路出版集团 A 座　　　　邮　　编 /130118

网　　址 / www.jlws.com.cn

电　　话 / 0431-81629375

印　　刷 / 天津雅泽印刷有限公司

开　　本 / 710mm×1000mm　　　　16 开

字　　数 / 221 千

印　　张 / 17.75

版　　次 / 2019 年 8 月第 1 版　　　　2019 年 8 月第 1 次印刷

书　　号 / ISBN 978-7-5472-6424-9

定　　价 / 66.00 元

目　录

1

3

绪　论

0.1　昆德拉其人其作

1929 年 4 月 1 日，米兰·昆德拉（Milan Kundera 1929—　）出生于捷克第二大城市布尔诺。4 月 1 日是愚人节，对此昆德拉曾经打趣地说："我出生于 4 月 1 日，这是有着形而上意义的。"[①]昆德拉既复杂又漫长的一生确实仿佛是受到了命运的捉弄。昆德拉为人低调，从不愿在公众面前透漏自己的个人信息，因此在世界范围内至今都没有一本真正意义上的昆德拉传记出版。在中国，由高兴编撰的《昆德拉传》只是对昆德拉生平与创作进行了简略介绍，我们认为其并不能算是一本真正意义上的传记。对于自己的身份，昆德拉只会在公开出版的法文版著作中写道："米兰·昆德拉，生于捷克斯洛伐克，1975 年移居法国。"[②]

[①] 高兴. 米兰·昆德拉传［M］. 北京：新世界出版社，2005.15.

[②] 原文为 Milan Kundera, né en Tchecoslovqauie, est installé en France en 1975. 译自 KUNDERA Milan, *L'identité*［M］. Paris：Editions Gallimard，1997.

地处欧洲中部的捷克是一个小国，几百年来捷克屡遭外族入侵。如：1471—1526年，捷克由波兰统治；1526—1918年，由奥地利统治达4个世纪；1938年，被德国占领大部分国土；1968年，苏联出兵占领了捷克直至1989年。昆德拉就是从这样一个饱经磨难的小国走出来的，他似乎对小国这一概念特别敏感，同时又觉得是一种优势，他曾说："身处小国，你要么做一个可怜的，眼光狭窄的人，要么成为一个广闻博识的'世界性的人'。"① 已经在全世界范围内获得广泛声誉的昆德拉当然有幸成了后者。

昆德拉出生于一个艺术世家。他的父亲是位著名的钢琴家，曾任布尔诺音乐学院院长，昆德拉自小就在父亲指导下研习音乐。"第二次世界大战"期间，为了表示对一位犹太作曲家朋友的支持，昆德拉的父亲把他送到了一位犹太作曲家那儿去学习作曲，这位犹太作曲家的音乐思想以及人格力量对昆德拉的文学创作产生了深远影响。昆德拉50年后在《被背叛的遗嘱》中总结自己的小说创作理念时还明确宣称少年时代的音乐学习经历是他小说创作的艺术动机和创作源泉。昆德拉作品中确实有受音乐影响的痕迹，譬如其小说中典型的"复调"创作手法便和音乐上的"复调"有着异曲同工之妙。

青年时代的昆德拉在艺术领域进行过多方面的尝试。他曾创作诗歌，编写剧本，发表小说评论，还从事过绘画，尝试过作曲，又曾在布拉格高级电影艺术学院担任教职，讲授文学和电影编剧理论，此外在捷克新潮电影的积极探索中昆德拉也曾发挥了重要作用。总之，正像昆德拉本人所讲的："我在许多不同的方面发展着自己——寻找我自

---

① 高兴.米兰·昆德拉传［M］.北京：新世界出版社，2005.15.

己的声音，我自己的风格和我自己。"①直到他三十岁左右发表第一本短篇小说《可笑的爱》时，昆德拉才确信找到了自己的方向。从那以后，小说便成为昆德拉文学创作的主要体裁，从此他一直坚持撰写小说。小说既使昆德拉的声誉鹊起，也让他尝尽了人生艰辛。

1967年是昆德拉一生中富有转折意义的年份。就在这一年夏天召开的捷克斯洛伐克第四次作家代表大会上，身为主席团成员的昆德拉率先发表了一通言辞激烈的演讲。演讲的主题是呼吁捷克政府放松对文化领域的控制，给予艺术家们更大的创作自由。很明显这样的发言在影射政府的高压统治，文化领域只是社会生活的一方面，昆德拉等先锋派艺术家试图以文化领域的自由为契机让政府放开对各个领域的高压控制。这一演讲因此也成为1968年"布拉格之春"的先声，随后昆德拉亲身经历了这场争取民主和自由的改革运动。这场试图摆脱控制、争取自由的运动威胁到了幕后统治者苏联的利益，因此好景不长，苏联很快出兵占领了捷克，"布拉格之春"就这样犹如昙花一现，宣告失败。作为改革的急先锋，昆德拉受到了严厉惩罚。他被开除捷共党籍，所有著作被从公共图书馆清除出去，在布拉格高级电影艺术学院的教职也被剥夺，此外当局还禁止他再发表任何文章。昆德拉的命运由此被改变。

"身份"是昆德拉人生中一个不可回避并且贯穿始终的主题。从外省到首都，从捷克到法国，从对捷克共产党的盲目崇拜到对捷共有了理性认识乃至批判，从对苏联的感恩和讴歌到对苏联强权政治本质的揭露和痛恨，从音乐、电影、雕塑到诗歌、戏剧，最后终于找到自己人生的定位——小说，昆德拉一直在不断探索，不断调整和超越自我。

---

① 露易丝·奥本赫姆.米兰·昆德拉访问录［J］.段怀清译.当代外国文学，1991，（1）.

可以说，坎坷的人生经历给昆德拉的文学创作提供了丰富的灵感和取之不尽的素材。

昆德拉迄今已创作 12 部小说，3 部文学评论集，1 部戏剧。在此我们把昆德拉小说创作分为三个阶段：1. 捷克时期。2. 在法国的捷克语创作时期。3. 法语创作时期。捷克时期创作的小说有：《玩笑》，1965年在捷克首版，1967 年在法国出版；《生活在别处》，1970 年在捷克首版，1973 年在法国出版；《告别圆舞曲》，1972 年在捷克首版，1976 年在法国出版。昆德拉小说在法国面世很早，自《玩笑》开始几乎他的每一部小说都会在法国出版。在法国的捷克语创作时期的作品有：《笑忘录》，1979 年在法国首版；《不能承受的生命之轻》，1984 年在法国首版；《不朽》，1990 年在法国首版。这些都是昆德拉流亡法国初期发表的作品，可以看出昆德拉到法国之后所创作的小说都首先在法国出版，并且没有再在捷克出版，也就是说他的作品已经逐渐脱离了捷克读者。昆德拉法语创作时期的小说有：《慢》，1995 年在法国首版；《身份》，1997 年在法国首版；《无知》，2000 年在西班牙首版，2003 年在法国出版；《庆祝无意义》，2014 年在法国出版。可以看出，昆德拉"法语周期"作品基本都在法国首版，只有《无知》例外。因为自《慢》开始，昆德拉用法语创作的小说并不受法国读者认可，法国人对其法语小说诸多挑剔，这让昆德拉愤而转向西班牙出版了《无知》，该小说3 年后才跟法国读者见面。昆德拉除了创作小说以外还创立了自己的小说理论，早在 1962 年他就发表了论述捷克作家弗·万楚拉的专著《小说的艺术》，虽然尚不成熟但却显示出了昆德拉的美学抱负。1986 年昆德拉又以《小说的艺术》为名发表了一部小说评论集，接着在 1992 年发表了《被背叛的遗嘱》，2005 年发表了《帷幕》。昆德拉在这些小说评论集中阐述了自己的小说创作理念，它们是理解昆德拉作品的有力参照。此外，昆德拉还创作了 1 部戏剧《雅克和他的主人》，这部剧改编自法国启蒙思想家狄德罗的小说《宿命论者雅克和他的主人》。

　　昆德拉在国际文坛享有盛名，曾多次获得国际文学奖：如 1976 年因小说《生活在别处》首次荣获一项重要的外国文学奖——法国梅迪西斯奖，1985 年因小说《不能承受的生命之轻》荣获"耶路撒冷文学奖"，1987 年荣获"奥地利国家欧洲文学奖"。昆德拉从 1985 年开始多次被提名为诺贝尔文学奖的候选人。2011 年，82 岁的昆德拉入选法国伽里玛出版社的"七星文库"，成为"七星文库"唯一在世的作家。

0.2　国内外研究现状

　　鉴于本书聚焦的是昆德拉的身份问题，那么我们有必要梳理一下国内外对昆德拉作品的研究现状，因为我们是从这些研究中得到启迪，开辟了自己的研究方向。

0.2.1　国外研究现状

　　昆德拉刚到法国时受到了各种报纸和杂志的关注，成为"新闻人物"。例如《世界报》(*Le monde*) 上面刊登了关于其作品的访谈以及关于其对祖国捷克命运的思考。从 1980 年开始昆德拉把注意力转向《争鸣》(*Le débat*)，这本新的由伽里玛出版社发行的政治历史杂志汇集了当时法国知识界最杰出的作品和最有吸引力的声音，主题涉及历史和大众传媒时代，昆德拉正是在《争鸣》上阐述了他的"中欧"观。《不能承受的生命之轻》出版之后，昆德拉更是专门地表达了自己关于文学作品的观点，他花了大量笔墨来重申他的小说家信念以及阐明自己作品的主题或关键词。同时,《新观察者》(*Le Nouvel Observateur*)也发表了他关于欧洲小说和中欧小说历史的文章,后来这些作品经过修改部分收录到《小说的艺术》中。1990 年代初期,在菲利普·索莱(Philippe Sollers)的《无限》(*L'infini*)上,昆德拉更是全心地致力于美学问题的探讨,带着批判的眼光去接受各种误解。昆德拉的早期文章明显体现出他作为流亡作家的身份,后来他逐渐开始转向美学观点,1993 年为他量身定做的杂志《小说工厂》(*L'Atelier du roman*)更明显地反映了其独特的美学观。

其实在昆德拉流亡法国之前,法国人对他已并不感到陌生。早在 1964 年,萨特在《现代》(*Le Temps Moderne*)里刊登了昆德拉的短篇小说《没有人会笑》。同时路易·阿拉贡在《法国文学》(*Les Lettres Françaises*)中也发表了昆德拉的小说《永恒欲望的金苹果》。1968 年,小说《玩笑》面世更是让昆德拉在法国声名鹊起,作品吸引了不少评论。总的来说"书评当然是赞扬的,但都是涉及昆德拉持不同政见者的身份"。[①] 唯一的例外,克洛德·鲁瓦(Claude Roy)于 1970 年 12 月 25 日在《书的世界》(*Le mondes des livres*)中发表了一篇关于《好笑的爱》的文章,文章评论昆德拉作品涉及"存在"主题,他谈到情节喜剧是昆氏作品的第一个特点:"喜剧情节,几乎是滑稽剧或轻喜剧,但是昆德拉人物可笑的行为让人们思考生活的真实和谎言。"[②]《书的世界》作者不否认自己在 1968 年对捷克文学感兴趣,并于 1973 年 11 月 15 日发表了关于"捷克文学的领军人物"的文章,该文仅有两页,其中有皮埃尔·戴克斯(Pierre Daix)写的一篇关于昆德拉的文章,该文

---

① RIZEK Martin. *Comment devient-on Kundera ? . Image de l'écrivain, écrivain de l'image* [M]. Paris: L'Harmattan, 2001. 34.

② RIZEK Martin. *Comment devient-on Kundera ? . Image de l'écrivain, écrivain de l'image* [M]. Paris: L'Harmattan, 2001. 160.

章的题目是"昆德拉，流亡者"，阐述了这位"持不同政见作家"开始用法语撰写自己的作品并对其作品进行了点评，其对昆德拉的赞誉之情溢于言表。昆德拉的忠实朋友克洛德·鲁瓦为了改变其"持不同政见作家"形象，把作家的作品置于欧洲背景甚至是法国背景进行解读。当昆德拉的《生活在别处》于 1973 年大获成功之后，克洛德·鲁瓦所做的努力有了显著成效，同年，该书获得了法国梅迪西斯奖。随着《不能承受的生命之轻》的问世和推广，昆德拉及其作品终于得到法国人的认可。之后，克洛德·鲁瓦在《新观察者》上发表了一篇题为《昆德拉：作家的加冕礼》的文章，该文章结合了作家传统形象的方方面面，如作家被定义为"沉思的卡萨诺瓦"和"一个光明世纪的悲哀的讽刺的孩子"的形象，把昆德拉的写作风格与穆齐尔、福楼拜的写作风格进行对比，对昆氏的小说创作做了充分肯定，给予了高度评价。《笑忘录》英文版出版的同时，《纽约时报书籍回顾》发表了约翰·阿戴克（John Updike）的一篇充满赞誉的书评，约翰·阿戴克在书评中着重书写了作家动荡的生活经历，描写作家不断被当局驱逐的一生。他描述昆德拉"从田园牧歌般的圈子，从文化生活、从祖国、从民族中驱逐出去。如此深刻而参差不齐的跌倒让大部分美国作家的生活故事像番茄的成长一样默默无闻，昆德拉能够把个人和政治的意义和加缪的轻松结合起来是一个小小的奇迹"。[①]

当昆德拉的早期作品通过译介进入西方世界时，虽然已有学者欣赏其作品的艺术价值，但大部分西方读者还是带着强烈的意识形态眼光阅读，文学研究领域被浓厚的政治色彩笼罩着。随着"东欧剧变"、苏联解体和国际形势缓和，意识形态色彩逐渐减弱，西方人开始关注

---

① RIZEK Martin. *Comment devient-on Kundera ? . Image de l'écrivain, écrivain de l'image* ［M］. Paris：L'Harmattan，2001. 78.

昆德拉作品彰显的文学价值。

1993 年，玛利亚·内克娃·班纳吉（Maria Nemcova Benerjee）发表了第一篇关于昆德拉的专著《终极悖论：米兰·昆德拉的小说（*Paradoxes terminaux：Les romans de Milan Kundera*）》。玛利亚·内克娃·班纳吉的童年时期在故乡波西米亚度过，然后在法国和加拿大度过了青年时代，从 19 岁开始定居美国，后来在美国多所大学任教，担任斯拉夫比较文学的教授。她撰写的《终极悖论》这本书不仅立足对昆德拉的研究，也是一次从塞万提斯到乔伊斯之间文学范围内的远足。她在该书指出："对昆德拉来说，欧洲小说的最后一个伟大时代是终极悖论时代，欧洲小说起源可以追溯到给世界带来灾难的第一次世界大战，欧洲小说是中欧小说占据舞台的反映，它完成了历史的去神秘化过程，是 19 世纪遗留给我们最强大的幻想。哈谢克用讥笑的方式抨击了历史，创造了欧洲的最后一部伟大小说。"[①] 该书作者接着论述了昆德拉归纳的四个终极悖论："前两个悖论包含了由笛卡尔建立位置完全失败的教训，作为大自然主人和拥有者的人类最后被一个由超越他的技术力量所控制的简单事物而结束消亡。人类有消灭大自然的危险，和理性的矛盾混杂在一起。其他两个悖论显示了人在欧洲历史进程中的崩溃，就像我们的时代所经历的那样。人类统一的梦想、和平舒适的生活，都在由欧洲发起的两次残酷世界大战中坍塌了。这个大灾难所引起的悖论后果是一个越来越单一世界的形成，这是标准化的模式，不给个人一点空间。在终极悖论影响下，所有存在的种类都遭遇一种欺骗性的改变，把价值变成他们自己的漫画。在这个过程中，悖论自身的本

---

① MARIA Nemcova Banerjée. *Paradoxes terminaux，Les romans de Milan Kundera*［M］. Paris：Editions Gallimard，1993.230.

质也遭受了相似的毁坏。"①

进入 21 世纪以后，研究昆德拉的专著数量显著增加。新世纪的第一篇专著是马丁·里泽克（Martin Rizek）所写，题为《如何成为昆德拉？作家的形象，形象的作家》（*Comment devient-on Kundera ? Images de l'écrivain, écrivain de l'image*）。马丁·里泽克出生在捷克斯洛伐克，1988 年定居瑞士。该书是第一本从整体考虑昆德拉人生轨迹的著作，非常详细地介绍了昆德拉的人生经历、创作背景、作品遭遇的境况等等，论述了昆德拉从用捷克语创作诗歌到用法语写作小说的过程。该书指出了昆德拉完成的文化迁移事实上包括了好几个维度，这几个维度至今很少被官方评论所提及，可以说这是对昆德拉早期作品的遗忘。昆德拉为了改变对他早期作品纯政治因素接受的状况做出了一番努力，并且竭力缩短原著和译著之间的差距。同年，加拿大人弗朗索瓦·里卡尔（François Ricard）发表了题为《阿涅斯的最后一个下午：米兰·昆德拉小说随笔》的文章（*Le Dernier Après-midi d'Agnès : Essai sur l'œuvre de Milan Kundera*）。弗朗索瓦·里卡尔是研究昆德拉的重要人物，他对昆德拉的每部作品都写了评论，这些评论后来被用作昆德拉作品的后记。夏娃·乐高（Eva le Grand）对这种加拿大式解读昆德拉作品的方法做了补充，她于 2005 年发表了专著，题为《昆德拉或欲望的记忆》（*Kundera ou la mémoire du désir*）。此外，斯乐维亚·卡蒂友（Silvia Kadiu）于 2007 年发表了题为《乔治·奥威尔 – 米兰·昆德拉：个人、文学与革命》（*George Orwell-Milan Kundera : Individu, Litterature et Revolution*）的专著；马丁·伯耶·文曼（Martine Boyer-Weinmann）于 2009 年发表了《读

---

① MARIA Nemcova Banerjée. *Paradoxes terminaux, Les romans de Milan Kundera*［M］. Paris：Editions Gallimard，1993. 122.

米兰·昆德拉》(Lire Milan Kundera),她还和玛丽·奥蒂乐·蒂胡安(Marie-Odile Thirouin)合作发表了《完美分歧:米兰·昆德拉作品的悖论接受》(*Désaccord parfaits: La réception paradoxale de l'œuvre de Milan Kunder*)。马丁·伯耶·文曼是里昂二大教授,她是现今法国国内研究昆德拉的重要人物,不仅自己一直坚持研究,还指导了几篇关于昆德拉的博士论文,如哈斯尼亚·查丹(Hasnia Zaddam)的博士论文《毁灭与创作之间的神话:加缪哲学影响下的昆德拉的小说世界》(*Le mythe entre dévastation et création : le monde romanesque de Milan Kundera face à la philosophie camusienne*)等。

最近一篇有关昆德拉的专著是维尼卡·伊娃诺娃(Velichka Ivanova)于2010年发表的《小说,乌托邦,历史:关于菲利普·罗斯与米兰·昆德拉的随笔》(*Fiction, utopie, histoire : Essai sur Philip Roth et Milan Kundera*)。该书对菲利普·罗斯和米兰·昆德拉进行了对比研究,分别比较了四部作品,即菲利普·罗斯的美国四部曲《美国牧歌》《我嫁给了一个共产党人》《污点》《反美阴谋》和昆德拉的《玩笑》《生活在别处》《笑忘录》《不能承受的生命之轻》。作者通过比较研究以便于读者更好地理解人与历史的关系。作者研究了这两位小说家利用历史史料写作小说的方式,描述了他们各自的美学方式。这两位作家的文学创作共同点是思考都受到中欧哲学和文学的启发,卡夫卡是他们的主要参照作家。但因为两位作家生活环境不同,主题选择以及视角也就不同,菲利普·罗斯是犹太后裔,他的作品几乎都采用美国犹太人的视角,讨论他们的同化、异化、身份冲突问题,而昆德拉无疑受到他在前社会主义捷克斯洛伐克生活经历的影响,其作品或多或少都带有那段坎坷经历的烙印。

我们发现除了专著以外,还有越来越多研究昆德拉的博士论文。较早的一篇是安娜丽斯·索兰·里克瓦特(Anneliese Saulin-

Ryckewaert）撰写的博士论文：《米兰·昆德拉作品中的欧洲小说理论与实践》（*Théorie et pratique du roman européen dans l'oeuvre de Milan Kundera*），该论文把昆德拉的小说构思分为四个维度：思想，历史，游戏与梦想。安娜丽斯·索兰·里克瓦特指出："欧洲小说是 20 世纪一种新的小说类型，它采取各种方式来揭示与照亮人的存在。昆德拉把欧洲小说的源头追溯到了拉伯雷的小说时代，然后是穆齐尔、卡夫卡、贡布罗维奇的小说年代，这些小说家用或严肃、或幽默的方式探讨了人在历史中的地位与处境，昆德拉也在作品中分析人的可能性。"[①]其他的博士论文有苏可·达娜卡（Shuko Tanaka）的《米兰·昆德拉小说中的笑与忧郁》（*Le rire et la mélancolie dans les romans de Milan Kundera*），克里斯图·葛斯达尼（Christos Grosdanis）的《勒内·吉拉尔和米兰·昆德拉：小说的知识》（*René Girard et Milan Kundera : connaissance du roman*），维尼卡·伊娃诺娃的《菲利普·罗斯与米兰·昆德拉，小说中的历史》（*Philip Roth et Milan Kundera, ou le roman aux prises avec L'histoire*）以及纳蒂亚·伯果（Nadia Bongo）的《阿哥达·克里斯托弗和米兰·昆德拉作品中的他性》（*L'altérité : dans les oeuvres d'Agota Kristof et de Milan Kundera*），等等，其中有一篇论述昆德拉"身份"的博士论文即罗达娜·苏迪图（Loredana Suditu）所撰写的《米兰·昆德拉：流亡考验下的身份，内在流亡与外在流亡》（*Milan Kundera : l'identité à l'épreuve de l'exil : des frontières intérieures et extérieures*）[②]

　　综上所述，我们可以看出国外对昆德拉的研究主要集中在以下几个方面：

---

　　① SAULIN-RYCKEWAERT Anneliese. *Théorie et pratique du roman européen dans l'oeuvre de Milan Kundera*［M］. Paris：ANRT Diffusion，2003. 67.

　　② 参考 www.thèse.fr 上的博士论文. 查询时间：2017.3.20.

1. 在宏观上对昆德拉小说进行主题研究，如玛利亚·内克娃·班纳吉的《终结悖论——米兰·昆德拉的小说》，以及苏可·达娜卡的《米兰·昆德拉小说中的笑与忧郁》等，这些著作通过对昆氏小说做文本分析，在分析的基础上进行提炼与升华，从而阐释他小说中一种共同的思想或理念。

2. 随笔与评论，在这方面加拿大文学批评家弗朗索瓦·里卡尔是其中的资深学者之一。弗朗索瓦·里卡尔对昆德拉小说进行了一种诗性的解读，如他所写的《阿涅斯的最后一个下午》是以《不朽》主人公阿涅斯的处境为切入口，以小说的"对位叙述"的方式探讨了昆德拉的作品，开辟了昆德拉研究的一个全新的视角，并且他还分别对昆德拉的小说一一进行了解读与评论。

3. 昆德拉的小说理论和实践研究，如安娜丽斯·索兰·里克瓦特的博士论文《米兰·昆德拉作品中的欧洲小说理论与实践》，它详细论述了昆德拉的欧洲小说观以及中欧小说对欧洲小说的继承、发展与贡献，把昆德拉的小说创作置于整个欧洲小说创作的大背景中去考察，强调了一些欧洲小说家对其小说创作理念的影响，从而可以让我们更好更全面地理解昆德拉的小说创作意图。

4. 对比研究，即把昆德拉与另一位学者或另一些作家进行对比研究，如斯乐维亚·卡蒂友的《乔治·奥威尔—米兰·昆德拉，个人、文学和革命》和维尼卡·伊娃诺娃的《小说、乌托邦、历史，论菲利普·罗斯和米兰·昆德拉》，通过横向对比对昆德拉及其小说进行更深刻的理解。

5. 人物研究，这类研究着眼于昆德拉本人的人生经历，如马丁·里泽克的《如何成为昆德拉？作家的形象，形象的作家》是其主要代表，他详细描绘了昆德拉的人生轨迹，介绍了其辗转东西欧的主要经历及其对身份的抗争。

0.2.2　国内研究现状

昆德拉的作品经译介进入中国始于 20 世纪 80 年代中后期，最先向中国读书界介绍其作品的是美籍华裔学者李欧梵。1985 年，李欧梵在《世界文学的两个见证——南美和东欧文学对中国现代文学的启发》一文中这样说道："我一向主张世界文学，而世界文学并不全是西方或英美。事实上我早在五六年前就呼吁中国作家和读者注意南美、东欧和非洲的文学，向世界各地区的文学求取借鉴，而不必唯英美文学马首是瞻。"[①] 在此文中他以小说《不能承受的生命之轻》的开头引入下面一段话："永远轮回是一个神秘意念，尼采的这个观点曾使不少哲学家陷入困境：想想吧，有朝一日，一切都将以我们经历过的方式再现，而且这种反复还将无限重复下去！"通过研究和分析昆氏小说中的主题"轻与重""永恒轮回"等概念，李欧梵介绍了昆氏的写作特点，评价其作品"哲理性很重，但笔触却很轻"。他写道："昆德拉的《笑忘录》和《不能承受的生命之轻》虽属小说，事实上都是短篇散文组合而成，所以不必受写实小说传统对时空次序的限制，这种结构方式被称为'共时'，即把时间的顺序用一种'空间'的方式处理。"[②] 另外他还着重分析了昆氏作品彰显的音乐性。事实证明李欧梵总结的三要素"哲理性""共时性""音乐性"也成为后来学者对昆德拉作品进行研究的主要切入点和主题。

在世界性"昆德拉热"的裹挟下，一场翻译、阅读昆德拉的热潮很快在中国掀起，昆氏作品在 20 世纪 80 年代末到 90 年代初被快速

---

① 李凤亮，李艳 . 对话的灵光：米兰·昆德拉研究资料辑要（1986—1996）［M］. 北京：中国友谊出版公司，1999.89.

② 李凤亮，李艳 . 对话的灵光：米兰·昆德拉研究资料辑要（1986—1996）［M］. 北京：中国友谊出版公司，1999.78.

地译介到中国文学界。韩少功、韩刚率先合译出版了昆德拉的代表作《不能承受的生命之轻》。不久，景凯旋、徐乃建又合译出版了昆德拉的《为了告别的聚会》。其后几年间，昆德拉的主要小说及文论作品陆续被译介到中国，早期的译者及出版社如下：《生活在别处》，景凯旋、景黎明译，1991 年由作家出版社出版；《不朽》，宁敏译，1991 年也是由作家出版社出版；《可笑的爱情》，伍晓明、杨德华、尚晓媛译，1992 年由安徽文艺出版社出版；《笑忘录》，莫雅平译，1992 年由中国社会科学出版社出版；《玩笑》，景凯旋、景黎明译，1993 年由作家出版社出版；《小说的艺术》，孟湄译，1992 年由三联书店出版；《被背叛的遗嘱》，孟湄译，1995 年由上海人民出版社出版。

纵观昆氏作品的早期中译本，可以看出这些译者基本不具备法文或捷克文基础，大都是从英译本转译为汉语版本，版本分散，出版单位形色不一。昆德拉研究者李凤亮用四个字概括了昆德拉作品早期中译本的特点即"全新删盗"："全"是指中译本基本上囊括了昆德拉现有的全部重要作品；"新"指 20 世纪 90 年代以来，昆德拉凡有新作推出，中国翻译界均能及时予以跟踪式译介；"删"指由于昆德拉作品对政治和性爱的描写触及意识形态与伦理道德的某些禁区，因此出版时译者或出版商不得不做一定程度上的删改；"盗"则指昆德拉作品在中国内地的众多盗版与盗印本。

2002 年上海译文出版社与昆德拉发表联合声明：上海译文出版社获得了昆德拉 13 部作品的独家授权，这几乎可以说是他的作品全集，因为他无意再版自己 20 世纪 50 年代青年时期所写的不成熟的诗歌和戏剧作品。从此，任何出版机构和个体如擅自在中国以图书形式出版、发行昆德拉任何作品中文版的部分或全部，均构成侵权行为，将被追究责任。昆德拉授权的 13 部作品包括：长篇小说《玩笑》《生活在别处》《告别华尔兹》《笑忘录》《生命中不能承受之轻》《不朽》，短篇小说《缓慢》《身份》《无知》，短篇小说集《可笑的爱》，论文集《小说的艺术》《被背叛的遗嘱》，剧本《雅克和他的主人》。这些作品的译者都是另起炉灶直接从法文重新翻译了昆氏作品。译者马振骋、王东亮、王振孙、许钧、余中先、郑克鲁、袁筱一、董强等都是我国最具声望的法国文学专家、教授和翻译家。

　　如果说从 1985 年到 1990 年主要是翻译、阅读和介绍昆德拉的热潮，那么从 1990 年开始逐渐出现了研究和评论昆氏与其作品的热潮。1990 年，胡智锋在《外国文学评论》上发表了《昆德拉的世界——〈生命中不能承受之轻〉读后》，作者在这篇文章中首先对昆氏小说进行了"正名"，指出其小说不再是传统意义上的小说，因为既不着力于人物刻画，也没有什么情节故事，更没有特殊的环境描绘。接着作者还对昆氏小说中的哲学寓意进行了阐述与肯定，在早期能对昆德拉作品进行如此深刻的解读难能可贵。随后，1991 年耿聆在《大连大学学报》上发表了《站在倾斜的地平线上——米兰·昆德拉与张贤亮笔下人物透析》，开辟了对昆德拉的比较研究之先河。作者之所以把昆德拉与张贤亮进行比较是因为在作者看来，这两位作家的创作都以政治斗争和政治迫害为背景，表现了扭曲生存状态下的人。1992 年《文艺理论研究》上又载有文章《昆德拉的小说与"存在编码"》，首次对昆德拉小说中的"存在"进行了研究。从上述三篇文章可以看出，从 1990 年至 1992 年间，每年各有 1 篇研究文献发表，并且已经开启了对昆氏小说艺术价值的研究。通过在中国知网的查询我们看到，从 1993 年开始发表的关于昆德拉的文献逐年增加：1993 年 3 篇，1994 年 5 篇，1995 年 7 篇，1996 年 12 篇……2002 年 16 篇。并从 2003 年开始激增：2003 年 41 篇，2004 年 44 篇，2005 年 36 篇……2012 年 52 篇，2015 年 127 篇。[①] 足

---

　　① 参照中国知网 .cnki.com 数据 . 查询时间：2016.5.8.

见国内对昆德拉的研究热情。从这些数据可以看出，1990年、2003年分别是两个分界线，从1990年开始，国内学者开始对昆氏作品进行理性解读，除了关注其小说中的政治、性爱成分，也开始从其他角度来理解昆德拉的小说。2003年之所以出现了昆德拉研究热潮，这和上海译文出版社对昆德拉作品的全面重译分不开，此次重译也提供了一个纠正翻译的恰好契机。一大批懂法语的翻译家不仅对昆氏小说进行了翻译，还对其进行了解读，这样更方便广大读者如实理解昆德拉的小说。

李凤亮是中国较早研究昆德拉及其作品的研究者，并多年坚持不懈深入该研究。作者早在1994年就在《徐州师范大学学报》上发表了题为《别无选择：诠释"昆德拉式的幽默"》的文章，1995年在《国外文学》上发表《复调小说：历史、现状与未来——米兰·昆德拉的复调理论体系及其构建动机》，他于2001年完成的《诗·思·史：冲突与融合——米兰·昆德拉小说诗学引论》是国内迄今为止唯一一篇以昆德拉为主题的博士论文，较为全面地对昆德拉的生平、研究状况以及译介情况作了重新梳理，并且以诗学为基点对昆德拉的小说创作思想进行了深入研究，资料翔实且全面。之后，作者又在其博士论文基础上发表了数篇关于昆德拉的论文，如《接受昆德拉：解读与误读——中国读书界近十年来米兰·昆德拉研究述评》《遗忘·回忆·认同——从"昆德拉现象"看移民作家文化身份的变迁》《思想与音乐的交响——米兰·昆德拉小说的结构隐喻》，等等。李凤亮的一系列研究极大地推动了国内昆德拉研究进展。

此外，国内还推出了三本研究昆德拉的著作，分别是李平、杨启宁的《米兰·昆德拉：错位人生》，彭少健的《诗意的冥思——米兰·昆德拉小说解读》和仵从巨的《叩问存在——米兰·昆德拉的世界》。其中《米兰·昆德拉：错位人生》分章列节，对昆德拉现有小说作品逐个加以评析，发掘各篇的题旨与艺术特色，带有一定的评传性质，便于读者全面认识昆德拉其人其作。仵从巨的《叩问存在——米兰·昆德拉的世界》一书的体例采用更为明确的作品导读方式，按昆德拉作品编年，介绍了作者自己认可的 13 部作品。在学术评传方面有高兴《米兰·昆德拉传》，他对昆德拉的一生进行了简单的梳理和介绍，对其每一部作品的内容也进行了简略概述，体现了他本人整理把握昆德拉其人其作的努力。另外昆德拉也进入了一些学者、作家考量20 世纪西方文学史、小说史的整体视野里，这方面的代表性成果有吴晓东的《从卡夫卡到昆德拉：20 世纪小说和小说家》、徐真华，张弛的《20 世纪法国小说的"存在"观照》等。在昆德拉的小说诗学研究方面有学者张弛，他于 2005 年在《当代外国文学》发表了"昆德拉的欧洲小说观—昆德拉小说诗学研究之一"，于 2008 年在《外国文学研究》发表了《小说何所是？小说何所为？——昆德拉小说诗学研究》。在这两篇论文中，张弛详细论述了昆德拉的小说理念特别是昆德拉的"欧洲小说"观。南京大学刘成富教授专门对昆德拉的"文化身份"进行了研究，在他于 2016 年发表的论文《当代法国文学镜像中的文化身份》中，刘成富从东欧与西欧文明冲突的角度论述了昆德拉的文化身份。在此之前，南京大学博士毕业生解华已经发表了一篇专门探讨昆德拉文化身份的论文即《米兰·昆德拉的欧洲文化身份建构》，该论文主要研究了昆德拉本人的"文化身份"，并简单论述了文化身份在昆氏小说中的体现。

国内有硕士学位论文和期刊论文以"身份"作为切入点研究昆德拉及其作品，较具代表性的硕士学位论文有：湖南师范大学李维的《米兰·昆德拉流亡书写下的身份认同》，兰州大学李倩倩的《找寻自我的存在之图——论米兰昆德拉流散写作下的心灵变迁》，西南大学陈功继的《对自我之谜的关注——关于昆德拉小说中自我主题的剖析》，上海外国语大学杨爽的《在目光尽头寻找自我——论米兰·昆德拉小说中"自我"的呈现》。四篇论文的侧重点不尽相同，各有千秋。李维论文重点对昆德拉流亡状态下的身份认同类型和身份认同模式进行了系统分类和研究。李倩倩着重探讨全球化视野下流亡作家写作的特点，并从流亡作家写作特点中隐含的关于政治遗忘与文化回归两个主题，探寻个体把握自我存在的方式与感受，描绘了流亡作家关注本民族文化，渴望国家与民族被世界认可的艰难的心路历程。陈功继探讨的是昆德拉的小说人物对"自我"展开追寻的多种可能性。杨爽分别从哲学、文学以及昆德拉的理解几个层面对身份理论进行了梳理，提出了自己对身份的定位，并从小说文本中人物的自我呈现和昆德拉本人的自我呈现两个方面对昆德拉及其小说中的身份问题进行了深入探讨。

纵览国内对昆德拉的研究评论，我们认为这些研究主要呈现以下几个特点：

研究队伍上，从事昆德拉研究的人员日益增多，有翻译家，学者，高校师生等，但坚持不懈深入研究昆氏其人其作的研究者不多。如昆德拉作品的译者，他们除译著以外，没有太多关于昆德拉的研究成果。迄今为止，以昆德拉为主题的博士论文只有1篇，即李凤亮的《诗·思·史：冲突与融合——米兰·昆德拉小说诗学引论》。

从事昆德拉研究的人员中具备法文或捷克语基础的为数不多，大部分研究者以中译本或英译本为研究的基础，能掌握的第一手文献有限。

单篇论文居多，讨论多于专著，总体状况分散，仅有的几部专著也只是对昆德拉作品的逐个评析，深入剖析不足。研究广度的拓展与研究深度的掘进不成正比。

研究的主题集中在昆德拉"小说思想""小说美学""小说诗学""复调理论""政治与性爱""遗忘""媚俗"等。从这些关键词来看，对昆德拉的研究仍偏向于零散批评以及随笔性评论，较少从文本出发对昆氏作品进行深入的主题研究。

0.3　本书的研究语料和结构

在本书中我们选取了昆德拉的四部小说即《生活在别处》《无知》《身份》《不朽》，在昆德拉的11部小说中我们认为这四部小说足以涵盖所有小说中所包含的"身份"主题。《生活在别处》是昆德拉流亡之前的代表作，流亡之前昆德拉创作了《玩笑》《好笑的爱》《生活在别处》《告别圆舞曲》。其中《玩笑》是昆德拉的第一部长篇小说，是他在小说创作上的小试牛刀；《好笑的爱》是短篇小说集，其中《搭车游戏》等短篇小说有对身份的涉及，但由于篇幅原因这些作品不够深刻与丰富地探讨身份主题；《告别圆舞曲》则是一部情节轻快幽默的爱情小说。因此我们认为《生活在别处》是昆德拉流亡之前创作的小说中最成熟的作品，也是对"身份"问题涉及最广最深刻的作品。至于他在流亡状态下创作的关于"身份"主题的作品有两部，即《笑忘录》与《无知》，我们之所以只选取了其中一部《无知》，是因为《笑忘录》中稍有体现流亡主题，而在《无知》中昆德拉不仅思考了流亡，还思考了回归。昆德拉纯粹探讨人类共同命运下"身份"问题的作品有《身份》与《不朽》，这两部作品都没有任何政治成分与捷克成分。我们之所以选取了这两部作品，是因为它们描绘的场景不一样，《身份》讲述的是一对平凡恋人的简单日常生活，《不朽》则涉及古今，讲到了名人歌德、海明威等人，我们试图通过对普通人与名人身份的论述，更全面描述不同人的处境。

本书共分为六章。以下是对每一章内容的简介:

第一章《昆德拉关注"身份"的原因》,在本章我们将从时代背景、捷克的坎坷命运、昆德拉的人生经历,以及昆德拉对欧洲小说的继承这四个方面进行论述。

第二章《生活在别处——在别处的自我》,在本章我们将运用拉康镜像理论分析小说主人公雅罗米尔一生处在畸形母爱控制下的境况,意在阐明人的身份从来不由自己把握的境况,揭示真实自我在别处。

第三章《无知—回不去的故乡》,在这章我们将运用后殖民理论对《无知》主人公"流亡"与"回归"之后的困境进行描述,力图揭示流亡者在"故乡"与"异乡"双重他者的生存体验,凸显流亡者的痛苦与无奈。

第四章《身份——恋人的目光》,在本章我们将分析日常生活中普通人的身份危机,恋人之间对身份的误认更衬托了身份的脆弱性,揭示人在身份危机下容易迷失自我导致兽性回归的可能性。

第五章《不朽——不能承受的不朽之重》,在本章我们将通过《不朽》分析追逐不朽者的身份危机,探究不朽诱惑下人的存在境况,揭示人在追逐不朽的同时如何迷失自我。

第六章《昆德拉的"身份"理念对现代人的启示》,基于前四章对昆德拉四部小说的分析,在本章我们将对昆德拉的身份理念进行总结与提炼,力图发现昆德拉"身份"理念的独特性。并通过对昆德拉与莫里亚诺,昆德拉与程抱一之间进行横向比较,揭示昆德拉与他们之间身份理念的不同,从而更深刻地理解昆德拉的身份理念,最后进一步揭示昆德拉身份理念对现实的启示意义。

0.4 本书的理论框架

"身份"是个备受关注、内涵丰富的概念，它在不同层面不同领域有着不尽相同的内涵。在本节，我们将对"身份"的翻译与概念进行界定，并对自黑格尔以来的他者理论进行梳理，然后表明本书所运用的身份理论。

0.4.1 "身份"释名

在法语中与"身份"一词相对应的词是"identité"，这个词"源自晚期拉丁语 identitas 和古法语 identite，受晚期拉丁语 essentitas（essence，存在、本质）的影响。它由表示'同一'（same）的词根 idem 构成，这一词根类似于梵语 idam（同一）"。[①] 词典对"identité"一词有多种汉语解释。譬如，在《外研社·现代法汉汉法词典》中，"identité"的意思是：①同样，同一，相同，一致；②身份，正身；③【数】恒等（式）。[②] 在《拉鲁斯法汉词典》中，"identité"的含义有：①相同，一致，同一性；②身份。[③] 在《新法汉词典》中，"identité"的含义有：①一致，相同；②【法】身份；正身；③【逻】同一；同一性；④【数】恒等；恒等式；⑤【心】认同。[④] 从上述词典对"identité"的定义可以看出，如何定义"identité"与学科背景息息相

---

① 蒋欣欣.身份/认同［M］.选自王晓路等著.文化批评关键词研究［M］.北京：北京大学出版社，2007.278.

② 外研社·现代法汉汉法词典［Z］.北京：外语教学与研究出版社，2000.

③ 杜布瓦.拉鲁斯法汉词典［Z］.梁音等译.北京：商务印书馆，2014.

④ 张寅德.新法汉词典［Z］.上海：译文出版社，2001.

关，"identité"在不同学科领域中的翻译与解释不尽相同，其中比较常见的有"认同"、"同一性"以及"身份"三个用法。因为本书聚焦昆德拉小说中的"身份"问题，因此对该词释名乃本研究关键一环。接下来，我们将对"认同""身份"以及"同一性"进行比较与界定。

从上述词典对"identité"的定义看出，"identité"作"认同"解时，更多是与精神分析领域或心理学领域有关，具体来说指某个个体对自己或对某一群体的认同感。如1900年弗洛伊德在《释梦》中提道："认同作用是癔症症状机制中一个极其重要的因素。认同作用并不是单纯的模仿，而是一种基于同病相怜的同化作用，它表现出一种类似性。"[①]"认同"在弗洛伊德理论中是指自我向他者进行模仿并把他者行为模式内化为自己行为模式的一种心理过程。心理学家埃里克·埃里克森（Eric Erikson）把"认同"概念的使用范围进一步扩展到了心理学范畴，他提出"认同"形成是人的一生中不断连续的过程，是每个人不可回避的过程。此外，"认同"概念还进一步扩展到了社会学领域，社会学中的"认同"强调的是个体对其他个体或集体的认可。从词性上来看，"认同"具有动词性质，它凸显的是与自我或其他个体的同一。

而"identité"作"同一性"解时更多是与哲学领域相关，指与自身的同一性，近义词为memeté，对应的法语形容词是identique。"同一性是存在的本质，当一个人存在时，他和他自己是同一的"。[②]值得一提的是，"同一性"与"变化"息息相关。古希腊哲学家赫拉克利特有一句名言："人不能两次踏进同一条河流，因为无论是这条河还是这个人都已经不同。"这句话论述的就是变的哲学。我们知道，万事万物

---

① 弗洛伊德. 释梦［M］. 孙名之译. 北京：商务印书馆，1996.

② FERRET Stéphane. *L'identité*［M］. Paris：GF-Flammarion，1998.11.

总是处在永恒变化中，一个人从婴儿到老年，每天都有细微的改变。那为什么我们还是坚定地认为这是同一个人呢？为什么他的同一性没有改变呢？这就有必要引入"同一性"的类别："同一性可分为'量的同一性'（identité numérique）、'质的同一性'（identité qualitative）、'类的同一性'（identité spécifique）。"[①]"量的同一性"指的是每个个体在一生中与自我的关系；"质的同一性"指的是多个个体之间的相似性；"类的同一性"指的是不同数量或不同特征个体之间的相同种属性。"质的同一性"不是"量的同一性"的充分条件，因为不同的"量"可以有相同的"同一性"，如几个同样的桌球，虽然不是同一的"量"，但质相同。"质的同一性"也不是"量的同一性"的必要条件，因为一个个体在存在过程中可以有质的不同，如少年苏格拉底和成年苏格拉底是同一个人，即"量"同一，但质不同。"类的同一性"是"量的同一性"的必要条件。譬如，要成为一匹白马，必须先是一匹马，要成为一个中国人，必须先是一个人。

　　"身份"是"identité"的一个最为常见的翻译，其本是一个社会学概念，可以与"认同""危机""焦虑"等词汇组合。"身份"的本身含义是指某个人是谁，是什么样的人，如"身份证"就是用来表明某个人是谁，即他的身份。据我们的总结，"身份"有两个最基本的含义：一个含义是"特性"，即一个人的"独一无二"之处；另一个含义是"同一性"，既可以指与自我的同一，即个人身份，又可以指与他者的同一，即集体身份。

　　"认同"与"身份"之间的区别在于，首先从词性上讲，"认同"具有动词性质，"身份"是名词；从词义上讲，"认同"强调的是与他

---

① FERRET Stéphane. *Le bateau de thésée, le problème de l'identité à travers le temps*〔M〕. Paris：Les Editions de Miniut，1996.32.

者的同一,"身份"既可以彰显与"他者"的同一,也可以凸显与"他者"的差异。"同一性"与"身份"的区别在于,"同一性"是一种自反关系,强调的是人与自我的关系;而"身份"既可以指自反关系,即与自身的同一性,也可以指与他者的关系,即与他者相比所具有的"特性""本性",等等。

在本书中,我们之所以把"identité"翻译为"身份",是因为昆德拉小说中的"identité"除了有"同一性"含义之外,还具有"特性""个性"的含义,即在芸芸众生中,何以凭借自己的特性凸显自我。作为"特性"之含义的"身份"是"同一性"所不能涵盖的。诚然,自我之"特性"也是建立在"同一性"之上的,正是自我的"同一性"才可以让自我与他者区分开来。如果把自我建立在他者之上,那么自我不再具有"同一性"因而产生身份危机。显然,"同一性"是个具有浓厚哲学韵味的术语,而本书并不是从纯哲学角度来探讨昆德拉小说中的"身份",还涉及社会学等范畴。因此,本论文并未采纳"同一性"这一说法,而是采纳了"身份"这一说法。

事实上,"身份"可以与"认同""同一性"进行组合。比如我们可以说"身份认同",也可以说"身份同一性"或身份维持"同一性"。可见,这三个术语之间是紧密联系的,获得"认同"及"同一性"是"身份"得以确立的基础和保证。

0.4.2　身份与他者

"他者"是与"自我"相对应的概念,两者之间的关系也可以理解为主体与客体的关系。笛卡尔之前的哲学家特别是古希腊自然派哲学家们关切的主题是自然世界的本质,自然派哲学家认为宇宙间有一种物质是世界中所有事物的来源,如土、气、火、水等。在这一时期的哲学中，"人"是认识主体，去认识世界这个客体，主体与客体相分离并且主体被忽视。直到笛卡尔提出"我思故我在"，作为主体的"人"的身份才得到凸显，成为和"客体"一样需要探讨的问题，此后哲学家便前赴后继对"人"的身份进行探讨。在笛卡尔看来，我"思"是我"是"的基础，"思"是理性思维，意即人的"身份"可以通过"理性"得以确立。对此英国经验主义者洛克提出了质疑，洛克认为自我意识特别是对过去的记忆才是个人身份得以确立与维持的保证。进入19世纪以后，笛卡尔所称的"理性"思维确认身份的观点进一步受到质疑，如弗洛伊德提出的"本我、自我、超我"便是对其"理性自我"的直接挑战。弗洛伊德认为，"本我"是人的生物本能，是潜意识的表征，并不受"理性自我"的控制。这说明人仅仅依靠"理性"无法获得自我确认，因此需要寻求其他的解决之道，转向"他者"便是方法之一。

回溯西方哲学史，对"他者"概念的探讨最早可以追溯到柏拉图，他在对话录中提到了"同一"与"他者"的关系。明确对"他者"概念进行了界定的是黑格尔，黑格尔在他的《逻辑学》中提出："假如我们称一主体为甲，另一主体为乙，那么乙就被规定为他物了。但是甲也同样是乙的他物。用同样的方式，两者都是他物。"[①]黑格尔所称的"他物"就是指"他者"。从黑格尔的表述可以看出，甲乙双方相互依存、相互构建，一方的存在以另一方的存在为前提。对此黑格尔进一步提出了著名的主奴关系理论，即主奴双方的身份都由对方的存在为前提，如果没有奴隶以及奴隶对主人身份的认可，主人的身份便无处依托；同样的道理，如果没有主人对其的束缚与雇佣，奴隶也就不再是奴隶。可见黑格尔开创了研究"他者"的先河。后来的拉康"镜像"

---

① 黑格尔.逻辑学［M］.杨一之译.北京：商务印书馆，1976.111.

理论以及女性主义中的"他者"理论，后殖民主义理论中的"他者"理论都和黑格尔的理论一脉相承。

拉康是法国精神分析学家，被称为"自笛卡尔以来法国最为重要的哲人"。"拉康宣称他的理论是与从'我思故我在'以来的整个传统背道而驰的……新的认识要求我们构建一个新的自我概念"。[①] 拉康所构建的自我概念，是以他所观察到的幼儿生长中的镜子阶段为出发点的。"所谓的镜子阶段是指这样一种现象。当尚未会说话的幼儿看到自己在镜中的映像时会欣欣雀跃喜不自禁，并且这种对镜中形象的兴趣会持续不减好长时间"。[②] 拉康指出，幼儿在镜前的这种表现是幼儿心理形成的一个非常重要的步骤，镜中的映像助成了幼儿"自我"的形成。幼儿会想"这就是我""我就是这个样子"，"它是人得以安身立命的根本；是人觉得是在度过同一个生命的原因"。[③] 因此在拉康理论中，"镜中幻象"是人的身份维持"同一性"的基础。然而，婴儿认为是自我的，其实只是一块了无一物的镜子中的虚像。"人的自我形成的第一步就是建立在这样一个虚幻的基础上，在以后的发展中自我也不会有更牢靠更真实的根据"。[④] 可见，人的"自我"从一开始就遭到异化，身份"同一性"的起点是一个幻象。毫无疑问以这个幻象为参照的人的"身份"也是被异化的，是一种自欺欺人。

拉康理论对福柯的权利话语理论有重要影响。福柯在《规训与惩罚》中写到了"酷刑""惩罚""规训"以及"监狱"，这些都是权力拥有者对低下的、边缘的"他者"所施行的权力干预与控制，没有权力的"他者"就这样被置于被建构与被规训的境地。福柯认为，权力

---

① 拉康.拉康选集［M］.褚孝泉译，上海：上海三联书店，2001.编者前言.
② 拉康.拉康选集［M］.褚孝泉译，上海：上海三联书店，2001.编者前言.
③ 拉康.拉康选集［M］.褚孝泉译，上海：上海三联书店，2001.编者前言.
④ 拉康.拉康选集［M］.褚孝泉译，上海：上海三联书店，2001.4.

无所不在，控制人们的行为。他写道："为了控制和使用人，经过古典时代，对细节的仔细观察和对小事的政治敏感同时出现了，与之伴随的是一整套技术，一整套方法、知识、描述、方案和数据。"①从福柯的理论中我们可以得出，现代社会把所有违背其要求的个体视为异端和他者，并利用各种"文明"的方式和"先进"的技术对其进行不动声色的"驯服"。个体在强大的权力"驯服"下势必失去自由，个体的"自我"身份势必遭到强势"他者"异化。在此情况下，个体只有两种选择：要么违心地服从权力，成为本真"自我"的"他者"；要么反抗权力，沦为社会的"他者"。

后来他者概念被广泛运用于后殖民批评中，后殖民理论家运用他者概念来分析帝国主义对殖民地的强势统治关系。在自认为代表文明、进步的西方人眼中，东方属于野蛮、落后的"他者"形象。西方发达国家往往以自我为中心，千方百计贬低和扭曲东方国家的形象，以达到凸显自身文明的目的。正如赛义德在《东方学》中写道："帝国主义对殖民地不仅仅是武力的侵略和征服，同时也是一种西方优越感的话语建构。"②我们认为，"西方"对"东方"的建构完全可以用福柯的话语理论和权力理论来理解和解读。由于历史，西方发达国家在全世界拥有话语权，他们会通过政治、经济、文化、媒介等手段对东方国家施行霸权统治，东方国家的身份就这样遭受了西方的异化和建构。可见后殖民理论也是从前人的"他者"理论中汲取了营养。

此外"他者"理论在萨特、勒维纳斯的理论中也有体现。如萨特在《存在与虚无》中写道："他人是我和我本身之间不可缺少的中介：

---

① 福柯.规训与惩罚［M］.刘北城，杨远婴译.北京：生活·读书·新知三联书店，1999.157.

② 赛义德.东方学［M］.王宇根译.北京：三联书店，1999.23.

我对我自己感到羞耻，因为我向他人显现。而且，通过他人的显现本身我才能像对一个对象做判断那样对我本身做判断，因为我正是作为对象对他人显现的。"[①] 从这段话可以看出，萨特认为他者是一个人认识自我的媒介，人对自我的感觉完全取决于他者的判断，只有通过他者才能显现出来。萨特还进一步强调了"他者"的地位，他写道："在实在的东西之中，还有什么比他人更实在的吗？这是一个和我具有同样本质的思想实体，不可能消散到第二性的质和第一性的质之中。"[②] 这说明萨特理论中的"他者"不再处于低下、卑贱的地位，而是和"自我"具有相同的本质。也正是因为他者较高的地位，他者的存在才能对个体"自我"形成一种巨大的威胁，正如萨特的名言"他人即地狱"所宣称的那样。学者们对"他人即地狱"这句话有诸多诠释，在我们看来他人之所以是地狱，是因为他者的目光"注视"会对人形成一种巨大压力，从而导致其一生都受到他者目光的牵制与主宰，如此这般，人就永远无法成为自己的主人、主宰自己的命运。与萨特把他人视作地狱相反，勒维纳斯则是对"他人"的角色和作用进行了肯定，他从伦理学角度为他人哲学找到了"另一种"诠释方式。勒维纳斯认为："上帝是最杰出的他者。""道德的极致是向超越常善之'他者'的亲近"。[③] 因此，勒维纳斯反对"唯我论"，主张"为他人"。他说："人类在他们的本质上不仅是'为己者'，而且是'为他者'，并且这种'为

---

① 萨特.存在与虚无［M］.陈宣良等译.北京：生活·读书·新知三联书店，1997.292.

② 萨特.存在与虚无［M］.陈宣良等译.北京：生活·读书·新知三联书店，1997.293.

③ 埃马纽埃尔·勒维纳斯.塔木德四讲［M］.关宝艳译.北京：商务印书馆，2002.8.

他者'必须敏锐地进行反思。"① "为他人的提法是勒维纳斯伦理思想的纲领"。② 就这样勒维纳斯把西方文化中极端的个体主义、唯我论的基调变了过来，引导人们关注他者、重视他者。事实上，自我与他者确实是处于一种相互依存、不可分割的双边关系中，自我的存在离不开"他者"的存在与承认。因此，我们应该以辩证的态度看待自我与他者的关系，而不应该对"他者"一味地进行贬低和否定。

在本书中，我们始终围绕他者探究身份问题，却不局限于一种他者理论。这与本书的研究切入点有关。我们要探讨的是昆德拉小说中多种状态下主人公对他者的依赖，所选取的四部小说分别代表着四种境况："极权"统治境况、流亡境况、普通人境况、不朽者境况，也可以说是四种存在的可能性，因此不可能只借助一种他者理论一以贯之。

在上述"他者"理论当中，我们重点选择了拉康镜像理论、萨特存在主义理论中的"注视"理论以及后殖民理论，此外还部分涉及福柯的权力话语理论。事实上我们也可以运用一种理论一以贯之，但在本书中我们针对每一部小说都选择了一种更适合分析小说主人公经历及身份困境的理论来探究身份问题。如《生活在别处》是从主人公雅罗米尔幼年时期就开始描述，作品详细描写了幼年雅罗米尔如何受外界他者特别是母亲异化的境况，在上述"他者"理论中，唯有拉康的镜像理论是从人婴儿时期开始论述，童年的异化是人的身份异化的起点。拉康镜像理论很适合用来分析《生活在别处》这部作品。在小说《无知》中我们着重运用了后殖民理论以及福柯的话语理论对小说进行了分析。因为《无知》讲述的是流亡者的身份，主人公的遭遇是在整

---

① 埃马纽埃尔·勒维纳斯.塔木德四讲［M］.关宝艳译.北京：商务印书馆，2002.10.

② 埃马纽埃尔·勒维纳斯.塔木德四讲［M］.关宝艳译.北京：商务印书馆，2002.14.

个后殖民大背景下发生的,与东西方阵营的政治和文化冲突息息相关。后殖民理论有涉及东方对西方的统治和霸权,福柯理论有论及强势他者的权力话语,这些都适合用来分析捷克流亡者在法国的处境。在《身份》中,我们重点运用了萨特的"注视"理论,按照萨特的说法,在主体建构自我的过程中,他者的"注视"起着决定性作用。小说主人公尚塔尔的身份危机正是源于再也得不到陌生男人的注视,因此千方百计去寻求陌生人的注视以找回自信,在寻找自信的过程中渐渐迷失了自我。

虽然拉康镜像理论、后殖民理论、萨特"注视"理论看似互相独立,甚至观点有分歧。但根据上文的理论梳理我们可以看出,这些理论在本质上是一脉相承的,都源自黑格尔的主奴关系辩证法,而且后殖民理论明显受到了拉康镜像理论的影响。此外我们对这些理论进行了求同存异的运用,即我们只是选取了这些理论中的"他者"概念而没有论及其他方面。这些理论中他者概念的相同点在于:自我和他者是一种相互依存关系,自我需要依赖他者来确认自我身份。总之,无论是拉康镜像理论中个体对镜像的依赖,还是后殖民理论中流亡者身份的"双重他者"地位,还是萨特"注视"理论中对他者目光的寻求,都说明了现代人身份的脆弱和不确定性。

0.5 本书的创新与研究意义

本书是以昆德拉的小说文本为基础,结合作者本人的身份体验,并以他者为视角对昆德拉小说中的"身份"主题进行了系统与深入的探究。纵观国内外对昆德拉的研究,以"身份"为主题的博士论文只有 1 篇，即罗达娜·苏迪图所撰写的《米兰·昆德拉：流亡考验下的身份，内在流亡与外在流亡》(*Milan Kundera : l'identité à l'épreuve de l'exil : des frontières intérieures et extérieures*)，从标题可以看出 Loredana Suditu 的论文着重讨论的是昆德拉本人在流亡状态下的身份问题，是以作者的身份问题作为出发点和归宿。而我们的《昆德拉小说中的"身份"问题研究》重点探讨的是昆德拉小说文本中体现出来的"身份"主题，可以说是国内第一篇以"身份"为主线对昆德拉的主要作品进行深入剖析的博士论文。此乃本书的创新意义。

　　本书把昆德拉在小说中对"身份"的思考明确分为三个阶段："极权"统治下、流亡状态下、人类共同命运下人的"身份"。此前研究者更多关注的是昆德拉在流亡状态下的身份，揭示其作为流亡作家所遭遇的身份危机，而这只是其中的一方面。在流亡之前，捷克高压统治的政治环境已经让昆德拉看到人在强大的政治机器面前的无能为力，处于这种境况下的人根本不可能做自我身份的主人，人的身份在强势"他者"统治下必然遭到异化，因此这一阶段昆德拉对身份的思考就是对"极权"统治下人的身份遭受异化的思考。其身份问题凸显是在流亡法国以后，和其他流亡作家一样，昆德拉在流亡后面临着不断扩大的异质文化环境，承受远离祖国的痛苦，他在流亡状态下的身份危机是显而易见的。在逐渐适应了移民生活以后，昆德拉对"身份"的思考就不再局限于对特定状态下"人"的思考，而是上升到对整个人类命运的思考，这种对主题的升华离不开长期以来欧洲文学和哲学对昆德拉的影响。事实上，昆德拉对这三种状态下人的"身份"思考是相辅相成的，正是因为昆德拉经历了流亡，经历了高压统治，他才对"身份"的脆弱与不确定性有着深刻感悟。无论是"极权"统治下、流亡状态下还是人类共同命运下的身份，我们都始终以"他者"为主线，揭示人在各种境况下对他者的依赖。昆德拉用小说生动描述了人的身份如何在对他者依赖中遭到异化，从而导致人的真实自我陷入被遗忘的境地。

身份是人类永恒的主题。苏格拉底的"认识你自己"，亚里士多德的"我是谁？"笛卡尔的"我思故我在"，都是人类试图认识自我的痕迹。虽然人类尝试认识"身份"的历史由来已久，但人类开始感到身份危机则是进入现代以后，特别是启蒙运动之后。在此之前，人们理所当然地认为自己的"身份"由某种超自然力量决定，如中国俗话中的"吉人自有天相""生死富贵皆天命"都说明当时的人们接受现实、安于现状，不会对自我身份产生怀疑。在西方，自中世纪以来，人们一直坚信是上帝创造了宇宙和人类，当时的人在上帝"庇护"下也没有身份危机。进入19世纪以后，达尔文提出宇宙万物和人类是自然进化的结果，人由类人猿进化而来，这样的结论无疑震惊了西方社会。接着尼采宣布"上帝已死""要求重估一切价值"，这标志着虚无主义的开始。由此传统希腊文明和基督教文明受到了否定与质疑，旧价值观濒临崩溃，新的价值观尚未确立，身份危机顺势而生。20世纪两次世界大战造成的恐怖记忆，更加剧了人们无奈与荒诞的生存体验，人们普遍对资本主义理性产生怀疑，对人类自我的认知感到迷茫，在急剧动荡的现代社会中，某些原先被假定为固定的、连贯的、稳定的事情受到了怀疑，并被不确定的经历取代了。人类从此陷入了最高价值的迷失，无从确认自我。

与哲学家不同，昆德拉不是从存在的本体论去进行抽象思考，而是从人类境况的现实出发看待和思考存在，他通过小说形象生动地描绘了现代人无所适从的状态，最高审判官上帝走了，留下人们在现实世界中找不到生命意义，找不到身份支撑，结果人只有在虚空中前行。在本书中，我们之所以尝试从多面多维度去描述昆德拉小说中主人公身份的脆弱与不确定性，就是试图把昆德拉对人的存在处境的思考如实反映出来。除此之外，我们还将进一步论述其小说中的主人公面对现实困境时所采取的态度。昆氏小说中有一种人，他们是这个迷失了的社会中的"清醒者"，他们拒绝被他者异化，拒绝荒诞，甘做尘世的"边缘人"。因此我们的研究一方面旨在揭示困境，另一方面旨在提出解决办法，反思昆德拉的"身份"理念对现实生活的启示意义。

总而言之，昆德拉的小说就像一面面镜子，能让每个人在阅读中发现自己的影子，从而清楚地认识到自己的形象与处境。本书出版的目的在于通过对昆德拉小说中人的身份问题的研究与探索，让人们反省自己的身份，关注自我，关注具体生活，抵制异化，随心而活。换言之，上述所谈及的因素均是本书研究的聚焦点。

第1章 昆德拉关注"身份"的原因

"身份"焦虑是人对"我是谁,我在世界中该何去何从"的焦虑。两次世界大战的爆发让20世纪成为一个让人梦想破灭、充满恐惧的时代,昆德拉的一生就主要生活在这样的时代中。在本章我们将把作者放到时代大背景下对其关注"身份"的原因进行分析。我们认为昆德拉对"身份"的关注是多种因素综合影响的结果,概括起来有四个主要原因,即时代背景、捷克的坎坷命运、昆德拉的人生经历以及昆德拉的"欧洲小说观"。接下来,我们将对每一个原因进行详细阐述。

引 言

谈及"身份",首先让人想到的是昆德拉的流亡经历。血腥的两次世界大战、漫长的冷战、恐怖的高压统治以及后殖民运动让"身份"成为20世纪众多流亡小说家关注的主题,如索尔仁尼琴、奈保尔、米沃什等,他们都有着对"身份"危机的感同身受。昆德拉的一生经历了政治信仰破灭，丧失家园，最后流亡异邦，他面对的始终是一个不断扩大的异质文化空间。个人充满边缘化、疏离感的一生促成了昆德拉对"身份"命题的深入思考。

然而，昆德拉对"身份"的关注又不局限于对"流亡者"身份的探讨，中年踏上流亡之路的昆德拉在他的前半生就已经敏锐地注意到了"身份"问题。在 20 世纪 50～60 年代的捷克，"社会主义现实主义"的写法无处不在，而昆德拉从一开始执笔创作就表现出了对现实犀利的眼光和清醒的认识，拒绝现实社会主义的理想和乐观思想，剖析"极权"社会对人的"异化"和影响，成为捷克官方文学的异端派。在他的早期小说如《玩笑》《好笑的爱》中，昆德拉就表达了人的身份在强大而荒诞的现实面前的无奈。此外，昆德拉又进一步超越个人经历，放眼全人类的身份危机和焦虑。上帝的死亡使人失去了精神家园，从此人的精神无所依托、四处飘荡，个体存在的价值和意义成为一个凸显的社会问题。

据此，本书把昆德拉小说中的身份分为"极权"统治下、流亡状态下、人类共同命同命运下三种境况，并把作者放到时代大背景以及欧洲哲学和小说的传统中去考察，把宏观与微观相结合。宏观上，是整个时代背景以及国家的历史与命运；微观上，是昆德拉自身的经历及小说理念。

1.1 时代背景

有人说："如果 17 世纪是数学的世纪，18 世纪是物理科学的世纪，19 世纪是生物科学的世纪，那么 20 世纪对现代人而言则是一个令人恐惧、充满焦虑的世纪。"① 足见 20 世纪给人们带来的心理创伤。青年时期和中年时期的昆德拉就生活在这样一个异常动荡、烽火连天的时代。出生于 1929 年的昆德拉只在童年度过了几年平静时光。1939 年，即在昆德拉不到十岁时，第二次世界大战的战火便烧到了他的祖国捷克。1939 年 3 月 15 日，希特勒进军布拉格，对于一个极度强大的国家占领小国的举动，英法等西方大国为了维持和平对这一举动选择了袖手旁观。面对祖国灭亡的悲惨命运，捷克人民以各种方式进行了反抗，反抗付出了血的代价，很多捷克人因此死在了法西斯枪口下。这让昆德拉直面了战争的残酷，生命的脆弱。

据统计，第二次世界大战是人类迄今为止死伤人数最多的战争，共造成近 6000 万人死亡。② 给人类世界造成了非常巨大深远的影响。战争的残酷让人感受到了根本无法掌控自己命运，无法决定自己生死，这种无助感和绝望感渗入了每个人的骨髓中，逐渐成为一种对自我存在价值和意义的怀疑和否定。因此，它迫使人们开始全面反思西方文明。

早在 1930 年代的欧洲，谈论危机已然成为一种时尚，很多哲学家以研究危机为己任。其中胡塞尔对危机的根源有着深刻认识，他在《欧洲科学的危机与超验论的现象学》中写道："在 19 世纪后半叶，现代人让自己的整个世界观受实证科学支配，并迷惑于实证科学所造就的'繁荣'。这种独特现象意味着，现代人漫不经心地抹去了那些对于真正的人来说至关重要的问题。"③ 诚如胡塞尔所揭示，笛卡尔之后人类

---

① 转引自王娜. 身份焦虑与建构 [D]：[博士学位论文]. 武汉：武汉大学，2013.31.

② http://bbs.tiexue.net/post2_4245021_1.html. 参考时间：2013.12.

③ 胡塞尔. 欧洲科学的危机与超验论的现象学 [M]. 张庆熊译. 上海译文出版社，1988.32.

对自己的 "理性思维" 充满自信。自信心膨胀的人类开始痴迷于实证科学，认为可以通过科学解决一切问题。科学技术的发展确实给人类带来了经济的发展和物质的繁荣，但也带来了致命伤害，两次世界大战便是后果之一，用高科技所研制的现代武器让战争较以前更加残酷和血腥。而且按照胡塞尔的说法，实证科学造成了现代人抹去了对于真正的人来说至关重要的问题，这个问题指的就是 "人" 自身的存在问题。因为 "知识可以增加，意义却不随之而来，因为科学只涉及客观事实，并不提供可信赖的价值判断，不能赋予事实以意义"。[①] 对此胡塞尔也说："科学对于什么是理性，什么不是理性，对于我们作为自由主体的人，能够说些什么呢？单纯关于物体的科学对此显然是无话可说的，他们完全舍弃主观方面的问题。"[②] 由此可见，胡塞尔所看到的不仅是很多个别的危机，而且是整个人类的危机，是西方人性的危机。不可否认，人性危机涉及身份危机。

战争的残酷以及危机的诞生让人们产生了一种荒诞感和虚无感，加缪说："一个哪怕可以用极不像样的理由解释的世界也是人们感到熟悉的世界。然而，一旦世界失去幻想与光明，人就会觉得自己是陌路人，他就成为无所依托的流放者。"[③] 这种荒诞的感觉促使了众多哲学家去思考如何逃离荒诞，促使文学家用各种文学体裁去揭露人在 "荒诞" 世界表现出的人间百态，带来了文化和哲学等领域的活跃氛围。

上述这一切都反映出 "二战" 后西方世界普遍存在的空虚绝望、

---

① 徐真华，张弛 .20 世纪法国小说的 "存在" 观照 ［M］. 广州：暨南大学出版社，2011.10.

② 胡塞尔 . 欧洲科学的危机与超验论的现象学 ［M］. 张庆熊译 . 上海译文出版社，1988.32.

③ 阿尔贝·加缪 . 西西弗神话 ［M］. 南宁：广西师范大学出版社，2002.49.

精神颓废的精神状态。昆德拉就生活在这样一个大的时代背景中,他亲历了这一切,这些经历成为其创作的思想源泉。早在 1962 年昆德拉创作的第一部戏剧《钥匙的主人们》中,作者就试图说明人在历史中的荒唐、可怜和无能。该戏剧讲述的是人们自以为是钥匙的主人,自以为掌握着自己的命运,可实际上在历史的格局中根本不堪一击。昆德拉在对《钥匙的主人们》这部戏剧做出回应时说:"这些人为一些鸡毛蒜皮的事争吵不休,他们没有意识到在历史进程中另一些命运攸关的事情正在发生。倘若他们从单调的日常生活迈进历史的危机局面,而又没有意识到周围所发生的一切,他们必然会死得不明不白。"[①]

因此,我们有理由相信是这个动荡、荒诞、无意义的世界促使着昆德拉去关注"人"的生存状态,思考"人"在世界中的地位与意义,思考"人"的身份。

1.2　捷克的坎坷命运

捷克的坎坷命运也是促使昆德拉思考"身份"的原因。在政局动乱年代,一个人的命运与其祖国的命运息息相关。昆德拉的祖国捷克在 20 世纪惨遭欺凌,这让他深深感触到了"身份"的不由自主以及被迫受他者异化的无奈境况。作为一个屡遭奴役的国家,捷克在大历史面前很难获得自身存在的价值。被迫离开祖国移居他国后,昆德拉在创作中对小说艺术历史进行了思考,他将捷克的文化传统囊括进整个欧洲文化的宏观视野中去考察,力图让世界关注捷克文化传统并给予

---

① 高兴.米兰·昆德拉传［M］.北京:新世界出版社,2005.47.

认同。同时他创作主题中关于历史的遗忘与记忆、个体的回归与认同都体现了作为移民的流亡作家在两重或多重文化之间周旋、抗争并进一步揭示与追问在西方理性历史的悖论中个体生命多重存在的本质与境况。两种文化的冲撞伴随着昆德拉的一生，在捷克经历种种文化与政治事件后，他一方面面临自身存在和认同的危机；另一方面面对屡遭文化劫掠的捷克民族被遗忘的危机，作者也感到了深深的忧虑。可以说昆德拉在捷克时期创作的小说更多指向的是批判，是通过回避现实政治来把握自我；移居他国后他的创作主题更多是对过往的回忆，避免因遗忘使自我存在处境遭到侵袭，当然两者都是作者对自我存在的努力认同与求证。当移居法国 20 年后的昆德拉回到捷克时，纵然长期分离造成的隔阂一时难以消除，但他在很长一段时间内仍然执笔充当了捷克文化的代言人，可见作为游子的昆德拉深深眷念着祖国。

　　位于欧洲心脏地带的捷克分别与东南方的斯洛伐克、南方的奥地利、西北方的德国、北方的波兰接壤，深受日耳曼和拉丁两种文化势力的影响，是传统欧洲与斯拉夫世界的桥梁。10 世纪左右，普列米斯家族开始统治捷克地区，开辟了捷克从公国迈向王国之路。14 世纪至 15 世纪，卢森堡家族统治捷克，接着捍卫宗教而牺牲的胡斯在此地揭开了欧洲宗教改革的序幕。16 世纪起，哈布斯堡王朝入主捷克，直至一战后奥匈帝国瓦解，捷克斯洛伐克共和国才得以建立。第一次世界大战后捷克的未来似乎出现了一道曙光，但第二次世界大战后又再次陷入苏联的铁幕之下。[1] 可见在漫长的历史岁月中捷克民族曾遭受过无数次磨难，有长达三百多年的时间一直处于异族统治之下。由此，捷克人的身份长期处于危机状况。

　　弱小祖国的坎坷命运让昆德拉总是对祖国的"身份"很关心，在

---

① 周力行. 捷克史——波西米亚的传奇［M］. 台北：三民书局，1997.2.

1967 年召开的捷克第四次作家代表大会上，昆德拉发表了一篇题为《论民族的非理所当然性》的讲话，他说：

> 作为一个欧洲小国，捷克斯洛伐克的生存不像大国那样理所当然。一个小国，若想顽强地生存下去就得不断创造出达到欧洲的高度，乃至世界高度的文化价值。对于捷克民族来说，情况向来如此：没有任何东西是从天而降的，没有任何东西是理所当然的。无论是他们的语言，还是他们的欧洲属性，都得靠自己非凡的努力去保护。捷克人民永远面临选择：要么听任捷克语言和捷克文化不断衰退，成为欧洲的一种方言和民俗学，要么以一个完整的民族的姿态，屹立于世界民族之林。捷克民族长期遭受异族欺凌，文化和经济基础都相对薄弱。对于这么一个弱小民族来说，要保持住自己的独立，意味着异常艰辛和巨大的代价。①

昆德拉忧国忧民的心态可见一斑，此外他还进一步提出了解决办法：捷克要想构建自己独一无二的身份，就应该大力发扬自己的文化。在昆德拉看来，20 世纪初尤其是两次世界大战之间，捷克文化出现过前所未有的繁荣，在短短几十年里曾经有一大批富有才华的大师凭借自己独特的作品把捷克文化提升到了欧洲高度，是战争爆发以及苏联的"极权"统治导致了捷克文化再次遭到了孤立和切割。对此昆德拉感觉到了形势十分严峻，他担心捷克民族会再度面临脱离欧洲文化的危险，因为"随着世界一体化进程的发展，无数小的实体正在逐渐联合成大的实体，一些世界流通语言凭借自己的优势正在抢占文化垄断

---

① 高兴.米兰·昆德拉传［M］.北京：新世界出版社，2005.92.

地位。如此形势下捷克民族更有创作高水准文化的必要。因为'世界的未来将会毫不客气地相当合理地要求我们说明自己存在的理由'。"①可见昆德拉在流亡之前就一直在为祖国的文化繁荣而努力，以期待祖国能如他所愿再度创造出耀眼的文化，吸引世界关注。

流亡以后的昆德拉继续为构建捷克的文化身份而努力，最典型的是他创造了"中欧"的概念，并对这个概念进行广泛宣扬，以期待让更多人接受这个概念。概括地说，"中欧"概念就是要把捷克文化纳入西欧文化范畴，而且要与苏联的拜占庭文化划清界限，旨在以这种方式去融入西方，获得西方关注。在与美国著名作家菲利普·罗斯的一次对话中，昆德拉就"中欧"一词表达了自己的见解，他说：

> 作为一个文化史概念，东欧指的是俄国，连同它那扎根于拜占庭世界中的相当特殊的历史。波西米亚（捷克的旧称）、波兰、匈牙利，就像奥地利一样，从来就不属于东欧。从一开始，它们就参加了西方文明的伟大冒险，经历了哥特式艺术、文艺复兴，基督教改革运动正是发源于这一地区的一场运动。正是在这里，在中欧，现代文化获得了最强大的的推动力：心理分析，结构主义，十二音乐作曲法，巴尔托克音乐，卡夫卡和穆齐尔新的小说美学。战后，俄国文明对中欧的吞并致使西方文化丧失了它充满生机的重心。这是我们这个世纪西方历史上最为重要的事件。我们无法排除这种可能性，即中欧的毁灭标志着整个欧洲灭亡的开始。②

---

① 高兴.米兰·昆德拉传［M］.北京：新世界出版社，2005.93.
② MARTINE Boyer Weinmann. *Lire Milan Kundera*［M］. Paris: Armand Colin, 2009.45.

我们从这段话可以看出昆德拉已经把苏联对捷克的占领上升到了欧洲生死存亡的高度，他想通过强调捷克、波兰等"中欧"国家的文化对西欧文化的贡献来引起西方对这些国家命运的关注。按照昆德拉的阐释，中欧国家的文化历来都是整个欧洲文化不可分割的一部分，苏联对这些国家的侵略就是要活生生砍掉西欧文化的有机组成部分，从而导致西欧文化的不完整和支离破碎，最后威胁它的存亡。

1983 年，昆德拉在法国著名期刊《争鸣》(*Le Débat*) 上发表了题为《一个被绑架的西方或中欧的悲剧》(*Un Occident kidnappé ou la tragédie de l'Europe centrale*) 的文章，再次详细论述了"中欧"概念，他写道：

> 对一个匈牙利人，一个捷克人，一个波兰人来说，欧洲究竟意味着什么？在一千年的时间里，他们的国家是欧洲的组成部分，一个以罗马基督教为根源的欧洲。他们参与了欧洲历史的每一个时期。对他们来说，"欧洲"这个词并不代表一个地理现象，而是一个与"西方"这个词同义的精神观念。当匈牙利不再是欧洲的之时——也就是，它不再是西方的之时——它就被人从自己的命运之中驱逐了，就被逐出了自身的历史：它失去了其身份的本质。[①]

从时间可以看出，在昆德拉宣传他的"中欧"观时东西方阵营尚处于冷战阶段，捷克、波兰、匈牙利都属于"东欧社会主义阵营"，昆

---

① KUNDERA Milan. *Un Occident kidnappé ou la tragédie de l'Europe centrale* [J]. Le Débat, 1983/5, n° 27. 3.

德拉在此时提出"中欧"概念无异于制造神话。事实上，在西方国家眼中捷克等国必然是处于"东方""他者"的地位。

　　由此捷克身份的不确定性显而易见，它从来都不是自我"身份"的主人，在历史中很少是主体，总是历史的客体。作为一个文化上属于西方、政治上属于东方的国家，捷克和东西方国家都有隔阂：在以苏联为首的东方阵营中，捷克是处于从属地位的"弱者"形象，长期受到苏联的控制与奴役；在以法、英等国为首的西方国家眼中，捷克又完全属于他们的对立面，总之就是一个"双重他者"。这样的地位必然导致捷克陷入受制于人、不受关注的境地，长期不受关注的后果便是被世界遗忘，丧失身份。

　　从上文分析我们可以得出，昆德拉对"身份"的关注离不开他对捷克命运的关心以及对捷克"他者"地位的忧虑。同时，昆德拉敢于提出"中欧"概念是反抗苏联高压统治的表现，反映了他希望祖国能尽快摆脱苏联束缚，回归欧洲大家庭的愿望。

1.3　昆德拉的人生经历

　　昆德拉对"身份"的关注当然也离不开他自己的人生经历，昆德拉的一生是曲折而坎坷的一生，他多次被开除党籍、被禁止在国内发表作品、被开除国籍、遭遇西方的误认等等，这些都会促使他思考这个世界的"荒诞"以及"身份"的脆弱。阿根廷作家豪尔赫·路易斯·博尔赫斯（Jorge Luis Borges）断言：一切文学都有自传性质。《百年孤独》的作家加西亚·马尔克斯（Gabriel José de la Concordia García Márquez）也表示：没有本人的亲身经历，他可能一个故事也写不出来。我们认为这些话也同样适合于昆德拉，他对"身份"的关注离不开他自身的人生经历和身份困惑。

昆德拉的一生总是在不断摸索、不断对自我进行否定与修正，甚至不断与自我进行决裂。从青年时期开始昆德拉就显示了对自我身份的不确定，如当他还在上中学时，政治热情一度很高，那时的他热衷于参加各类政治和社会活动、参加各种辩论。1949年，18岁的昆德拉成了捷克共产党的一员；可是，1950年，由于他"时常有反官方言行和反党思想"被开除了党籍；1956年，捷克的政治和社会环境有所宽松，昆德拉又自动恢复了党籍；直到1968年"布拉格之春"失败以后，昆德拉再次被开除了党籍。从党员身份的几次变动我们可以窥见其对自我身份的不断反思与调整。

昆德拉的人生经历有其独特性，这个独特性在于他在前半生与后半生的所作所为形成了巨大反差，甚至可以说判若两人。青年时期的昆德拉与所有革命年代的青年人一样，为祖国、为民族的命运奔走呼号，积极参与到各类社会活动中，积极为改变现状而奋斗；而后半生的他却完全退到了一边，不再斗争，远离政治，远离祖国。总之，曾经口口声声号召作家为民族的存亡履行职责的昆德拉自己却丢弃了这一职责，曾经热情洋溢地鼓励整个民族不要灰心丧气的昆德拉自己却彻底灰心丧气了。这个"布拉格之春"的急先锋后来仿佛变成了另一个人，和之前的表现和身份反差如此之大，不禁让人怀疑他的真诚。许多年后，当被问及这段特殊经历时，昆德拉如此说道："当我回想我怎样把代表大会当作一个讲坛发表那篇长长的演讲时，我仿佛觉得回忆的是另一个与我毫不相关的人。那是一篇很出色的讲稿，我以自己的方式为它感到自豪。我只是说，我自己不认识自己了。那次大会不久之后，我便意识到，我除了是个小说家之外，什么也不是，我不应当插手其他事情。"① 可见，昆德拉的身份在"布拉格之春"失败以后出现了明显断裂，从"达则兼济天下"变成了"穷则独善其身"，他毅然选择了和曾经的"激进者""先锋派"身份告别，回归了其最本质的身份——小说家。对于其小说家的身份，有一段记者和昆德拉之间的经典对话：

"昆德拉先生，您是共产主义者吗？"

"不，我是小说家。"

"您是持不同政见者吗？"

"不，我是小说家。"

"您是左翼还是右翼？"

"不是左翼也不是右翼，我是小说家。"②

流亡以后的昆德拉面临着法国与捷克对他身份的双重误认，彻底成了一个"双重他者"。在法国，昆德拉长期被视为一个"持不同政见"的流亡者，是"社会主义制度"劣根性的揭露者，遭遇着作品和身份的双重误读，这种误读是从他的第一部小说《玩笑》开始的。《玩笑》于 1967 由伽里玛出版社引进到法国，当时正值捷克政治环境很微妙的时期，因为在同一年发生了著名的"布拉格之春"并在下一年很快遭到苏联镇压，备受世界瞩目。恰巧《玩笑》讲述的是主人公在"极权"统治下命运反复被捉弄的故事，因此难免让法国人对其进行意识形态方面的解读。正如依塔诺·卡威诺（Italo Calvino）所说："第一

---

① 高兴.米兰·昆德拉传［M］.北京：新世界出版社，2005.111.

② 昆德拉.被背叛的遗嘱［M］.余中先译.上海：上海译文出版社，2004.164.

本决定了自我定义，此后一生都难以摆脱其影响。"① 昆德拉的第一本小说《玩笑》奠定了其在西方读者心中"政治斗士"的形象，之后的每一部小说都难逃从意识形态角度被解读的命运。

为了淡化"流亡作家"身份、改变自己在法国人心中的形象，昆德拉在移民初期做了多种努力。例如他一直坚持声称自己只是一个生活在国外的作家，随时会回到祖国去。1976 年 1 月 23 日，即作者移居到法国雷恩后不久，《世界报》如此描述作者和法国以及和捷克的关系："米兰·昆德拉是唯一生活在国外的捷克作家。他不是、也不希望成为一个流亡者。现在，法国对他来说是文学上的故乡。在已得到捷克当局允许其暂时离开祖国的情况下，昆德拉已于去年秋天移居法国，在雷恩大学当助教。"② 这段话表明昆德拉一方面拒绝承认移民身份，另一方面宣称法国是自己的文学故乡，拉近与法国的文化亲缘关系，作者试图通过这些方式将自身置于"非政治"背景当中。

在捷克，昆德拉也同样遭到严重的误认。被捷克年轻一代寄予希望的 1968 年"布拉格之春"最终以隆隆地驶进布拉格的苏联坦克和武装镇压而告终。"布拉格之春"被强行镇压之后，昆德拉与其他作家一样被剥夺了发表作品的权利，他从没有参加过被禁作家的聚会并反对参与他曾经的"亲密战友"——剧作家瓦茨拉夫·哈维尔（Václav Havel）等人组织的签名抗议活动，认为那是一种无意义的出风头行为，甚至与哈维尔之间爆发了论战。简言之，昆德拉认为改革的尝试具有一定意义，而哈维尔则反驳说试图对这种体制进行改革毫无意义可言，应该进行革命。在一次访谈中，哈维尔曾这样评价昆德拉："我

---

① Italo Calvino. Préface de 1964 au *Sentier des nids d'araigée* (1947), citée dans Philippe Daros, *Italo Calvino*, Paris, Hachette supp é rieur, 1994.1331.

② KUNDERA Milan.Rencontre avec Milan Kundera: Le romancier envie toujours le boxeur et le r é volutionnaire [N]. Le monde, 1976.

反对他，是他看不见或故意拒绝去看事物的另一方面，事物的那些不明显但也更充满希望的那一面。我指的是这些事物可能具有的间接的长远的意义。昆德拉也许会成为他自己的怀疑主义的俘虏，因为这种怀疑主义不允许他承认冒着受人讥笑之风险而做出勇敢的行为可能更有意义。"①很明显，昆德拉在哈维尔心中是一个小心翼翼的保守者形象，缺乏勇气与魄力。事实上在捷克不是只有哈维尔如此看待昆德拉，大部分捷克人都把其看成一个逃避责任的"懦夫"。

捷克国内的部分作家在昆德拉刚离开捷克时还期待他会成为他们的海外盟友，像大多数流亡作家那样成为海外的"自由声音"。然而昆德拉一心专注于小说创作，1985 年当《生命中不能承受之轻》的捷克语版由多伦多的捷克流亡作家希克沃莱茨基夫妇创办的"68 出版社"发表时，昆德拉的同僚捷克作家们终于忍无可忍，无法接受其作品。如评论家米兰·雍克曼在其"昆德拉的荒谬"一文中痛斥昆德拉受低级的商业行为驱使，痛斥其是在恶意歪曲捷克斯洛伐克的社会现实，雍克曼认为："原因再明显不过了，小说中那些受迫害的知识分子穷困潦倒，在不得不依靠擦窗度日时，却屡屡遭遇'艳福'，流连于女人卧室，'床上的事'被渲染成他们生活的主要乐趣。"②雍克曼认为这是对捷克知识分子形象的讽刺与亵渎。对于国内的批评之声，昆德拉只是一笑置之，并没有正面回应。他曾平静地说过，1978 年完成的《笑忘录》是他表达对捷克思念之情的作品，当他于 1982 年写完《生命中不能承受之轻》时，他强烈地感受到："某种东西被彻底地封上了，我再也不会返回当代捷克历史主题了。"

---

① RIZEK Martin. *Comment devient-on Kundera ? . Image de l'écrivain, écrivain de l'image* [M]. Paris：L'Harmattan，2001.

② 孙晓骥.昆德拉与法国之间的恩怨以及作为法国作家的昆德拉.《南都周刊》，http://book.ifeng.com/shupingzhoukan/special/detail_2014_09/16/161100_0.shtml.

1989 年"天鹅绒革命"以后流亡作家们陆续返回祖国，他们频频在电视里亮相，唯独昆德拉杳无音信。2008 年，捷克政府将"捷克文学奖"授予昆德拉，昆德拉却并未回国领奖；2009 年，昆德拉家乡布尔诺举办了一场昆德拉作品会，国际友人纷纷赶至摩拉维亚地区一个小城市想一睹大师"芳容"，结果昆德拉不仅没出席，还写了一封很伤感情的信给主办方，大意是说：他觉得自己是个法国作家，自己的作品应该被列为法国文学。[①] 布拉格电台的一位评论员安慰捷克人民说："昆德拉并不欠我们什么。"[②]2009 年底，布尔诺的马萨里克大学举办了一场名为"米兰·昆德拉或文学何为"的国际学术研讨会，这是捷克首次举办关于昆德拉的国际会议，亦有向他贺寿与致敬之意。谁知多年隐居巴黎的昆德拉竟然拒绝了祖国的邀请，他通过一位参会学者向大会递交信件并代为朗读，称该研讨会为"恋尸聚会"，言下之意是：作为捷克人的昆德拉已经死了，他已经放弃捷克人的身份。

捷克诗人维克托·迪卡（Viktor Dyk）的诗《大地发言》中书写了祖国防止他的子民产生任何离开的念头"如果你弃我而去，我不会死去。如果你弃我而去，你将会死去"（Si tu m'abandonnes, je ne périrai pas. Si tu m'abandonnes, tu périras！）。意即"叛徒不会有好下场"（Qui m'abandonne, périra）。捷克人对昆德拉的愤怒之情在某种程度上可以用捷克的这种根深蒂固的思想来解释，按照这句话的说法，一个文人离开祖国就是对祖国最高的背叛。换言之，昆德拉不仅是捷克人的"他者"更是祖国的"叛徒"。

1989 年布拉格议会通过了一项决议，这项决议是关于归还被社会

---

① http://rue89.nouvelobs.com/blog/blog-de-martin-danes-sur-lactualite-tcheque/2009/04/27/pourquoi-les-tcheques-detestent-milan-kundera-100201.

② http://rue89.nouvelobs.com/blog/blog-de-martin-danes-sur-lactualite-tcheque/2009/04/27/pourquoi-les-tcheques-detestent-milan-kundera-100201.

主义体制没收的财产，但只把范围限定在居住在捷克的公民。当时的总统瓦克拉夫·克罗斯（Vaclav Klaus）对于社会主义制度下流亡同胞的事情多次强调，"流亡不是解决问题的办法"。总之，流亡的捷克人不被同胞原谅，除非他们用谦虚的回归来表示懊悔。然而，昆德拉没有回去。更严重的是，他还改变了写作语言，由捷克语改为法语创作，这更加加深了他与祖国的裂痕。

综上所述，昆德拉的一生就是一个不断与自我疏离、与外界疏离的一生。在祖国，他被视为叛徒；在法国，他被当成斗士，可见其身份的变化及其复杂性，这些都会让昆德拉感到命运的荒诞与无奈。

1.4 昆德拉的 "欧洲小说" 观

昆德拉对 "身份" 主题的关注也是由其小说理念与文化谱系决定的，他视自己为 "欧洲小说" 继承人，积极致力于传承 "欧洲小说" 传统，关注人的存在，探索人在各种境况下的可能性。昆德拉所称的 "欧洲小说" 并不简单等同于 "欧洲人写的小说"，也不包括欧洲在希腊、罗马时代和中世纪一千多年间的散文性叙事作品（即古代小说）。它指的是 "作为进入现代（Les Temps modernes）以来的欧洲历史之组成部分的小说"。[1] 诚然，使用地理学的概念来对文学进行分类是近代以来文学史家们惯用的方法，原因在于 "在同一个地理环境中的共同体（communauté，大可到一个洲，小可到一个部落、村落或者现代城市中的社团）中的人们，随着时间的流逝会形成一种共同意识，而这

---

[1] KUNDERA Milan. *Les testaments trahis*. Paris：Gallimard. 1995. 41.

种意识使他们的自我身份得以确立和确认"。①昆德拉执着地将自己的小说纳入"欧洲小说"范畴，一方面是对其小说身份的确认，另一方面也是对其自身身份的定位。

在文章《一个被绑架的西方或者中欧的悲剧》中，昆德拉提出疑问："欧洲的同一性在于什么呢？"然后他自己做出了回答："在中世纪，在于共同的宗教；在现代，当中世纪的上帝变成隐形的神，宗教让位于文化，成为欧洲人互相理解、互相定义、互相认同的最高价值的实现。"②昆德拉认为虽然欧洲各国的历史不同、民族不同，然而由于欧洲人在中世纪有着共同的基督教信仰，并且共同继承了文艺复兴以来古希腊罗马文化，因此欧洲人早已形成了一个超越国家、民族和语言的文化共同体。在这个文化共同体中，欧洲各国进行着一连串的小说接力赛：

先是意大利的薄伽丘，这位欧洲小说的先驱者；随后是拉伯雷的法国；接着是塞万提斯和流浪汉小说的西班牙；在18世纪，是伟大的英国小说；在这一世纪末，歌德的德国加入进来；19世纪完全属于法国，但在这一世纪的最后三十年，俄罗斯小说加入，而斯堪的纳维亚小说紧随其后。到了20世纪，是中欧和卡夫卡、穆齐尔、布洛赫和贡布罗维奇一起冒险的文学世界。③

---

① 张弛.昆德拉的"欧洲小说观"——昆德拉小说诗学研究之一［J］.当代外国文学，2005，（3）：29.

② KUNDERA Milan. *Un occident kidnappé ou la tragédie de l'Europe centrale* ［J］. Le Débat. 1983/5，n° 2.

③ KUNDERA Milan. *Les testaments trahis*，Paris，Gallimard，1995. 42.

　　就这样，欧洲不同国家和地区一个个渐次觉醒过来，在各自的独特性中自我肯定并融入共同的欧洲意识中去。昆德拉在此提到了卡夫卡、穆齐尔、布洛赫和贡布罗维奇，这些小说家都来自"中欧"，被称为"中欧四杰"。昆德拉把他们纳入"欧洲小说"接力赛显然是要表明"中欧"小说对"欧洲小说"做出了举足轻重的贡献。

　　"中欧四杰"是昆德拉在论述他的"欧洲小说"观时反复提到的小说家，他认为这四位小说家为"欧洲小说"发展开创了一个新的时期，即这些小说家所关注的不再是人的内心状态，而是存在，是世界迫使人必须面临的命运境况。昆德拉曾经一再表示他的小说继承了以布洛赫、卡夫卡、贡布罗维奇和穆齐尔为代表的后普鲁斯特欧洲小说传统。

　　在文学评论集《小说的艺术》中，昆德拉详细阐述了"小说"存在的价值和意义，即小说应该去发现唯有小说才能发现的东西，去探索人的具体生活，保护这一具体生活逃过"对存在的遗忘"。昆德拉在此论述的"小说"已经不同于中世纪的罗曼司（romance），小说的功能和价值已经发生了很大转变："从前它不过是人们在茶余饭后进行的满足想象力和情感的轻松消遣物，但现在它去表达从前由史诗、编年史、道德文章、圣书和部分诗歌表达的各种愿望、责任和不安。另一方面，从社会的角度来看，由于它的发行量极大，它就成了面向各种阶层的人的最重要的文学传播手段。"[1] 而现在小说在西方文化中的重要性已经日益显著，"在小说中，西方人找得到一切：所有他所发明的和所有超越于他的，即他的命运。小说为每一个精神家族都提供它的精选营养：为实证精神，它提供了社会研究——今天正在嬗变中的国

---

① R. M. Albres. *Histoire du roman moderne, nouvelle edition*, Paris: Albin Michel, 1963. 7. 转引自张弛. 昆德拉的"欧洲小说"观——昆德拉小说诗学研究之一[J]. 当代外国文学，2005，（3）：30.

家使社会研究仍然令人感兴趣；为敏感的心灵，它提供了残酷而细腻的心理分析游戏——20 世纪的精神分析以其沉潜到心理深渊深层的实践更新了这个游戏；它为论战者们提供了介入现状的契机；为有命运感的人，它提供了对人类的处境或者世界的非人道性不断的问；并且，它也为所有人提供了曲折故事、冒险经历和童话里可享受的孩子般的乐趣。小说充当了许多角色：听忏神甫、政委、保姆、时事新闻记者、术士、密教士"。① 总之，小说已经成为现代欧洲人文化身份的载体，它给了欧洲人以最有力和最丰富的文化表达。可以说，小说创作是一种摆脱束缚的自由创作，是彰显自我的表现，欧洲人可以从中找到一切，并借小说构建和维护自己的身份。

归根到底，昆德拉认为"欧洲小说"的使命便是要以人为出发点，对人自身、对人与世界的关系进行重新思考，说得更确切一些，便是要对自我之谜进行关注，并要试图解开疑团。因为"真正的创造者不是为了无意义的描画乐趣而去描画。无论他是否愿意、是否知晓，当他在他创造的人物中寻找时，他所做的就是在笼罩着所有人的阴翳中投下一些微光：就是让他笔下分散、陌生、迷失的生灵们忏悔，而如果没有他的话能使他们将永远也不知道自己的邪恶；就是给他们展示在他们灵魂里蠕动的阴暗的兽性，以便他们在被搅得不安、恐惧的同时，也许'最终看见自己的真面目'并自思。真正的小说是些隐秘的问卷"。② 那么，在"欧洲小说"的接力赛中，各个时代的小说家又是如何对"自我"进行探究的呢？

在理查森以前，小说家笔下的人物都通过行动去把握自我，行动

---

① R. M. Albres. *Histoire du roman moderne, nouvelle edition*. Paris: Albin Michel.1963.7.

② CHARLES Plisnier. Roman, Paris:（Grasset, 1954；inM. -A. Baudiouy et R. MousSay d., Civilisation.

被认为是行动者本人的画像。但后来的小说家开始怀疑这个观点，因为他们发现有时候人在自己的行动当中无法认出自己，在行为与人之间产生了一道裂缝。假如说自我在行动中无法把握，那么在哪里、又以何种方式可以把握它？小说在探寻自我的过程中，不得不从看得见的行动世界中掉过头来，去关注看不见的内心生活。理查森开启了关注内心生活的先河，普鲁斯特和乔伊斯把人的内心生活发挥到极致，描述得淋漓尽致。普鲁斯特分析的是过去时间，乔伊斯分析的是现在时刻。但对自我的探索又一次以悖论告终：观察自我的显微镜的倍数越大，自我以及它的唯一性就离我们越远。如果说自我以及它的唯一性在人的内心生活中无法把握，那么在哪里？又以何种方式可以把握它们？卡夫卡开辟了新的方向：后普鲁斯特方向。他构思自我的方式是：在一个外部世界具有摧毁性力量以至于人的内在动机已经完全无足轻重的世界里，人的可能性还能是什么？他通过把人异化成动物表现了人在这个残酷扭曲冷漠的世界面前的孤独、痛苦、无能为力，揭示了人的存在是荒诞的，人不管是想通过行动还是通过内心去把握自我都是徒劳的。

正因为昆德拉把自己的小说纳入了"欧洲小说"范畴，因此他自觉继承了传统去继续探索自我。在他的小说中，把握自我就意味着抓住自我存在问题的本质，把握自我的存在密码。昆德拉认为关于人类存在的问题哲学从来不知道该怎样去具体地把握，而只有小说才能做到这一点。因此小说不是为哲学服务，相反，小说是要去占领至今仍被哲学占据的领地。

综上所述，我们可以看出昆德拉对"人"身份的探究和他的"欧洲小说"理念息息相关，一脉相承。通过对"欧洲小说"这一概念的了解与梳理，能够帮助我们更好地领悟昆德拉写作的文学价值、文化蕴含和历史意义。

本章小结

由上文分析可见，昆德拉对"身份"的关注是多种因素综合影响的结果，这些因素的综合造就了其"身份"理念的独特性。正因为作者有过在"极权"社会生活的经历，他对人不能自由掌控自身命运的痛苦才有切身体会，看到了人的命运在强大政治机器面前的荒诞；正因为昆德拉来自一个命途坎坷的国家，他才对国家身份的脆弱性有着比一般大国公民更深切的感受，因为一个随时可能被吞并、被占领的国家很容易被人遗忘，被遗忘以后的身份难以为继。同样，捷克在东西方阵营"双重他者"的地位直接决定了捷克公民的地位，这就是为什么昆德拉在东西方阵营都被当成"他者"。所有这些都会让作者对"他者""边缘人"这些身份感受更加强烈，引导他去思考身份问题。同时昆德拉的"欧洲小说观"让其能跳出个人命运，有着更深刻的思想和更广阔的视野。

因此对昆德拉来说，外在流亡与内在流亡交织，祖国的"双重他者"地位与他自身的"双重他者"地位交织，也与整个人类在现代精神缺失下"双重他者"地位的交织。这些原因相互作用，相互影响，造就了独特的昆德拉和他独特的"身份"理念。

第 2 章 《生活在别处》：在别处的自我

　　《生活在别处》的主人公雅罗米尔是一位盲目且幼稚的诗人，他从小受控于畸形母爱的统治，从懂事之日起就活在母亲为他营造的虚幻镜像中，导致他一生都被镜像所束缚，对自我身份产生误认。雅罗米尔一生都在试图摆脱母亲的阴影，追求真正的自我，可始终是从一个荒诞走向另一个荒诞，最终荒诞地走向了死亡。他的一生既短暂又可悲，而悲剧正是源于他自我身份认同的困境。

引　言

　　《生活在别处》是昆德拉创作体系中的一部重要作品，该作品完成于 1969 年，于 1973 年在法国发表。同年，该作品使作者首次赢得重要的外国文学奖——法国"梅迪西斯奖"，从而令作者名声大振。从时间上我们可以看出这部小说创作于昆德拉流亡之前，因他于 1975 年才流亡法国。由此可见，昆德拉移民法国之前就已经关注了身份主题。

　　该小说创作于苏联侵占捷克之前，这段时间正是昆德拉对捷克共产党专制进行反省和批判的时候，也是捷克的文化环境相对宽松的时候。昆德拉1967年在捷克第四届全国作家代表大会上发言，批判政府对文化的控制，要求给予文化界更大的自由。正如昆德拉在会上发言所指出的那样，捷克正在一步步失去自己的特色，即逐渐失去自己独特的"身份"，捷克有很多宝贵的传统文化，应该利用这些文化在国际上建立自己的"身份"。然而作为"他者"的苏联，不允许捷克拥有"自我"，竭力压制捷克的自我意识，让它始终处在其异化之下，由于这个"他者"的力量太过强大，捷克一时无从反抗。

　　不管昆德拉承认与否，我们在《生活在别处》中都可以清晰地看到作者的影子。据昆德拉本人介绍，他在20世纪50年代中期就想写这部小说了。当时他想解决一个美学问题，那就是要怎样写一部属于"诗歌批评"的小说，同时小说自身又是诗歌，能够传达诗歌的激情和想象力。这种构思和想法与昆德拉本人在20世纪50年代的诗歌创作不无关系。昆德拉在50年代一共出版了三部诗集：《人，一座广阔的花园》（1953）、《最后的五月》（1955）、和《独白》（1957）。同时他也是捷克"五月派"文学团体的重要成员。"五月派"是由捷克一批有才华、有思想的青年诗人组成的文学团体，提倡让文学回到人们的日常生活中去，推崇西方文艺理论，具有强烈的反传统倾向。在当时，昆德拉不仅写诗还译诗，主要是翻译法国诗歌，并编辑诗歌年鉴。在他负责编辑的《一九五九年捷克斯洛伐克诗歌年鉴》中，昆德拉写道："诗歌是所有艺术的内在火焰。这一火焰以它最最纯粹的特性存在于抒情诗中。"昆德拉赞美抒情诗的力量能够让世界变得更加美好，让人类变得更加善良和高贵。可见20世纪50年代的昆德拉非但不反对抒情，反而十分肯定抒情的力量，这种态度和作者在《生活在别处》中所表达的对抒情的态度是大相径庭的。《生活在别处》最初的标题为《抒情时代》，由于昆德拉的一些朋友和书商认为这个标题过于平淡，作者才将书名改为《生活在别处》，该小说讲述的就是抒情，确切地说是讲述抒情的恐怖。虽然这部小说的构思始于 20 世纪 50 年代，但写于"布拉格之春"前后，此时的昆德拉已青春不再，在经历了一段狂热的革命岁月后，他对捷共、对现实有了更加清醒的理性认识，因而对盲目抒情产生了怀疑。昆德拉甚至觉得，"比起恐怖来，恐怖的抒情更是个难以摆脱的噩梦"。[1]昆德拉对抒情的态度之所以从讴歌变成了厌恶，用他自己的话说，是因为"我的青春，我自己的'抒情年代'和诗歌活动恰逢最最恶劣的极端主义时期，我看到了太多抒情带来的灾难和牺牲"，[2]在他的词典中，"诗人"已成为一个贬义词。

在《生活在别处》中，昆德拉让我们见证了一位忧伤诗人可悲而短暂的一生，从他出生在溢满母爱的怀抱，到他被一场普通疾病夺走了年轻的生命，命运无情地戏弄着这位试图顶天立地的男子汉，以最普通的一击夺走了他年轻脆弱的生命。雅罗米尔没有死在战场上，抑或是与那些"落后"人群的辩论中，而是悲哀地在自己的床上和母亲怀里迎接一切的终结。这是雅罗米尔的悲剧，也是所有抒情诗人的悲剧，在昆德拉的"人类学实验室"里，雅罗米尔只是一个代号，一个象征，他可以是雪莱，也可以是济慈、兰波或者拜伦。昆德拉关注的并不是一个个案，描述的不是一个特定的时代，而是在思考全人类的处境。

从目前研究现状来看，对这部作品的解读主要以母爱、青春、诗歌或抒情为主题，或从叙事角度进行阐释，并没有对人物本身进行深

---

① 李平，杨启宁.《米兰·昆德拉：错位人生》[M].成都：四川人民出版社，2000.90.

② 仵从巨.《叩问存在：米兰·昆德拉的世界》[M].北京：华夏出版社，2005.73.

入剖析，本文把研究的立足点放在主人公雅罗米尔穷其一生对自我身份的追逐上，利用拉康镜像理论从自我和他者的角度进行阐释，以求对主人公一生的悲剧进行详细解读。

2.1 畸形母爱下的异化

拉康认为："自我并不是自己的主宰，它外在于我们作为他者而存在，它被自身无法掌控的外部力量所决定，被限定在异化的境地。"[①] 在雅罗米尔的生命中，他的母亲是最重要的他者，他始终处在母亲的控制和异化之中。正是畸形的母爱迫使年幼的雅罗米尔承担着巨大的心理负担而无法正常前行，从而无法形成属于自己的独立自我，也正是雅罗米尔无法掌控的这种外在力量使得雅罗米尔的身份遭到严重异化。

2.1.1 畸形母爱

从表面上看，《生活在别处》的主人公只有一个，那就是书中的诗人雅罗米尔。细读之后我们会发现他的母亲也是个重要人物，甚至可以说是另一个主人公。在雅罗米尔的生命中，他的母亲无时无处不在，母亲是雅罗米尔一生悲剧的根源，而这个根源又是起源于母亲自身的身份危机。母亲因为相貌平平从童年起就生活在其姐姐的阴影下，所以强烈要求从外部对象那里寻求确定自我形象和定位的基础，寻求他者的肯定。她曾经尝试追求伟大的爱情，试图在爱情中获得认同，可

---

① 刘文.拉康的镜像理论与自我的建构［J］.学术交流，2006，（7）：24.

一次又一次以失败告终。

最后诗人母亲不顾家人反对选择了诗人的父亲——一个不名一文的工程师，她做出如此选择只因她觉得自己在和工程师的爱情中找到了自信，她的身体得到了极大满足。从他们交往开始，母亲那可悲且低微的身体终于不再怀疑自己，觉得终于摆脱了早先听天由命的束缚，"姐姐的网球拍不再能使她气馁；她的身体终于作为正常的身体而活着，而且她终于明白这样生活是多么美好"。①母亲自以为找到了幻想中的美妙爱情，认为在这场爱情中她的"自我"得到了确立。为此她愿意付出任何代价，心甘情愿地与年轻的工程师丈夫保持思想统一，默许他那令人愉快的无忧无虑和令人着迷的不负责任。她知道工程师的这一切与她的家庭格格不入，可她还是愿意接受。从那以后"每次她在镜子前脱去衣服，她都是在用工程师的眼睛审视自己的身体，有时她会觉得很激动，有时会觉得着实乏味。她将自己的身体置于他人的眼睛之下——而这正是她极不确定的地方"。②把自我完全依托在爱情之上终究是不可靠的，事实证明，母亲在不久之后就感到失望。当她向工程师宣布怀孕时，工程师并不想承担责任而是试图找一个妇产科医生帮助他们摆脱烦恼，最后工程师几乎是被迫接受了婚姻，婚后也是被动去满足母亲的种种要求。至此，母亲的爱情幻梦破碎了，建立于其上的自我也面临崩溃。

此时，一件非常重要的事拯救了她，那就是一个新生命开始孕育，正是因为这个新生命她的自信才没有在丈夫的冷漠中土崩瓦解：

妈妈的身体，就在不久前还是为情人的眼睛而存在的身

---

① 米兰·昆德拉. 生活在别处［M］. 袁筱一译. 上海：上海译文出版社，2011.11.

② 米兰·昆德拉. 生活在别处［M］. 袁筱一译. 上海：上海译文出版社，2011.10.

体刚刚进入一个崭新的历史时期：它不再是为别人的眼睛而存在的身体，它成了至今尚未有眼睛的某个人而存在的身体。身体的外表已经不再是那么重要；它通过内在的一层羊膜接触着另一个身体，而那层膜至今还没有任何人看到过……身体终于彻底独立和自治；这个越来越大的越丑的肚皮对于身体来说却是一个存储越来越多骄傲的蓄水池。①

这是母亲第一次通过体内孕育的雅罗米尔体验到真正的自我。一直以来，母亲需要在他人眼中得到自我确认，需要身边人的关注和情人对她身体的迷恋，然而这一切都是不稳定的、脆弱的。情人的一举一动都会影响母亲对自我的判断，从而导致她极度的不自信和缺乏安全感，她随时可能陷入对自我的怀疑和身份危机中。而她正在孕育的小生命则不一样，这个生命在她的体内，和她合二为一，这是完全属于她的。任何外在他者都不能对孕育的小生命施加影响，从此母亲找到了新的寄托。分娩后她和儿子直接的接触更是让她感受到了一种巨大的安宁和幸福。当儿子吸吮她的乳头时，"她以前从来没有体验过这种感觉，情人吻她的乳房时，仿佛是平息她所有犹豫和怀疑的一瞬，可如今她知道吸吮这她奶头的这张小嘴对她的迷恋永远不会结束，她可以对此确信无疑"。② 她从来不曾对另一个身体如此毫无保留地投入过，也从来没有对另一个身体如此这般毫无保留地接受。她完全沉浸在和儿子构成的两人世界中，在这个世界里儿子只依恋她一人，儿子的身体只属于她一人，她也不再为自己平庸的身体感到羞涩和自卑，"这是一种伊甸园的状态：身体能够作为完全的身体而存在，不需

---

① 米兰·昆德拉.生活在别处［M］.袁筱一译.上海：上海译文出版社，2011.11.
② 米兰·昆德拉.生活在别处［M］.袁筱一译.上海：上海译文出版社，2011.12.

要哪怕一片葡萄叶的遮掩；他们双双沉浸在无涯旷野般的宁静时光里，就像是偷吃禁果前的亚当和夏娃，能够直面身体，在善与恶的概念之外"。①

拉康认为："个人对自己的原初认识出现在婴儿6—8个月生长中的镜像阶段，婴儿的知觉最早出现在妈妈的怀里和摇篮中，即主客不分之混沌中，婴儿无法界划自己的身体与妈妈、外部世界的区别，这个时候的婴儿还没有和母体完全分离，他在一定程度上和母亲是融为一体的。"② 因而在这个时期，母亲以儿子为镜像寻求自我确认，她总是感觉很幸福。她开始觉得自己的味道不错，觉得自己的身体颇为怡人。哪怕有一天她发现自己肚皮上出现了一条条妊娠纹，她也不觉得绝望，"妈妈的身体还是很幸福的，因为这身体要满足的眼睛到目前为止也还只能分得清世界的大概轮廓，它还不知道，这个残酷的世界里有人用美丑的标准来区分不同的身体"。③ 此时，儿子和丈夫形成了鲜明对比，丈夫带给她的是犹疑的快乐，儿子带给她的是洋溢着幸福的安宁；丈夫的身体离她越来越远，儿子的身体时时刻刻依靠着她。她教他上厕所，帮他穿衣服、脱衣服，替他选择发型和衣服。她通过满怀爱意地为儿子准备菜肴和他的五脏六腑进行接触。儿子的身体已经成为她的家园、她的天堂、她的王国，她感到自己不仅是儿子身体的朋友，更是这身体的主宰者。

阿兰·德波顿在《身份的焦虑》中写道："我们的'自我'或自我形象就像一只漏气的气球，需要不断充入他人的爱戴才能保持形状，而他人对我们的忽略则会轻而易举地把它扎破。因此，唯有外界对我

---

① 米兰·昆德拉.生活在别处［M］.袁筱一译.上海：上海译文出版社，2011.12.

② 张一兵.从自恋到畸镜之恋［J］.现代外国哲学研究，2004，（6）：13.

③ 米兰·昆德拉.生活在别处［M］.袁筱一译.上海：上海译文出版社，2011.14.

们表示尊敬的种种迹象才能帮助我们获得对自己的良好感觉。"① 雅罗米尔的母亲正是如此，只有丈夫的爱情或儿子的依恋才能不断保持她的自我存在。可丈夫对她没有爱情，婚姻是被迫的，她的身体在分娩之后的变形更是让她和丈夫渐行渐远。在丈夫不能给予她满足的情况下，她毫不犹豫地转向了儿子雅罗米尔，她几乎将自己包括母子亲情甚至乱伦爱情在内的全部情感都依附在儿子身上，还把自己关于文学艺术的浪漫想象也投注于雅罗米尔身上。结果这种畸形母爱成为笼罩雅罗米尔一生的无法摆脱的桎梏，母亲也因此成为雅罗米尔一生都无法摆脱的他者。

2.1.2　畸形母爱下的镜中幻象

诗人是伴随着雅罗米尔一生的身份标签，这个标签首先是母亲给予他的。母亲从开始怀孕就幻想他有朝一日能成为一名诗人。起初在她不能确定是在哪里怀上儿子雅罗米尔时，她宁愿选择了一个洋溢着浪漫气息的场景——小说开篇就写道诗人究竟是在哪里被怀上的呢？每次诗人的母亲想到这个问题，她觉得只有三种可能性值得考虑：某个夜晚在广场的长凳上；或者是某个下午在诗人父亲朋友的房子里，再或者就是某个早晨在布拉格市郊一个罗曼蒂克的角落里。在这三个可能性中，母亲认定是在一个阳光灿烂的夏日早晨，在那个布拉格人喜欢在星期天时去散步的小山谷里，在一块悲怆地矗立在岩石堆当中的巨岩下怀上了诗人，因为她觉得这个背景更适合作为诗人的诞生地，其他两个场景都不符合她对纯美浪漫的幻想。后来母亲又把自己的浪

---

① 阿兰·德波顿.身份的焦虑［M］.陈广兴，南治国译.上海：上海译文出版社，2007.10.

漫幻想寄托在俊美的阿波罗身上，因为阿波罗是希腊神话中最多才多艺、也是最美最英俊的神祇，他掌管着音乐、医药、艺术和寓言。在她的卧室里放着一尊阿波罗的雕像，本来只是一尊普通的雪花膏雕像却被她看得非常神圣，她欣赏着他英俊的脸庞，开始期待肚子里的孩子能长得像这个俊美的神祇，她甚至开始想象孩子并不是她和丈夫的结晶，而是她和这个年轻男子的杰作，她强烈地希望为自己的孩子起名为阿波罗。这些诗情画意的浪漫幻想都是母亲对雅罗米尔诗人身份的初步建构。

雅罗米尔会说话以后，母亲不遗余力地发掘儿子在语言方面的天赋，她集中精力仔细地关注着儿子的语言表达，甚至特意买了本石榴红封面的记事簿，对于儿子说出的话，从单词到断断续续吐出的短句都要记载下来。她将儿子小嘴里吐出的一切都记在记事簿里面，例如"外公是个大坏佬，偷吃我的小面包""保姆安娜真正丑，就像一只小山鼬""我们去树林，心里真高兴"这样富有韵律的句子。儿子的这些话在全家范围内广为流传，亲人们觉得从一个小孩嘴里说出如此具有抑扬顿挫节奏的词句很有趣，并一致认为他拥有过人的洞察力和感受力。母亲认为这些押韵的句子体现出雅罗米尔具有写诗歌的天赋，她为此感到骄傲与自豪。雅罗米尔得到家人的称赞和喜爱，正是在这种呵护与关爱中，他第一次体验到了诗歌的魔力和魅力。

按照拉康的说法："对完整自我形象的渴望和迷恋是人之天性，但这种推动人迈出混沌无知、形成自我意识、看似幸运的第一步也是不幸的起点，因为自我身份的形成必然依赖于对他者的参照，只有以他者形象作为媒介，或者说必须有一个由外界提供的先在模式，主动的自我形象建构才可能完成。"[①]雅罗米尔的自我形象建构开始于亲人们

———————
① 拉康.拉康选集［M］.褚孝泉译.上海：上海三联书店，2001.245.

尤其是母亲对他话语的肯定，如果一开始他说话是为了让别人理解他的意思，那么后来他说话则是为了得到赞同、欣赏和欢笑。自此以后，他总是故意表现以求获得他人关注，"他总是很小心地观察大人的反应，体会对于他的语句，他们究竟欣赏什么，喜欢什么，不喜欢什么，还有什么能让他们惊得目瞪口呆"。[①]可见雅罗米尔最初建构的自我是他者眼中虚幻的自我，他将普通的话语以诗歌格律的形式说出来并非出于对诗歌艺术的热爱，也不是发自内心的，而是为了取悦他人，带有满足虚荣心的功利性。如他和妈妈逗留在花园里时说出了这么一句充满着忧伤的感叹话语："妈妈，生命就像是野草。"这句话的效果无与伦比，妈妈哑口无言甚至激动到双眼湿润，"雅罗米尔陶醉在妈妈的目光中，觉得这目光中含有感动的赞扬，他多么希望妈妈再这样看着他啊"。[②]诗人从母亲欣慰的眼神中感受到母亲对他口中说出的抒情诗句的喜爱，他渐渐领会了母亲对他的期待。于是为了迎合母亲的期望，有一次散步时他踢了一脚小石子，然后对母亲说："妈妈，刚才我踢了小石子一脚，现在我很同情它，我想安抚它的疼痛。"[③]他说完后真的弯下身子摸了摸石子。儿子悲悯的情怀更使得母亲确信儿子有着过人的天赋和细腻的情感，并且经常将这个想法告诉父母及周围的人。在这样的环境中雅罗米尔逐渐建立了他有着超乎寻常的语言禀赋的自我形象，他兴奋地想象着自己在他人眼中引起的反响。

雅罗米尔快六岁时拥有了自己的独立房间，母亲怀着不舍的心情将他以前的精彩语句都精心写在纸上，然后把纸贴在雅罗米尔的房间墙壁上作为他的生日礼物。这些画就像一面面魔镜，映出了从小到大

---

① 米兰·昆德拉.生活在别处［M］.袁筱一译.上海：上海译文出版社，2011.18.
② 米兰·昆德拉.生活在别处［M］.袁筱一译.上海：上海译文出版社，2011.19.
③ 米兰·昆德拉.生活在别处［M］.袁筱一译.上海：上海译文出版社，2011.19.

都是一个语言天赋非凡的"诗人"形象，雅罗米尔更加深刻地意识到这些句子不仅是自己的骄傲，也是母亲及全家人的骄傲，仿佛到那时为止他的"自我"就浓缩在这些精彩绝伦的语句当中。他完全陶醉了，体会到了一种巨大的成就感。在他看来，这些话比他还要伟大还要永恒，"他觉得被无数的自己所包围着，数不清的雅罗米尔充盈着整个房间，甚至充盈着整幢房子"。[①] 这说明雅罗米尔越来越沉迷于母亲、家人为他编织的"天才诗人"的梦幻里，他将这一建立在他人目光中的镜中幻象误认为是他本人，实则是自我的误认，是在欲望着他者的欲望。

在拉康看来，"镜像阶段"是主体成长中的一个重要时刻，它标志着自我原型的诞生，"镜像是自我的开端，是一切想象关系的开始。在随后的生活中，通过一系列与自恋对象或爱之对象的认同，自我逐渐获得了一种身份或同一。自我一旦形成，就会以想象关系的形式走向外界"。[②] 幼年雅罗米尔正处在自我形成的关键时期，根据对拉康理论的解读，我们认识到"主宰了童年最初几年"的众人所建构起来的目光之镜对人的自我形成起着决定性的作用。众人眼中的神童这一镜中幻象成为雅罗米尔心中认同的理想自我，他扮演着这个身份，作为它的化身，认同于它，并带着这个身份走向外界。雅罗米尔上学之后继续刻意表现自己"过人"的才能去赢得他人的赞赏和喜爱，教室在他看来成了他家大房子的另一种表现形式。每次当他感觉自己受到关注时，便会在无形的鼓励下努力表现以迎合自己神童的身份。例如有一次雅罗米尔去看牙时恰巧碰见同班同学，聊天之际他发现有位老先生正在听他们谈话，他意识到自己引起了他人注意，因此必须有所表现。于是他问同学：如果自己是教育部长该怎么做，在他同学沉默的反衬

---

① 米兰·昆德拉.生活在别处［M］.袁筱一译.上海：上海译文出版社，2011.22.
② 黄作.从他人到"他者"——拉康与他人问题［J］.哲学研究，2004，（9）：64.

下，他开始发表自己的见解以显示他优于同龄人的聪颖才智。在诊疗室中，他的炫耀卖弄招致了别人的反感，一位夫人对护士说道："求求你，管管这个孩子！他简直像是在表演，真可怕！"①诚然，过分的刻意表现已经使得他失去了同龄孩子的单纯与童真，他开始偏离了正常孩子成长的轨道，远离了真实自我。

童年时期在个人成长中至关重要，雅罗米尔本可以享受和同龄孩子一样天真质朴的童年，可他身上承载了母亲太多的欲望和期望。母亲因从小缺乏自信又在爱情婚姻中受挫，所以把全部希望都寄托在儿子雅罗米尔身上，包括她少女时期关于文学艺术的憧憬和自己未能实现的对伟大爱情的浪漫幻想。在影响幼年雅罗米尔身份建构的他者当中，母亲扮演着最重要的角色：是她不遗余力发掘儿子的语言天赋并把他的精彩语句记录在册，是她把儿子的过人天赋和天才表现告知众人并引以为荣，又是她把儿子的精彩语录精心写在纸上并贴在了儿子的房间，造成了雅罗米尔膨胀的自信心。在拉康的哲学视域中，人的欲望总是虚假的，你以为是自己的需要而其实从来都是他者的欲望，人的欲望是一种无意识的"伪我要"。诚如拉康所说："在婴儿时期，依偎在母亲怀抱中与母亲结为一体共同存在的孩子凝望着母亲的眼睛，想要成为母亲眼中所期望的对象。结果，孩子在想象中认同了母亲的欲望对象，他的欲望被作为母亲欲望的欲望而形成。"②

总之，在这部小说中，正是母亲把自己的欲望转嫁到雅罗米尔身上，才致使雅罗米尔把母亲的欲望误认成自己的欲望，发生了拉康所说的关于"他人之镜"的想象性误认。这是雅罗米尔自我建构的开端，也是他一生身份危机的起点。

---

① 米兰·昆德拉.生活在别处［M］.袁筱一译.上海：上海译文出版社，2011.24.
② 方汉文.后现代主义文化心理：拉康研究［J］.国外社会科学，1998，（6）：60.

2.1.3　畸形母爱下的身份危机

"镜像阶段论"是拉康精神分析学的出发点，它是关于主体心理发展最初的一个阶段的理论，处于后来拉康所说的"想象·象征·实在"三种秩序中的"想象界"。镜像是自我的开端，在随后生活中通过一系列与自恋对象或爱之对象的认同，自我逐渐获得一种身份或同一。简言之，自我由一系列连续的认同所构成，而镜像就处在这一系列认同的最底层。当随后的认同与最初的镜像认同相同一时，主体就会感觉拥有稳定统一的身份，反之主体就会产生认同的混乱，陷入身份危机。

拉康将人的主体性分为三个层次：想象界、象征界和真实界。镜像阶段之前对应真实界，此时人尚未感受到同母亲分离的丧失感，是完满统一的原初状态。随着主体将镜中形象当作自己的想象性误认，主体进入想象界，想象界是自我在镜像阶段被明确呈现的形象所支配的世界。随着个体掌握语言，与社会文化接触，主体接受了自己的丧失感并将自己构建于象征符号之上从而进入象征界。"在拉康的'主体心理结构'中，象征界是占主导地位的一种，象征界即符号的世界，它是支配着个体生命活动规律的一种秩序，个体在其间通过语言同现有的文化体系相联系，同他人建立关系，即作为'主体'出现"。[1]拉康所指的象征界包括三类层次：逻辑—数学、语言、社会与文化象征现象。"他认为象征界是由想象主体向真实主体的过渡，随着语言获得，幼儿开始意识到自我、他者与外界的区别，进入象征界，并通过言语活动表达其欲望和情感。幼儿在成长过程中进入象征秩序而逐渐获得主体性"。[2]主体要想在象征界中找到真实自我从而拥有一个稳定

---

[1] 黄汉平.拉康与后现代文化批评［M］.北京：中国社会科学出版社，2006.73.

[2] 黄汉平.拉康与后现代文化批评［M］.北京：中国社会科学出版社，2006.73.

的身份，就必须在社会象征层次中占据一席之地，拥有一个名字和一个讲话的位置。我们将运用"镜像阶段论"理论解读《生活在别处》，聚焦于主人公雅罗米尔。

上学以前，雅罗米尔一直处于母亲的镜像包围中，那时他和母亲是个封闭的二元结构，中间并无其他中介成分。雅罗米尔处于一种想象关系中，即拉康所说的"想象界"，此时的他在母亲投射下的镜像里是一个有着天赋和细腻情感的天才诗人，雅罗米尔把自身与此镜像同一起来，初步确立了自己的同一性身份，他完全认同这个身份并带着它走向"象征界"。可是拉康认为在象征界里想象界并未消失，而是继续向前发展进入成人主体与他人的关系中，即发展至象征界并与之并存。雅罗米尔的身份危机来源于他在象征界不能获得和在想象界相同的身份认同。譬如雅罗米尔在学校不能和同学们友好相处，不能获得他们的认可，同学对他表现出冷漠甚至怀有敌意。一方面这是因为他在学校和在家里一样，总是在各种场合热衷于表现自己以吸引他人注意，有时还以伤害同学为代价；另一方面是因为母亲对他的那份溺爱，"母爱在他身上的一切都留下了痕迹；在他的衬衫上、发型上、他的用语上、他用来放书本的书包上，还有他在家里用来消遣的闲书上，所有的一切都是特意为他选择为他整理好的。他精打细算的外婆为他缝制的衬衫根本不像是男孩穿的，而像是女孩那样收腰的。他的长发上还别着一只母亲的发卡，这样眼睛才不至于被头发挡住。每逢下雨，妈妈总是撑着大伞在学校门口等他，而其他孩子呢，总是脱了鞋子在泥泞中跋涉"。[①] 由此可以看出，当他初次步入社会文化层次时，在他人面前展现的是"妈妈的小宝贝"形象，这个形象将同学之爱远远推开。有一次当雅罗米尔站在黑板前列举圣诞礼物时，他发现了同学眼

---

① 米兰·昆德拉.生活在别处［M］.袁筱一译.上海：上海译文出版社，2011.25.

中流露出的冷漠表情后不得不中断罗列，不再提其他礼物。在学校，同学总是劲头十足地嘲笑他、拿他取乐，当然没有人愿意和他做朋友。根据拉康的说法，人类主体通过语言而形成，主体是言语的主体和面对语言的主体。言语活动的本质特征就是对话性，它涉及说者与听者。雅罗米尔在自我主体形成过程中面对的是听者的缺失，同学们不愿意听他发言、拒绝和他做朋友、拒绝和他交流，这些都是听者缺失的表现，听者缺失导致雅罗米尔的言语活动无法正常进行，因而主体建构过程受挫。他认识到周围同学、老师对他不再赞许和欣赏，也就是说，镜像阶段的神童形象得不到老师同学的认可。可见象征界无法建立的身份认同与想象界的理想镜像发生错位与断裂，身份认同危机由此产生。

"妈妈的小宝贝"是一个在母爱圈囿下的不成熟形象，这个形象代表的是一种缺乏男性气概和独立精神的阴柔气质。雅罗米尔自身这种阴柔的气质导致交际障碍，显得格格不入以至于受到群体的排斥。随着年龄增长，年幼的他开始萌发自我意识，他开始叛逆和拒绝变态的母爱，慢慢学会了如何巧妙地掩盖母爱在他身上留下的烙印。有一天他碰到了一个和他一样穿戴整齐、干干净净的小孩，该小孩的穿戴也显示了母亲溺爱的痕迹，展示的也是一个"妈妈的小宝贝"形象，这激起了雅罗米尔心中莫名其妙的敌意。于是他摘了一片荨麻叶，让小男孩脱去衣服后用荨麻叶从头到脚地抽打小男孩。通过他的这种行为我们可以看出雅罗米尔对母爱控制的憎恨以及他想要摆脱病态母爱、融入社会群体从而获得他人认同的强烈愿望。

诚如昆德拉在书中所述："诗人诞生的家庭往往都离不开女人的统治……尤其是母亲，诗人的母亲，而父亲的影响总是在母亲的影子后淡去。"雅罗米尔也毫不例外，他与父亲接触甚少，我们在小说中很少看到雅罗米尔和父亲有直接交流。从小说描述中我们依稀可见雅罗米尔父亲的形象，他是个一文不名的工程师，生活放荡不羁，战争期间参过军上过前线，对妻子冷淡没有感情，却对一个犹太女人爱得轰轰烈烈，为了和犹太姑娘相会，他两次潜入控制严密的集中营最后为之付出了生命，他被认为是"最勇敢的人"。随着诗人日渐成熟，他越来越渴望从"妈妈的小宝贝"形象中逃脱出来，越来越渴望拥有男子汉气概，对父亲的崇拜之情与日俱增。雅罗米尔把自己房间墙上的现代绘画取下来，在墙上空白位置挂上了父亲的照片，照片上的父亲穿着军官制服，阳刚帅气。雅罗米尔喜欢这张照片，虽然对于照片上的这个人他知之甚少，甚至连他的轮廓也已经在记忆中模糊。可是他越来越怀念这个人，这个踢过足球、当过兵、进过集中营的男人。尽管雅罗米尔崇拜敢爱敢恨敢作的父亲，可终究父亲对他的影响是非常有限的，他们之间的交流太少。父亲是拥有权威的成年男人，可以为孩子提供一种男性的榜样和行为模式。根据弗洛伊德的理论，我们知道男孩在成长过程中会有意识无意识地模仿父亲的角色和行为，从而形成具有鲜明性别特征的形象，即男子汉形象。而在雅罗米尔的成长过程中父亲角色是缺失的，这种缺失导致他建立成熟男人形象的愿望无从诉求，令人窒息的畸形母爱更是他成长道路上的障碍，雅罗米尔就是一个在母亲溺爱的促使下极力向世界展示自己却又始终无法进入这个世界的诗人。

一方面，母爱圈囿下小宝贝的形象不被认可；另一方面，成熟男人形象无从确立。雅罗米尔开始思索自己是谁："他自己又是谁呢？实际上，人的自我又是什么呢？他总是关注自己，想要审视自我，可是他找到的只是那个全副心思放在自己身上，审视自我的那个形象。"[①] 处于想象界中的雅罗米尔在母爱庇佑下没有身份危机，彼时的他与母亲投射下的镜像是完整统一的，虽然这种统一性建立在想象与他者的基

① 米兰·昆德拉.生活在别处［M］.袁筱一译.上海：上海译文出版社，2011.40.

70

础之上，是虚幻的，但因为没有其他他者的介入，雅罗米尔对眼前的镜像深信不疑。他的身份危机开始于象征界，步入象征界以后主体要面对的是整个社会文化层次，是整个象征性语言体系。主体要想表达欲望，就必须学会并运用其中的语言，成为语言的主体和言语的主体。然而语言表达是一种互动性行为，需要说者与听者，在此情况下就需要更多作为听者的他者介入，否则就会产生身份危机。

我们认为，归根到底小他者认同与大写他者认同之间的矛盾冲突是雅罗米尔身份危机的根源。他者理论是拉康的核心理论，拉康在前人主体论和"他者"理论的基础上，结合索绪尔的语言学第一次对他者进行了区分，把他者分为小他者与大写他者。"所谓的小他者，一开始是镜像中那个无语的影像，后来则是母亲，父亲和其他亲人的面容，还有一同玩耍的小伙伴的行为和游戏"，[①] 小他者总是与感性的他人面容为伍。大写他者是每一个接受了语言教化的成熟个体天天所面对的象征性语言，它编织了我们赖以存在的世界。大写他者并不是具体所指的某一个东西，而是围绕在我们周围的整个语言符号系统，如果主体想要表达自己的欲望，就必须学会运用这个语言符号系统。在拉康看来，自我要想确立自我身份必须要征得"他者"的承认。对于雅罗米尔来说，小他者指的是镜像阶段母亲和其他亲人的面容，小他者投射下他的自我形象是有天赋的诗人形象。而大写他者指的是他诞生于其中的语言以及由语言编织的世界。根据上文的分析，我们得知雅罗米尔在小他者投射及认可下的天才诗人形象得不到大写他者的承认，从而导致他的自我无从确认，他因为无从在现实中立足，不能建构完整自我而陷入了深深的身份焦虑中。

---

① 张一兵.魔鬼他者：谁让你疯狂？——拉康哲学解读［J］.人文杂志，2004，（5）：18.

2.2   到别处寻找自我

身份焦虑促发了雅罗米尔的自我意识觉醒，他意识到母亲不是生活的全部，母爱圈囿下的阴柔形象得不到大写他者认同，因此必须挣脱母爱束缚以成为一个独立掌控自己命运的成熟男人。自我的驱动力是一种从他者那里不断获取认同的欲望，离开母爱圈囿以后的雅罗米尔由于丧失了认同来源便开始寻找其他寄托，首先他试图在邂逅的画家身上寻找对他才情的认可，然后又试图通过爱情、诗歌和革命去建构成熟的自我形象。然而雅罗米尔在追寻独立完整自我的过程中仍然无法摆脱畸形母爱的纠缠，导致他总是陷入进退两难的境地。

2.2.1   依赖画家构建聪颖的自我

从小说中我们得知在雅罗米尔的生活中完整的父亲形象是缺失的，取而代之的是一个他在温泉疗养院认识的画家，这是影响雅罗米尔一生的男人，弥补了其生命中父亲角色的缺失。雅罗米尔把他看作绝对权威，是理想的成熟男人和行为的榜样，画家对他来说代表的就是"父亲的名义"。"父亲的名义"是拉康引入象征界的一个概念，和俄狄浦斯情结密切相关。俄狄浦斯情结本是弗洛伊德精神分析的一个重要概念，指的是我们最深层的无意识欲望即"弑父娶母"的欲望。拉康在该情结基础上发展出了一套自己独特的"结构"模型，"对于拉康而言，俄狄浦斯情结首先是一个象征结构。他认为虽然两个人同居或结婚往往都是出于一些非常个人和私密的原因，但这种关系同时也存在着一个更加宽泛的社会性或象征性的面向。这种同居或婚姻的关系不但涉及两个有关的人，而且还涉及由亲朋好友和社会制度所构成的整个社会网络。因而这些个人关系便使得男人和女人们处在一个有关社会意义的象征循环之中"。① 因此拉康理论中的俄狄浦斯情结指的是规定着我们的象征关系与无意识关系的原初结构，俄狄浦斯情结标志着主体从想象界到象征界的过渡。通过一个第三项即"父亲的名义"的介入，母亲与孩子之间相互欲望的封闭循环被打破，并由此创造出一个空间，在这个空间里孩子可以开始把自己作为与母亲相分离的存在。"父亲的名义"并不需要一个真实的父亲乃至一个男性的人物，而是只需要一个象征的位置，这个位置会让孩子觉察到自己处在母亲欲望对象的位置上，同样它也是一个代表权威与象征法则的位置。

　　进入象征界以后雅罗米尔的自我意识开始觉醒，单一的母亲认同不能再满足他的自我确认，他需要进一步得到象征界大写他者的认可才能给其身份认同提供支撑。在面临身份危机之际，他和母亲在温泉疗养院度假时认识了一位画家，母亲把他视为专家并希望雅罗米尔能够得到他的指点。当雅罗米尔把自己的作品"狗面人身"画拿给画家看时，画家对其大加赞赏并宣称这些"狗面人身"画深深打动他，评价说这些画表现了雅罗米尔"独特的内心世界"。听到画家的赞誉之词后雅罗米尔非常得意，镜像阶段获得的"具有艺术天赋"的天才形象终于得到了母亲以外的他者即画家的确认，虽然那被赞赏的狗面人身画完全是诞生于偶然的，该画诞生的唯一原因是他不会画人脸，并不是出于什么深刻思想。但雅罗米尔还是迫不及待地对这个身份进行了认同，他说服自己的理由是"内在世界的独特性并不是辛勤劳动的结果，而是偶然并且自然地出现在他脑海里的念头；是他的思想给予他的，是一种馈赠"。②

---

① 肖恩·霍默.导读拉康［J］.重庆：重庆大学出版社，2014.72.

② 米兰·昆德拉.生活在别处［M］.袁筱一译.上海：上海译文出版社，2011.38.

　　幼年雅罗米尔曾经被认为具有非常细腻的情感，比如他会说出"妈妈，生命就像野草"这样伤感的话语，也会想"如果他死了，这个世界将不再存在"这样忧伤的话题。但在中学阶段老师总是讲解悲观主义的书，让学生在这尘世看到的只有悲惨和废墟，这导致雅罗米尔伤感的思想变得不足为奇了，他再次丧失了身份确认。于是他想到了画家，试图通过绘画重拾自信以建立理想形象。于是他去登门拜访了画家，可惜这次拜访与他期待的完全不一样，画家不仅没有称赞他反而否定了他的绘画才能，说他还是在画着同样的东西毫无创作方向。雅罗米尔听了以后多么惊愕多么想反驳，先前正是画家说欣赏他的画并曾宣称这些狗面人身的东西能吸引他，所以他才会继续为画家而画。接下来当画家让他画些新东西时雅罗米尔感到无所适从，只好再次求助于狗面人身。画家因此很不高兴，期望他能画出点儿富有想象力的东西。但雅罗米尔始终不知道该画些什么，最后只是勉强画了些他一点儿也不喜欢的线条。我们由此认识到雅罗米尔其实并不具备绘画天赋，也不是发自内心地喜欢绘画，他去找画家只是为了寻求肯定和自信。他原本希望画家能像第一次见面时那样称赞他，渴望狗面人身画能再次带给他成功，但最终失败了，雅罗米尔去了画家那里好几次却没能得到一丁点儿的赞扬。

　　为了再次赢得画家认可，雅罗米尔绞尽脑汁想出带给画家一本他从不曾给其他人看过的素描本，上面画满了无头裸体女人。画家是个超现实主义者，雅罗米尔观察到他推崇表现潜意识的本真创作。他之所以把裸体女人素描本给画家看，是因为他隐隐约约感觉到他的素描本中有某种东西很接近画家推崇的事物：具有禁忌的气息，这是和日常生活中所看到的画截然不同的独特之处。果然，画家肯定了裸体无头女人画的价值，认为这画源自孩子潜意识的想象力，并且是时代的真实写照，终于他又一次对雅罗米尔那份独特的想象力表示了十分的赞赏。他对雅罗米尔的母亲说："请注意这奇怪的巧合。您先前给我看的画是长着狗头的人，而您儿子最近给我看的画则是裸体女人，但都是没有头的裸体女人。您不觉得这里有一种对人脸的顽固拒绝，对人本性的顽固拒绝吗？您不觉得在您儿子的这种视角与日常扰乱我们生活的战争间具有某种神秘的联系吗？战争不正是剥夺了人的面孔和脑袋吗？难道我们不正生活在这么一个无头男人渴望无头女人的时代吗？"①可以看出画家对雅罗米尔的画表示了极大的肯定，甚至到了夸张的地步。而其实对于雅罗米尔来说，这些画只是表达了处于青春期的他对异性的渴望，无头只是因为他将头裁去然后贴上自己喜欢的女孩的照片以满足幻想而已，雅罗米尔根本意识不到画作具有如此深刻的审美价值和革命性的现实意义。所以画家的评价是对雅罗米尔的一种误认，而雅罗米尔却甘愿沉溺于这样的误认中洋洋自得。

有一天画家本是因为和雅罗米尔母亲偷情而心情愉悦，可雅罗米尔却以为是因为他而高兴，"他很高兴，而且相当自豪，因为他，雅罗米尔，他是画家这番充满激情的言论的由头……雅罗米尔得到的结论是画家爱他，并且出于某种神秘而深刻的内在相似性，他对于画家十分重要"。②画家为了让母亲懂得更好地欣赏现代艺术以便与他更好地调情和交流，就让雅罗米尔充当了现代艺术书籍的信使，雅罗米尔不知道这些书其实是给他母亲看的。画家把自己书橱里的书借给雅罗米尔并且不止一次地宣称他从不把书借给任何人，为此雅罗米尔作为唯一享有此特权的人感觉非常骄傲。他满怀兴趣地阅读这些书，里面的一句诗、一小段散文就足以让他很幸福，"不仅是因为它们很美，而且因为它们在他就像一张入门证，让他得以进入

---

① 米兰·昆德拉.生活在别处［M］.袁筱一译.上海：上海译文出版社，2011.46.
② 米兰·昆德拉.生活在别处［M］.袁筱一译.上海：上海译文出版社，2011.51.

那个被上帝选中的特殊人的世界，这个世界里的人能够发现别人所不能发现的美。"① 显而易见，雅罗米尔认为画家代表的正是那个特殊人组成的世界，因此画家对他的优待是一种至上的荣誉，画家的认同是对他极大的肯定。雅罗米尔始终把画家放在一个代表权威与社会法则的位置，他把自我建立在画家的认可之上。正如雅罗米尔对画家的评价："曾经一度对他的画作持怀疑态度的画家对他而言是绝对权威；他认为对于艺术作品的价值一定存在着某种客观的标准，而画家一定知道这个标准。"②

在雅罗米尔的一生中画家的形象总是伴随他左右，每到重要场合雅罗米尔都会想起画家，想起他的权威并且会模仿画家的口吻和手势去发表见解。果然，对画家的模仿让雅罗米尔得以成功融入了一些社会团体，"在这些团体里，人不仅仅是妈妈的儿子或班上的学生，人就是他自己。他对自己说人只有完全处于他人之中时才开始成为完全的自己"。③ 可以说，画家给了雅罗米尔融入社会的勇气，让他得以摆脱母爱的圈囿，去勇于融入社会，寻找独立真实的自我。简言之，画家不仅弥补了父亲角色的缺失，而且帮助他摆脱畸形母亲溺爱的束缚，尤其对雅罗米尔确认自我身份起到举足轻重的作用。

2.2.2 坠入爱河构建成熟的自我

本节旨在探讨成熟男人身份与爱情之间的关系。母亲的道德约束和精神控制导致成年后的雅罗米尔无法和其他女人建立正常性爱关系，他的身份危机延伸到了爱情中。从小处在病态母爱圈囿下的雅罗米尔

---

① 米兰·昆德拉.生活在别处［M］.袁筱一译.上海：上海译文出版社，2011.58.
② 米兰·昆德拉.生活在别处［M］.袁筱一译.上海：上海译文出版社，2011.56.
③ 米兰·昆德拉.生活在别处［M］.袁筱一译.上海：上海译文出版社，2011.151.

羞怯、懦弱、不成熟。昆德拉在小说中反复提到雅罗米尔那张稚气未脱的脸，这张脸让雅罗米尔感到深深的自卑，成为他在追求成熟道路上的沉重负担。他不断在镜子中审视自己的形象，"他对任何其他的事物都没有像对自己的脸那样仔细研究，再没有比这张脸更让他感到痛苦，也再也没有比这张脸让他寄予更多的希望"。[①] 上学之初，雅罗米尔的优秀表现让母亲安排他直接跳级到二年级，结果同班同学都比他大一岁。母爱圈囿下的他本来就显得比同龄人稚嫩，线条细腻的脸蛋让他的稚气更加突出，为此他每天无可避免地成为别人议论的对象，"啊！生了这样一张脸是多么沉重的负担"！[②] 他为此痛苦不已。

按照弗洛伊德的说法，我们最深层的无意识欲望是"弑父娶母"的欲望，然而有研究者认为俄狄浦斯情结远比这要复杂得多。具体从"肯定"和"否定"两个方面对其进行了区分，"在其'肯定'的形式上，该情结表现为希望竞争者亦即同性父母死亡的欲望，并伴随着对异性父母的性欲望；而在其'否定'的形式上，该情结则相反表现为对同性父母的欲望和对异性父母的憎恨"。[③] 雅罗米尔从小处在畸形母爱的强大包围中，母亲对他小到吃饭穿衣，大到交朋友谈恋爱都要控制，病态母爱对他的强烈占有欲压得他喘不过气来，母亲溺爱如同无法挣脱的枷锁而雅罗米尔总想要挣脱枷锁，追求自由。因此雅罗米尔的俄狄浦斯情结表现在"否定"形式上，即对同性父母的欲望和对异性父母的憎恨。但在实际生活中母亲对他的影响远远大于父亲，因此他身上少了父亲该有的男性阳刚而多了几分女性阴柔气质。

---

① 米兰·昆德拉.生活在别处［M］.袁筱一译.上海：上海译文出版社，2011.12.1

② 米兰·昆德拉.生活在别处［M］.袁筱一译.上海：上海译文出版社，2011.122.

③ 肖恩·霍默.导读拉康［M］.重庆：重庆大学出版社，2014.70.

雅罗米尔强烈地意识到了自己的稚嫩，并且意识到这已经成为他在象征界获得他者认同的巨大障碍，由此开始了他穷尽一生追求成熟的历程。拉康哲学研究专家褚孝泉说："人是通过认同于某个形象而产生自我的功能。人的一生就是持续不断地认同于某个特性的过程，这个持续的认同过程使人的'自我'得以形象化并不断变化。"①雅罗米尔在短暂的一生中对"自我"的追寻就在于对成熟男人形象的追寻。无论是通过爱情、诗歌还是革命，他寻求的都是他者眼中成熟男子汉的形象，"诗人穷尽一生的时间在自己脸上寻找男子汉特征"。

在雅罗米尔眼中，能够征服女人获得爱情是男子汉气概的有力证明，为此他不放过任何追求女人的机会。然而本性羞涩的他在爱情道路上并非一帆风顺，不成熟的外表和内心给他造成了巨大心理障碍。病态母爱又如同幽灵一般始终在意识深处纠缠他，束缚着他在恋爱过程中作为独立自主的个体去自由行动。

他第一次爱情的萌动就遭遇挫折，那是对家中的女仆玛格达动了爱心。玛格达丈夫去世后，她忧郁的美丽脸庞让雅罗米尔感到心动和怜惜，这也使他第一次在母亲以外的女人身上体验到忧郁之美，整个身心沉浸其中不能自拔。青春期少年的本能需求让他总是忍不住想象他和女仆独处的情形，终于有一次难得的机会家人都不在家，他做了十足的准备，甚至弄坏浴室的锁孔，为的就是偷看玛格达洗澡。他终于如愿以偿地看到了至今为止从来没有看到过的东西，他心跳加速激动不已，接着他不再满足于偷看，而是试图找个借口直接闯进玛格达正在洗澡的浴室，想象可以直接面对她忧郁脸庞映衬下的裸体。在很短时间内他梦想了一连串的情景，梦想他可以和裸体玛格达之间发生一点浪漫的故事。可是当真正付出行动时，他感到自己在颤抖，心跳

---

① 褚孝泉.穿越拉康的魔镜［J］.国外社会科学，1998，（6）：45.

快得几乎令他感到窒息，他是如此紧张以至于走到浴室门口时玛格达的一句话"雅罗米尔，我在洗澡，别进来"，就让他突然止步投降了。其实他完全可以按照所准备的借口进入浴室，实现他梦想的情景。但他退缩了，一遇到阻碍就轻易地退缩了。可以说他是思想的巨人，行动的懦夫。他本来想通过抚慰忧伤的玛格达来体现自己在女人面前的价值，建立成熟男子汉形象，但胆小懦弱缺乏行动的勇气导致建构成熟自我的过程受挫，这次与爱情失之交臂让他第一次清楚地看到了自己的羞怯和无能。

雅罗米尔急于摆脱稚嫩标签，总是在憧憬着美好爱情，然而爱情对他垂怜的机会却屈指可数。虽然他很少有和女人约会的机会，但他时刻准备着赴约。为了能约会成功，他总会做一番仔细的准备和研究，如他会特地在一个专门的笔记本上记下能在约会时讲述的故事，这些故事能很好地体现出他的口才和才华。每次约会时雅罗米尔都一门心思想着他事先准备的话，他既担心说话时声音不够自然又担心自己的语调会像一个业余背诵者，最后居然紧张得什么话也没说出来。结果一次次约会就在沉重的静默中过去了，他的约会就这样不断受挫，他似乎与爱情无缘。

爱情对于雅罗米尔的意义不仅是可以满足青春期的本能需求，更重要的是可以让他在他人面前展现自己成熟男人的魅力。有一天课间休息时他设法靠近了班里一个女同学，这位女同学唇上抹了艳丽的口红，他非常渴望能得到该女同学的吻，因为抹了艳丽口红的吻会在他脸上留下显眼痕迹，这样全班同学就能看到他脸上有接吻的痕迹，从而可以让那些平时取笑他幼稚的同学艳羡不已。可惜求吻没有成功，最后女同学将涂了口红的手绢在他脸上乱抹一气，他的脸上也因此成功布满了红印。当老师同学目瞪口呆地盯着他满是奇妙红印的脸时，他的虚荣心得到了满足，"他展现在众人的目光中，骄傲而幸福"。^①很明显，是否得到了女孩真正的吻不重要，重要的是让全班同学看到他脸上的吻痕，知道他被异性亲吻过。他的幸福感并非来自爱情的欢愉，而是来自他人的关注和对其男性魅力的认同。

有一次他在和一个跳舞认识的姑娘约会时姑娘把头靠在了他肩上，他感觉幸福的同时有了生理冲动，但他为此冲动感到羞耻，只祈求它尽快消失。于是，他设法将女孩的目光引向了别处，下次约会前他把从母亲衣橱里偷来的缎带束在自己的裤子上。雅罗米尔一直在追求爱情，可当爱情真正降临时他又害怕了。由此可见一方面他十分渴望女人，迫不及待在女人身上验证他作为男人的魅力；另一方面他又有与异性交往的心理障碍，他害怕甚至抵触与异性的关系有进一步的发展。这说明雅罗米尔虽然生理上已经成熟，但他的人格发展依旧停留在"半男人"阶段。事实上，对雅罗米尔来说姑娘的脸蛋比姑娘的身体更有意义。正如小说所述，"他所欲求的不是女人裸露的身体，他欲求的是在裸体的光芒照耀下的姑娘的脸蛋。他不是要占有姑娘的身体；他要的是占有姑娘的脸蛋，而这种脸蛋将身体赐予他，作为爱情的证明"。^②这进一步说明雅罗米尔追求爱情不只是为了满足生理需求或赢得靓丽恋人芳心，他追求的是在爱情中实现成熟男人的理想。

一次真正的爱情来临了。他在一次会议上引用了画家的一段言论后赢得了一位女大学生的芳心。女大学生仰慕他，把他形容为"希腊青年才俊"。更让他感动的是拥吻后女孩对他说："你也许觉得我和别的姑娘没什么两样，我不希望你认为我和别的姑娘没什么两样。"女大学生提到别的女人好像认为他在这方面很有经验，这极大地满足了他的虚荣心。因为身经百战、爱情经验丰富的男子汉形象正是他不断追

① 米兰·昆德拉.生活在别处［M］.袁筱一译.上海：上海译文出版社，2011.138.
② 米兰·昆德拉.生活在别处［M］.袁筱一译.上海：上海译文出版社，2011.143.

求梦寐以求却又无法企及的目标，他对这样的误会感到很开心。这次恋爱让他真正步入尘世之中，女大学生爱他，夸他是个美男子、很英俊、很聪明，欣赏他满脑的奇思妙想。"他终于找到了这么长时间以来他在两面镜子中找寻了很久的自己的形象"。① 可是，我们知道女大学生眼中雅罗米尔的形象只是一个虚幻镜像罢了，所谓的才华和奇谈怪论，只不过是他在引用画家的言论和思想；所谓的恋爱经验丰富，也只是女孩自己的臆想。实际上，雅罗米尔还是个胆小羞怯毫无恋爱经验的童男，一个"半男人"，甚至一直到那时他都从来没有手淫过。接下来女大学生几次给他提供机会，他因为紧张慌乱导致性爱失败。面对女大学生的质问，他宁愿谎称是因为自己另有所爱也不愿意承认自己还是个稚嫩的处男，最后他以分手为代价维持了自己在女大学生心目中那个成熟男人的虚幻形象。

雅罗米尔在与发小，即看门人的儿子见面时看到了自己的差距，因为他曾经的小跟班现在已经事业有成结婚生子。此时的雅罗米尔想要从男孩走向男人的愿望愈发强烈，他决定鼓起勇气追求收银棕发女郎。棕发姑娘丰满漂亮惹人喜欢，她有一个红发同事瘦弱黝黑没有魅力，雅罗米尔很看不上这位红发姑娘。可讽刺的是，阴差阳错导致雅罗米尔上了红发姑娘的床并在毫无准备的情况下和红发姑娘发生了关系，失去了童贞。"一切是如此迅速简单！还没来得及思考，他已经完成了一桩艰巨而决定性的任务"。② 当红发姑娘追问他："在她之前有过多少女人时"，他露出非常捉摸不定的微笑，当姑娘猜测在五个到十个女人之间时，"他感到十分骄傲和安慰；他觉得自己刚刚不仅仅是在和她做爱，而且是在和她归到他头上的五个到十个女人做爱。她不仅

---

① 米兰·昆德拉.生活在别处［M］.袁筱一译.上海：上海译文出版社，2011.159.
② 米兰·昆德拉.生活在别处［M］.袁筱一译.上海：上海译文出版社，2011.243.

仅将他从他的童贞中释放出来，而且一下子将他在男人的年龄之路上带得很远"。[①] 他为此对红发姑娘充满了感激以至于觉得她原先丑陋的身体现在变得富有魅力。当别人取笑他的女朋友丑陋时他安慰自己说，爱上一个美丽女人是很容易的事情，能够爱上一个不够完美的生灵才足以体现爱情的伟大，他认为自己能爱上一个丑陋平凡又没有文化的姑娘恰好证明了他的伟大和与众不同。很明显，这是他臆想出来的虚幻形象。

事实上，雅罗米尔对红发姑娘的爱情远没有他想象的那么崇高，他之所以和红发姑娘在一起只是因为红发姑娘爱他而且在他面前显得谦卑，这让他能感觉到自己是个有魅力的成熟男人。红发姑娘对于他的意义是让他终于跨越了男孩与男人的界限，不再是童男和"半男人"。他实现了梦寐以求的成熟，成功建立了理想的成熟男人形象。

2.2.3　迷恋作诗构建才华横溢的自我

雅罗米尔借助诗歌实现自我的尝试和追求爱情几乎同步进行。每当爱情失意时他便转向诗歌寻找安慰，在诗歌中构建理想的自我形象和设想美好的爱情故事。每当收获爱情时，他就借助诗歌表现自己的崇高以构建虚幻的伟大形象。诗歌是雅罗米尔生活中的另一个世界，这个世界源于现实又高于现实，与尘世生活不同的是，他是这个世界的唯一主人，能够实现完全的独立自治，不受约束。在这个世界里他能任意宣泄自己的感情，逃避自己在现实中的懦弱和无能，借以修复现实生活中的不足。总之，在现实中无所适从不知所措的雅罗米尔选择遁入虚幻的文字世界来解救自己，寻觅安慰剂。

---

① 米兰·昆德拉.生活在别处［M］.袁筱一译.上海：上海译文出版社，2011.244.

雅罗米尔是在接近女仆玛格达的小计谋失败后第一次将目光转向了诗歌，当时他表现出来的羞怯懦弱让他对自己产生了强烈的厌恶，因此急需一个出口来自我逃避和发泄。正如他自己所想："如果我们突然意识到自己的卑贱，逃到哪里才能避开呢？只有逃向崇高借以逃避堕落！"① 因为他从小生活在"诗人"的镜像中并为之感到骄傲，写诗曾经是他最引以为豪的才华，于是他很自然地把自己既熟悉又喜爱的诗歌视为了崇高的代名词，进而逃向诗歌借以逃避堕落。在读了一些书上的诗句以后他开始自己写起诗来，在将自身经历融入所读诗句之后他会抑扬顿挫充满感情地将自己的新作品念好几遍，有时连他自己都会被自己的诗句感动。就这样他得以成功摆脱了对自我的厌恶感，重新找回信心，"他对自己的厌恶此时留在了底层；就是他感到心跳加速手发麻的底层；但是现在在高处，他已经超越了他的匮乏"。② 诗歌的另一个优点在于它可以绝对自治，即不需要透露真实自我，因此就算有人读到他的诗也没人能透过这些文字看到作者生活的原型和他内心的真实想法。诗歌"独立并且不可理解，和事实本身一样独立并且不可理解，因为这事实和任何人都对不上号，它只需简单地存在就可以了。诗歌的这种自治给了雅罗米尔一个美妙的庇护，一种可以具有第二次生命的可能性。"③ 按照索绪尔语言学的观点来理解，语言符号是由能指与所指两方面构成，能指是构成语言符号的形象和声音，所指是指形象和声音所表达的概念或意义，能指和所指作为构成符号的不可或缺的两面有着同等的重要性，两者结合在一起才能使符号具有意

---

① 米兰·昆德拉.生活在别处［M］.袁筱一译.上海：上海译文出版社，2011.70.

② 米兰·昆德拉.生活在别处［M］.袁筱一译.上海：上海译文出版社，2011.71.

③ 米兰·昆德拉.生活在别处［M］.袁筱一译.上海：上海译文出版社，2011.72.

指的价值。^①之所以说雅罗米尔是他诗歌的唯一主人是因为诗歌就是由一连串能指组成的封闭系统，具体的所指只有他一个人知道。从某种意义上说，诗人是自己所写诗歌的唯一诠释者。因此所指的私密性可以让雅罗米尔拥有安全感，不用担心表现最内在最真实自我的能指被人窥见从而在诗歌中拥有了独一无二不可替代的身份。这种优越感让他觉得一切很美好，从第二天起他就决定再写些别的诗句，慢慢地他开始全身心投入到诗歌创作中。

现实世界和诗歌世界形成了巨大反差。对雅罗米尔来说，现实生活总是不尽如人意，阴柔的外表和懦弱的性格导致他追逐爱情屡遭挫折，现实中的他面对现状总是无能为力，不能自由掌控自己的命运。总之，现实中的他既不能做自我外表的主人也不能做性格的主人，如此处境让他感到厌恶甚至绝望。可以说雅罗米尔在现实生活中有两面镜子，一面镜子是尘世的众人之镜即他者的目光之镜，这面镜子投射下他的形象是既不受欢迎又不受认可的挫败童男形象；另一面镜子便是他的诗歌。在后者由于没有任何他人眼光的侵入，他能自由运用富有想象力的诗句填补现实中无从获得的认同缺失，给内心深处压抑的灵魂找到一个庇护所。"镜前的时间将他抛到了绝望的边缘；幸好他有另一张能将他带至满天星斗间的镜子。这面令人激动的镜子就是他的诗句……他不仅仅是这些诗句的作者，他还是关于它们的理论家和历史学家"。^②于是，诗歌成为雅罗米尔寄托情感的需求，成为他宣泄现实中无法获得满足的潜意识欲望的载体。他在诗歌中不仅能体验到从周围他者身上无法获得的美好幻觉，也能借以逃避不能被尘世他者接

---

① 费尔迪南·德·索绪尔.普通语言学教程［M］.高名凯译.北京：商务印书馆，1999.101.

② 米兰·昆德拉.生活在别处［M］.袁筱一译.上海：上海译文出版社，2011.125.

纳的痛苦。每当他和女孩约会失败，就会回到家里坐在桌前愤怒而迅速地写诗。怀着愤怒心情写的诗句一般都比较恶毒，比如"你的目光就像小便一样从你的眼睛中流淌出来，我瞄准你愚蠢想法的惊惧的阴茎。你大腿间的一片沼泽中跳出大堆的蟾蜍"。① 他用这些恶毒诗句来发泄对嘲讽他的女孩的厌恶。此外，他也会在诗歌中描绘很多美好的爱情，比如他在一首诗中描写了两个情人紧紧相抱相互依偎，犹如彼此嵌入对方的身体作为一具身体而存在；这些美好爱情是雅罗米尔向往但又无法实现的，他只能借助诗歌来感受、描摹理想的成熟男人的生活，宣泄自己向往爱情的激情。

拉康有一句名言："人总是一个早产儿。"② 因为与一出生就能游水的鱼儿和一生下来就能站立的小马驹相比较，初生的人类真是太懦弱了。婴儿呱呱落地的时候，既不会走路，也不会说话，对自身的运动机能只有很少的控制力。③ 用拉康的话说，叫"动力无助"状态，婴儿在出生之后的很长一段时间内，需要依靠旁人尤其是母亲的照料才能生活下去，这与他原本在母亲子宫内所享有的自足状态形成了强烈的对比。昆德拉在文中就明确表达了雅罗米尔的"动力无助"状态，"他想掉转头，往后，往后，一直回到母亲身体里，往后，进入那温柔的香气里。不成熟的男人会一直怀念那个世界的安全和统一，因为那是他一个人在母亲身体里完成的，于是当他面对充满敌对性的成人世界时，他感到害怕，他就像一滴水一般被淹没在相异性的浩瀚大海中"。④当然，脱离母体进入社会是每个人必经的过程，一般来说这一进程是自然的。雅罗米尔与其他人的不同在于当他处在镜像阶段时母亲的过

---

① 米兰·昆德拉. 生活在别处［M］. 袁筱一译. 上海：上海译文出版社，2011.44.

② 转引自张一兵. 从自恋到畸镜之恋［J］. 现代外国哲学研究，2004，（6）：13.

③ 里德. 拉康［M］. 北京：文化艺术出版社，2003.16.

④ 米兰·昆德拉. 生活在别处［M］. 袁筱一译. 上海：上海译文出版社，2011.294.

分宠爱和干预干扰了他的正常成长。雅罗米尔对镜像的误认导致他从想象界进入象征界时行动受阻,母爱圈囿下的小宝贝形象得不到象征界大写他者的认同。他向往凡俗的世界,可惜无法进入。昆德拉如此描述他:

> 一个被逐出童年保护圈的男人渴望进入尘世,可同时由于害怕,他用自己的诗句在构筑一个人造的,可以取代凡俗的世界。他让他的诗歌围绕着他运转,就像卫星围绕着太阳运转一样;在这个小小的世界里,他成为中心,一切都很熟悉,他有在家的感觉,就像婴儿待在母亲肚子里一样,因为这里的一切都是灵魂这一唯一物质构成的。在这里,他可以完成他在外部世界里觉得很困难的事情。①

雅罗米尔用诗歌构造了一个可以替代凡俗的世界,这个世界摆脱了他者的目光,无须再以他者为媒介获得形象的认可。在诗歌世界里,诗人是价值的唯一评判尺度,唯一评判的标准就是源自潜意识的真实情感。雅罗米尔同时生活在这两个世界中,"在尘世,他过着日常的生活,上课,和妈妈外婆一起吃饭,一种无法表达清楚的空虚在日渐扩大;可是在上面,在他的诗作中……他可以向自己宣布——充满激情地,令人激动不已地——一个新时期的到来,这个新时期毫无疑问地为他的想象打开了新的视野"。②

虽然雅罗米尔用诗歌构筑了一个独立世界,可他却仍然期望这些诗歌能得到他者认可,因为他认为"要想让诗歌成为真正的诗歌,必

---

① 米兰·昆德拉.生活在别处 [M].袁筱一译.上海:上海译文出版社,2011.293.
② 米兰·昆德拉.生活在别处 [M].袁筱一译.上海:上海译文出版社,2011.125.

须得给什么人读才行；只有证明这诗歌不是简单的数字化的私人日记，它才能得到真正的生命，独立于作者之外的生命"。[①] 为了建立自信心，他首先让母亲作为他诗歌的第一个读者。这种做法果然得到了期望的效果，母亲对他的诗给予了充分的肯定，在把诗歌朗读了好几遍后流下了赞赏的眼泪。她觉得雅罗米尔的诗写得如此智慧以至于认为自己是一个神童的母亲。但雅罗米尔还不知足，他期盼得到更权威的认可，画家对他而言就是绝对权威。于是他把诗拿给画家看，画家在赞赏之余只是谦虚地说出事实："这形象的创造者不是你；而是我们每个人都会体验到的无所不能的意识流；如果说这意识流选择了你作为表达的小提琴，这并不是你的才能，因为在这意识流中我们所有人都是平等的。"[②] 雅罗米尔善于从画家这些话中察觉出对他的肯定，他想就算他不是这些诗作里形象的作者，但正是某种神秘力量选择了他这只执行之手；他从中感受到了某种比才华更伟大更值得骄傲的东西：他是被选中的人，他能够因此而骄傲。雅罗米尔在日记本中写道："我是一个诗人，我是一个伟大的诗人，我拥有魔鬼一般的想象力，我能感受到别人所不能感受到的东西。"从此，诗歌成了他生活中不可分割的一部分，成了他的"身份"标签。

在诗歌光环照耀下雅罗米尔慢慢找回了自我，他坚信自己是被选中的人。在诗歌的独立王国中，他是唯一的主宰。然而他始终向往能融入社会文化层次里，创作诗歌对他而言不是最终目的，而是通往象征界赢得大写他者认可的敲门砖和跳板。他开始带着"诗人"身份出席各种诗歌研讨会，在研讨会上因为读诗和发言偶尔会得到短暂的关注和掌声，还赢得了一位女电影艺术家的青睐。可以说诗歌确实让雅

---

① 米兰·昆德拉.生活在别处［M］.袁筱一译.上海：上海译文出版社，2011.73.

② 米兰·昆德拉.生活在别处［M］.袁筱一译.上海：上海译文出版社，2011.127.

罗米尔在象征界获得了一定的认同。然而这些认同是脆弱的,诗歌投射下的形象也是虚幻的,因为这是一个伪诗歌横行的时代。昆德拉在小说中写到当时的各种诗歌研讨会就是想说明在那个外在力量不可摧毁的"极权"世界面前,在那个充满革命、警察、专制的社会中人们无所适从,只有通过盲目抒情来宣泄感情以互相抚慰。同时革命年代也需要人们的抒情来表达对革命的热情,为革命服务,雅罗米尔只是正好碰上了革命的机遇。事实上他者对雅罗米尔诗的认可并不是出于对他本人的肯定,而只是对革命抒情年代的一种回应,诗歌研讨会也并不是什么神圣会议,只是统治者找机会让他们聚在一起进行的一场拙劣的表演。没有人对诗歌真正地热爱和关注,也没有人给予雅罗米尔真正的关注。

总而言之,诗歌的世界是虚幻的世界。开始时诗歌的确帮助雅罗米尔暂时摆脱了身份危机,使他沉迷于语言幻梦中,但包括雅罗米尔在内的所有诗人都不甘心只是被关在诗歌的镜墙之内,他们渴望接触外面的大千世界。诗人们迟早要带着诗歌走出镜墙,暴露在世俗的目光中。但这样他们建构的理想自我就会破灭,诗歌世界与世俗世界的冲突最终会导致主体的幻灭。在某种程度上这也反映了昆德拉对抒情的讽刺,他认为简单盲目抒情并不能让人摆脱身份危机。

2.2.4 投身革命构建高大的自我

雅罗米尔在作画、追求爱情乃至诗歌世界里都没有解决身份危机问题,他把目光转向了革命。

雅罗米尔生活的年代是捷克历史上异常动荡的年代。昆德拉在小说中依次提及了雅罗米尔所见证的捷克历史上的几个重要时期,如德国出兵占领捷克、第二次世界大战、捷克解放、"二月革命"及捷共统治下的"苏联模式"，等等。自古以来，参加革命是男子汉血气方刚的表现，投身革命就意味着投身于时代潮流中，投身于广大人民群众中。根据昆德拉的总结，诗人诞生的家庭往往离不开女人的统治，因此诗人们为了摆脱阴柔气质、寻求理想的男子汉形象往往会向往投身革命。"只有真正的诗人知道，关在由镜子组成的诗歌之家有多么悲伤。玻璃后面是噼噼啪啪的枪声，心燃烧着随时都想启程。莱蒙托夫扣好自己军服上的扣子；拜伦在床头柜的抽屉里放了把枪；沃尔克在诗歌中和人群一起游行"。[①] 雅罗米尔也是如此，他从一开始就对革命充满激情，当他第一次在收音机里听到革命的消息时，他特别兴奋，高声喊道："终于到来了！这一切必然要到来！终于！"

革命往往能给年轻人带来无限的希望和机遇，也给了雅罗米尔追求成熟自我的勇气和机会。对雅罗米尔来说，参加革命的意义不在革命本身而在于加入社会人群当中被社会群体接纳，这是他迈入成人世界从而获得他人认同的最有效方式。上文提及的画家、爱情和诗歌带给他的认同只是来自少数他者，只有革命才能为他赢得更多人的关注和肯定，只有革命才能让他彻底实现自我价值，从而在众人之镜中建立理想的阳刚男子汉形象。

对革命的热情促使他千方百计接近真正的革命者，试图拉近自己与革命者的距离。因为一旦获得革命者认同，他便能被接纳为他们中的一员。所以当听到发小，即看门人的儿子说自己是警察，革命那天和群众在一起时雅罗米尔既羡慕又崇拜。刚开始看门人的儿子一直端着一副高高在上的姿态回避他，雅罗米尔觉得十分有必要让老同学明白他俩是被相同的命运联系在一起的。为了抬高自己的身份以便能有资格和老同学对话，他用悲伤的声音说："我不知道你是否听说了，我

---

① 米兰·昆德拉.生活在别处［M］.袁筱一译.上海：上海译文出版社，2011.385.

父亲死在集中营里。从那时起，我就明白必须彻底改变这个世界，我知道自己的位置在哪里。"① 这是雅罗米尔唯一一次提及自己的父亲以及父亲的牺牲，他把父亲的事迹说出来是想向看门人的儿子表明革命的决心，他试图以此告诉发小：虽然他自己没有任何革命经历，但他有个值得骄傲的父亲。他表示将追随父亲的脚步，成为一名革命战士，投入到火热的革命潮流中。看门人的儿子终于露出理解的表情，接着他们谈了很长时间，当谈到未来时雅罗米尔肯定地说："我想从政。我妈妈想让我学艺术史或法语，或是类似的什么东西，但是我都不感兴趣。那些都不是生活。真正的生活，是你现在做的事情，是你那样的生活。"② 由此看出，雅罗米尔真正向往的并不是他曾经崇拜的画家的生活，也不是诗人的生活，而是他的警察同学的生活，是革命者的生活。画家、诗人都不是他真正梦想的身份，只是他在没有选择的情况下获得自我存在感的手段。和警察同学的见面与交谈让他顿开茅塞，如醍醐灌顶。"现在他什么都明白了：他的一生就是在被遗弃的电话亭里，在没有连线，根本无法连通任何人的听筒前的漫长等待。现在，他面前只有一个解决办法：就是从被遗弃的电话亭中出来，尽快出来"。③ 也就是说，以前他总是在祈求和等待他人的回应和认可，让自我完全被动地建立在他者之上，等待的结果还往往是杳无音信；而现在他决定主动走出去，努力挣脱母爱束缚，勇敢地追求爱情，积极参加革命，用实际行动去追求自我。

雅罗米尔首先通过与从小崇拜的权威——画家的决裂来彰显自己革命的勇气。画家一直推崇以超现实主义为代表的现代艺术，而捷克

---

① 米兰·昆德拉.生活在别处 ［M］.袁筱一译.上海：上海译文出版社，2011.201.
② 米兰·昆德拉.生活在别处 ［M］.袁筱一译.上海：上海译文出版社，2011.201.
③ 米兰·昆德拉.生活在别处 ［M］.袁筱一译.上海：上海译文出版社，2011.202.

当时正在发生的社会主义革命却认为现代艺术是资产阶级腐朽的象征，要求对其加以摒弃并推崇能为众人所理解的大众现实主义。画家不能容忍此类革命，公开对其进行了批判，他说："让学院艺术从坟墓中复生，并且制造成千上万座政治家半身像的革命不仅仅背叛了现代艺术，更是背叛了革命本身。这样的革命不是要改造世界，正相反，它是要保留历史上最反动的精神，盲目的精神，规范的精神，武断的精神，宗教信仰的精神和清规戒律的精神。"[①] 曾经一直在画家面前唯唯诺诺的雅罗米尔突然反驳起画家来，他针锋相对地说："绝对现代不是持续了四分之一世纪的超现实主义，而是眼下正在我们眼皮底下发生的革命。您不理解这一事实恰恰可以证明它是全新的。革命是非常激烈的行为，超现实主义也很清楚老东西应当被粗暴地赶下舞台，只是它没有想到自己也在这群老东西之列。"[②] 雅罗米尔如此毫不留情面地反驳曾经的偶像，站在画家的绝对对立面，仿佛是在清算过去的自己。过去的他一直试图在画家身上寻求肯定和安慰，画家的一言一行都影响他对自我的判断且他一直在以画家的标准要求自我。但现在他认识到不能再被动地等待他人的认可，他要通过和画家决裂的勇敢举动来主动建立令他心驰神往的男子汉形象。雅罗米尔所发表的对超现实主义和革命的意见并不是因为他对革命有多么忠诚，对革命的认识有多么深刻，只是因为画家反对革命，而他选择反对画家。因此革命给了他反对绝对权威的勇气和机会，革命是他用来构建勇敢自我的手段，只有反对最权威的才是最勇敢的。

雅罗米尔否定现代艺术的行为也意味着他要放弃自己钟爱的现代诗歌，因为现代诗歌是现代艺术的重要组成部分。当然革命也需要诗

---

① 米兰·昆德拉.生活在别处［M］.袁筱一译.上海：上海译文出版社，2011.192.

② 米兰·昆德拉.生活在别处［M］.袁筱一译.上海：上海译文出版社，2011.192.

歌，但革命需要的是符合广大人民群众需要的通俗易懂的社会主义诗歌。虽然雅罗米尔钟爱自己以前写的诗，但对于放弃这些诗歌他感到无怨无悔，因为在他心里还有比诗歌更宝贵的东西，一样他迄今为止尚未拥有的东西，一样仍然还很遥远可他却很向往的东西——男子汉气质。"他知道只要有行动、有勇气他就一定能获得它；而如果这勇气意味着承受被抛弃，被所有人，包括被他爱的人，画家和自己的诗歌抛弃的勇气，那么就只好如此了：他要拥有这勇气"。[①] 通过这一系列的决裂雅罗米尔终于感到自己不再是个孩子了，开始步入成年。

雅罗米尔在大学时期积极参与各项革命活动：有青年联合会的活动，有系里考试委员会的审核，还负责起草革命口号等等。雅罗米尔终于赢得了群众的拥戴，横幅上写着他写的标语，他从小具有的语言天赋恰好在革命中找到用武之地，"游行队伍穿过大街小巷，雅罗米尔也走在他们的一侧；他不仅负责书面的横幅标语，还负责组织同学喊口号。他大声地喊着，就像朝圣途中的神父，他的同学跟在他后面重复"。[②] 雅罗米尔在游行中享受着众人对他权威地位的仰视和认可，体会到了前所未有的满足感。

另外，革命还需要诗歌来宣扬热情，官方为此组织了多次诗歌研讨会。革命对诗歌的重视让雅罗米尔真正体验到作为诗人的价值，他以及所有参会的诗人都认为自己是被选中的人。

如果说到目前为止雅罗米尔还没有对革命做出实质性的贡献。那么这一次，他终于敢说自己也是个对国家有贡献的功臣了。所谓的贡献就是他告发了女友红发姑娘的哥哥，向政府揭露她哥哥有越境逃亡的企图。事实上这本是个完全不存在的事件，是红发姑娘因为和雅罗

---

① 米兰·昆德拉.生活在别处［M］.袁筱一译.上海：上海译文出版社，2011.132.

② 米兰·昆德拉.生活在别处［M］.袁筱一译.上海：上海译文出版社，2011.237.

米尔约会迟到了几分钟，为了安抚生气的雅罗米尔随便找的一个有说服力的借口。没想到信以为真的雅罗米尔真的跑到警察局告发了女友的哥哥，最后导致红发姑娘和她哥哥一起被抓入狱。他去警察局告密那天，坐在他的警察朋友对面的他第一次感到自己像个男人般坐在另一个男人的对面，第一次觉得他们之间是平等的，并且同样强悍。他向警方告发了女友的哥哥之后，觉得只一个小时的工夫自己的形象就变得高大了，脸部轮廓变得硬朗，脚步更加坚定，声音更加雄浑，他希望有人看到他的这种变化。值得注意的是，当雅罗米尔得知他的女友因为他的告密被警察逮捕以后显得异常漠然，仿佛是一个局外人。就这样雅罗米尔以牺牲爱情、牺牲他者为代价完成了一幅全新的自我画像，建构了一个虚幻的成熟勇敢的革命者形象。

2.3 诗人的幻灭

与偶像画家决裂，告发女友哥哥导致女友被捕，放弃钟爱的现代诗歌选择随波逐流，以牺牲女友为代价证明自己的"革命性"，雅罗米尔到处寻找自我然而到头来只是一场虚幻一场空。在小说结尾，雅罗米尔在一次意外打斗事件之后被一场普通感冒夺去了生命，他的死是必然的，这是他自身身份危机并崩溃所导致的必然结果。因为诗人一生都在渴求他者的认同，如母亲的认同，画家的认同，女人的认同，革命群体的认同等等，他始终是在期待着他者的认同，被自己在他者眼中的形象所操控，最终必然导致镜像破灭，从而无从在现实中立足，死亡是宿命的归属。

2.3.1 与理想自我的决裂

当羞怯、柔弱的雅罗米尔因母爱的羁绊而未能获取"成人证书"时，他另外构建了一个虚幻而又理想的勇敢型人物：克萨维尔。这是一个神秘人物，完全由雅罗米尔想象出来：

> 他想到了克萨维尔，
>
> 开始的时候，只有他，雅罗米尔，
>
> 接着雅罗米尔塑造了克萨维尔，他的翻版，通过克萨维尔他开始了别样的，
>
> 生活，充满梦想和奇遇的生活。①

克萨维尔与其他人的生活方式不同，睡眠就是他的生活，从一个梦到另一个梦就是他奇妙生活的基本形式。克萨维尔其实是雅罗米尔在幻想世界中的替身，克萨维尔过着一种完全理想化的生活，他的生活不存在任何障碍，不会受到母亲的束缚。因为克萨维尔既没有母亲，也没有父亲，没有双亲是自由的首要前提。克萨维尔在人生的各个重要方面都取得了成功：冷酷而勇敢地征服了美丽的金发女郎，在秘密组织的革命活动中担负起重要责任等等。可以说，克萨维尔拥有了一切成熟男性的特征，这无疑使雅罗米尔在现实生活中不能成为真正有个性的男人的遗憾得到了弥补。他承载着雅罗米尔所有现实中未能企及的理想：一个年轻且自由自在的存在，独立、勇敢、无所顾忌，经历着疯狂的恋情。

按照弗洛伊德的说法，"梦是通往潜意识的捷径，潜意识是梦的起

---

① 米兰·昆德拉.生活在别处［M］.袁筱一译.上海：上海译文出版社，2011.388.

源"。① 雅罗米尔在现实中无法获得认同，进而悲伤至极开始逃脱现实世界的生活，克萨维尔是他试图摆脱束缚而以幻想形式出现的本真自我。梦中的世界是他被压抑多年的潜在的无意识世界，他被现实压抑束缚的个体欲望在这里完全得到释放。他可以摆脱现实中畸形母爱的束缚，完全遵循着潜意识欲望去行动，他只有在睡梦中才能独立自主，拥有主宰自己的权利进而支配属于自己的生活。因此克萨维尔被看作是雅罗米尔的潜意识的倒影和镜像，克萨维尔来自他强烈塑造自我的渴望。两个人物如同一个人存在两个身份，一个自由飘荡在梦幻中，一个牢牢束缚在现实中。

雅罗米尔在现实生活中一直盲目地模仿克萨维尔的"完美"生活，无论是革命还是性爱，他都努力使现实中的自我与理想中的自我重叠，合为一体。有时当实现了自己希望完成的壮举时雅罗米尔会想克萨维尔和他其实是一个人。克萨维尔的出现增加了雅罗米尔迈向成人世界的勇气，给他提供了理想的榜样。事实上，雅罗米尔与克萨维尔从来不曾融合过，所谓的合二为一只是雅罗米尔的幻想而已：

> "你要去哪里？"
>
> 克萨维尔笑了，指指窗子，窗子开着，阳光灿烂，远处传来充满奇迹的城市的声音。
>
> "你答应带我走的……"
>
> "很久以前是的"，克萨维尔说。
>
> "你要背叛我？"

---

① 西格蒙德·弗洛伊德.梦的解析［M］.方厚升译.杭州：浙江文艺出版社，2016.10.

　　　　"是的，我要背叛你。"①

　　克萨维尔终究还是弃雅罗米尔而去，离开之前他对雅罗米尔说："你真美，你真美……"这种口气仿佛是在和一个女人说话。这说明在"理想自我"克萨维尔的眼中，雅罗米尔一直是个畸形母爱圈囿下带有女性阴柔气质的形象，这个形象和理想自我相去甚远，永远不能企及。

　　在小说结尾，克萨维尔与雅罗米尔的梦中情人女电影艺术家在他眼皮底下做爱。雅罗米尔在别墅外面，克萨维尔留在了别墅里面享受着他梦想的一切。克萨维尔背叛了雅罗米尔，与雅罗米尔彻底决裂。在雅罗米尔生命临近结束的那一刻，这个幻想中的人物，载着雅罗米尔所有的雄心壮志头也不回地离开了雅罗米尔。现在雅罗米尔终于明白克萨维尔是与他完全不同的另一个人，是他的敌人。理想自我永远在别处，它不是现实，而是一个遥不可及的梦。

2.3.2　与镜像自我的决裂

　　在与潜意识中的理想自我决裂以后，雅罗米尔又面临着与现实中镜像自我的决裂。拉康说："这个镜像最初是镜子中的'我'的影像，尔后则是'我'周围众人（开始是其他玩伴的模仿性姿势的反应，然后是长辈、大人的存在）的目光、面相和形体行为构成的反射的镜式形象。这镜像虽然来自外部介体，可它始终依然还是个人自己的意向性的自画像。每一个人都将被自己的这幅自画像欺骗终生。"② 雅罗米尔的自画像首先是母亲眼中的天才诗人形象，尔后是画家所称赞的有着

---

　　① 米兰·昆德拉.生活在别处［M］.袁筱一译.上海：上海译文出版社，2011.411.

　　② 张一兵.不可能的存在之真［M］.北京：商务印书馆，2006.130.

"独特内心世界"的形象，接着是女大学生和红发姑娘眼中的成熟男人形象，最后是有着伟大价值的革命者形象，雅罗米尔——对这些形象进行了急切的认同。

根据上文分析我们知道，众人眼中雅罗米尔的形象其实都是经过他者异化的：所谓的"天才诗人形象"不过是母亲一厢情愿的想象，实则是母亲自己欲望的转嫁；所谓的拥有"独特内心世界"只是画家对雅罗米尔的误认，实则是画家用自己的观点和欲望解读雅罗米尔的作品，"独特内心世界"属于画家，而不是属于雅罗米尔；所谓爱情中的成熟男人形象，更是女大学生和红发姑娘对雅罗米尔的误认，雅罗米尔本质上一直是个柔弱羞怯毫无爱情经验的童男，他根本不是个合格的男人，更不是一个合格的情人；所谓的革命者形象更是荒诞至极，他把女友的一个玩笑借口当成自己能成为革命战士的救命稻草，一本正经地走进警察局告发女友的哥哥妄想潜逃出境（其实根本没有这么回事），酿成了女友一家的悲剧。"从人最早建构自己的原初起点开始，就上演了一场他永远不以自己本身来度过一生的悲剧"。① 由此可见，雅罗米尔的一生就是异化的一生，他总是身处镜像的包围之中，他的视野无法穿越镜墙。渴望成熟却又逃不出母亲的怀抱，他认为世界在自己脚下却被现实狠狠地扇了一巴掌。

在小说最后一章即"诗人死去"中，雅罗米尔脆弱的镜像终于破灭。这一次他再次顶着诗人身份去参加了一场联欢，这场联欢由他的梦中情人女电影艺术家组织。在晚会上，雅罗米尔极力表现以吸引大家注意力，有好几次他终于说出相当精辟的话语吸引了别人几秒钟的注意。为了再次树立高大形象以获取美女艺术家芳心，雅罗米尔参加了一场小型讨论会。当讨论中有人认出了他是画家的学生，宣称在画

---

① 张一兵.不可能的存在之真［M］.北京：商务印书馆，2006.141.

家的画室见过他时,雅罗米尔迅速又坚定地与画家划清界限,并对画家予以了否定和讽刺:"他绘画作品所表现的那个世界已经死去很久了。真实的生活在别处!完全是在别处!正是因为这个原因我不再到画家那里去了。和他谈论那些并不存在的问题一点意思也没有!但愿他过得好!我对死人从来无话可说!"①超现实主义推崇自由创作即完全按照人的意愿和潜意识创作,画家认为只有在这种依靠潜意识的创作中才能体现最本真的自我,展现"独特的内心世界"。这也正是画家对雅罗米尔的认可之处,是他的镜像依托。现在雅罗米尔选择与画家决裂就意味选择了与可以表达自我的正确方式决裂,他宁愿继续找寻一个虚幻的以他者目光为基础的镜像自我也不愿坚守真实自我。为此一个参会者讽刺雅罗米尔道:"画家被赶出学校大门,他在一个工地上做小工。因为他不愿意放弃自己的思想,他只能晚上在灰暗的灯光下画画。但是他画了非常棒的油画,而你则写了些表面光亮的垃圾。"②这既是对他"独特内心世界"的否定,也是对他诗人身份的讽刺和否定。

雅罗米尔就这样被他者揭下了面具,赤裸裸地展现在众人面前。更可悲的是,他面对攻击毫无还手之力,被人一只手揪着衣服领子另一只手提着裤子扔到了窗户外面冰冷的阳台上。原来,他仍然还是那个羞怯无能的幼稚男孩,既不成熟也不伟大。没有人关注他也没有人对他真正感兴趣。当他被扔到阳台之后,甚至没人关注到他的不存在,联欢在继续。里面是热闹的大联欢,外面是冰冷的世界,而雅罗米尔属于后者,他是这个狂欢世界中的异乡人。雅罗米尔在弥留之际看到了水面,"他望着水面上自己的脸,接着,在这张脸上,他突然看见了

---

① 米兰·昆德拉.生活在别处 [M].袁筱一译.上海:上海译文出版社,2011.399.

② 米兰·昆德拉.生活在别处 [M].袁筱一译.上海:上海译文出版社,2011.397.

极大的恐惧，这是他看到的最后的东西"。① 这说明雅罗米尔在生命最后时刻终于发现了真相，原来自己一直苦苦追寻的自我只是镜中花，水中月，虚无缥缈。镜像之所以是他看到的最后的东西是因为他发现了真相，因此必须和镜像决裂，而这种决裂只有通过死亡才能实现。雅罗米尔的死是具有形而上学意义的，这是与镜像的决裂，与母亲的决裂，与这个世界的决裂。革命者都向往在火焰中轰轰烈烈地死亡，但雅罗米尔最后死在了冰冷的水中，这不得不说是一种讽刺。

　　综上所述，昆德拉通过揭露雅罗米尔身份的虚幻性揭示了整个人类的悲剧。人人都汲汲于功名利禄，而事实上大家追求的只是个虚幻的镜像而已，是他人眼中应该成为的样子，是他人眼中的成功典型。正如昆德拉在小说最后所述："所谓名誉只是你的虚荣在感到饥饿而已，名誉是镜子里的幻觉，名誉只是为这群明天不再的观众上演的一幕戏而已。"拉康研究专家张一兵的想法与昆德拉的看法不谋而合："我们总是恍惚以为自己是一个名人，或者是一个著名学者，我们以为自己是高官，我们以为自己是明星，可是，说到底，我们只是一群拉康意义上的疯子！因为我们都不知道：我不是我。我是一个他者！"②

本章小结

　　著名的昆德拉研究学者弗朗索瓦·里卡尔在对《生活在别处》的解读文章《撒旦的视角》中这样写道："只要我们活着，我们就是在自

---

① 米兰·昆德拉.生活在别处［M］.袁筱一译.上海：上海译文出版社，2011.416.

② 张一兵.不可能的存在之真［M］.北京：商务印书馆，2006.271.

我欺骗。"① 这句话的寓意和拉康镜像理论所蕴含的思想有异曲同工之妙，那就是"'我'已经是一个失却了自己存在的异化身份。主体在开端上就是一个空无"。② 正如拉康所说："人在每个时刻都是以自杀来构成他的世界。"③ 人生活在"此处"，但事实上人只是"此处"的一个"异乡人"，人的自我和真实身份在"别处"，在梦中。但人又和雅罗米尔一样永远不能和梦中真实的自我相结合。生活在别处，自我也在别处，这不能不说是人类的悲剧。小说多处把雅罗米尔和雪莱、兰波、莱蒙托夫等诗人相混淆，让我们看不清他们之间的界限。显然，作者是为了显示这种身份危机不只是一个捷克低劣诗人的身份危机，而是所有抒情诗人乃至弥漫于整个西方社会的精神危机和身份危机。

我们认为，小说中雅罗米尔的偶像——画家身上其实有昆德拉的影子，他不随波逐流，坚持超现实主义和现代艺术，拒绝为了迎合当局规定而创作，最后因为坚持自己的原则失去了工作，流落工地做小工。这是当时捷克局势的真实写照，不仅是诗歌的局势，也是所有文艺创作活动的局势。在当时要想得到当局的许可和承认，就必须放弃自己的原则，放弃自我。其实苏联对捷克的统治和异化，以及捷克当局对人民的控制和异化不就是和诗人母亲对诗人的控制和异化如出一辙吗？这都是一种对主体的高压统治，这种统治导致人不能自由掌控自己命运，不能自由建构自身身份从而导致主体被迫陷入异化的境地。

昆德拉每个时期对身份的关注都是与他当时所处的时代背景相联系的，20世纪60年代末的捷克正处在苏联和捷共高压统治下，所以昆德拉所思考的就是人在高压统治下的命运。青年时期的昆德拉也曾

---

① 米兰·昆德拉.生活在别处［M］.袁筱一译.上海：上海译文出版社，2011.427.

② 刘文.拉康的镜像理论与自我的建构［J］.学术交流，2006，（7）：24.

③ 拉康.拉康选集［M］.褚孝泉译.上海：上海三联书店，2001.121.

经和雅罗米尔一样，热情高涨地参加革命，积极加入捷共，激扬文字，挥洒青春。对于那些年的热情和表现，昆德拉现在早已不愿提及。当不得不谈到人生这一阶段时，他会机敏而狡猾地说一句："那时，所有具有先锋意识的知识分子思想都很左倾。"在经历了一段狂热的革命岁月后，昆德拉选择了回归最真实的自我，"永远退到一边"，用他自己的话说就是"我除了是个小说家之外，什么也不是，我不应当插手其他事情"。从此，他只用自己热爱的文字去探索人类命运，思考人的存在，回归了他最基本的身份——小说家。

昆德拉认为"小说是反抒情的诗"。只有小说能够从一个特殊的角度真正发现生命存在的奥秘。昆德拉在这部小说中敏锐地阐释了主体陶醉于镜中幻象而盲目抒情这样一种存在状态，"由误认而产生的自我就是主体的异化的幻象，这正是拉康的镜像阶段论对人类自我之虚幻性质的揭示。拉康把人对虚幻统一主体的不断追求，和海德格尔的'被遗忘的存在'联系起来，认为这种被遗忘的存在'是人类特有的悲剧性的命运'"。[①] 总而言之，现实中雅罗米尔在追逐幻象中遗忘了存在，梦境中克萨维尔在彼岸奔逐还原着被遗忘的存在，而人却从来不是自己的主人，这便是小说主人公的悲剧。

---

① 严泽胜. 镜像阶段［J］. 国外理论动态，2006，（4）：57.

第3章 《无知》：回不去的故乡

    《无知》是被法国读书界称为"遗忘三部曲"的最后一本，该作品述说了两个流亡西方的捷克人回乡寻根，却在现实巨大的落差中经历迷惘、失望及寻找自我的过程。文学评论家马蒂厄·斯克里瓦（Mathieu Scrivat）曾在他对昆德拉小说《无知》的解读中提道："如果米兰·昆德拉没有已经将他的一部小说命名为'身份'的话，这个名字用于《无知》这本小说，真是再合适不过了。"[①] 我们由此可以看出《无知》与身份主题的密切关系。

引　言

    "流亡"与"回归"是《无知》不可绕过的主题，正是因为主人公在"布拉格之春"失败以后选择了流亡，才有了二十年之后对回归

---

    ① 原文是：si Milan Kundera n'avait pas déjà intitulé une de ses oeuvres *L'identité* ce titre aurait parfaitement convenuà l'intrigue de son dernier roman, *L'ignorance*.

的思考和尝试；也正是因为当初流亡到了一个新的国家，面临一种完全陌生的异质语境，才有了主人公身份的困境。二十年之后，当流亡者渐渐适应了移居国的生活，并逐渐建构起对移居国新的身份认同时，祖国捷克爆发了"天鹅绒革命"，苏联退出在捷克的统治，捷克实现独立。至此，时代背景改变，造成流亡的罪魁祸首不存在了，流亡似乎没有了必要，那么现在面临的问题是，"留下"还是"回归"？就这样，流亡者不得不再一次陷入身份危机。赛义德说得好："事实上，对大多数流亡者来说，难处不只是在于被迫离开家乡，而是在当今世界中生活里的许多东西都在提醒：你是在流亡，你的家乡其实并非那么遥远。"[1] 如在《无知》中，伊莱娜的法国朋友茜尔薇和瑞典男友古斯塔夫不停地催促她回归，另一个主人公约瑟夫的妻子也坚持说要他回去。因此他们不得不面对回归问题，并最终付诸行动。《无知》向我们揭示的正是流亡者尝试回归以后面临的两难处境，即无论在"故乡"还是"异乡"流亡者都被视为异类，都是难以融入主流社会的他者。

　　这让我们联想到昆德拉自身的经历。昆德拉于1975年流亡法国，1989年"天鹅绒革命"以后很多人认为他理所当然应该回到捷克。但他不仅没有回去，反而在1995年放弃母语、改用法语进行小说创作，这无疑伤害了捷克人的感情。法国人对他的法语小说似乎也不领情，法国文学评论界有人对他的法语小说提出质疑，认为其作品不再具有以前的捷克幽默，且"语言平淡""情节简单""形式生硬"等等。《无知》由法语写成，但小说于2000年在西班牙首次面世，用加泰罗尼亚语和西班牙语出版，法国读者直到2003年才盼来法文版，昆德拉与法国人之间的隔阂可见一斑。

---

① 赛义德.知识分子论［M］.单德兴译.北京：三联书店，2002.45.

　　昆德拉的经历反映了流亡者身份的复杂性，由此有人把《无知》当作昆德拉的自传体小说。对此我们不完全认同，因为《无知》中两个主人公的遭遇和经历与昆德拉的不尽相同，只能说昆德拉探索的是流亡者流亡回归的各种可能性，当然通过这些可能性我们可以窥见昆德拉对回归的保留态度。《无知》的中文译者许钧先生说："从某种意义上说，昆德拉的《无知》是借主人公的遭遇，针对作者特殊的'身份'对自己灵魂的一次拷问，也是对来自他人种种疑问甚至指责的一次作答，抑或是一种自辩。"①

　　从初到法国时所写的《笑忘录》到二十多年后的《无知》，昆德拉自流亡之日起就一直关注着流亡者的身份问题。《笑忘录》描写的是流亡者初来乍到时因身份危机所遭受的各种煎熬和不适应的痛苦，当时流亡者还表现出对故乡深深的眷念与怀念，他们尝试抵制遗忘以此留住自己的捷克身份。在《无知》中，流亡者已经适应了异国他乡的生活，对故乡的感情渐行渐远。尽管如此，他们的身份困惑却从未远去，甚至愈演愈烈。流亡初期，虽然流亡者的生活艰难，精神痛苦，但至少他们知道自己的"根"在哪里，正是对"根"的眷念才导致了他们的痛苦。随着时间流逝，流亡者对移居国的生活慢慢适应，精神趋于平静，结果是生活越来越好可身份却越来越模糊了。回归的尝试让他们认识到残忍的现实，那就是不论是身处异质文化下的移居国，还是身处自己的祖国都不能再得到归属感和认同感。他们跨越不同的文化却又不完全属于任何一种文化，无论在移居国还是在祖国，在别人眼中他们始终都是一个他者。

---

　　① 许钧 . 流亡之梦与回归之幻［J］. 外国文学评论，2004，（4）：19.

3.1　"根"在何方

中国人自古讲究落叶归"根"，"根"就是人的身份依托的地方，"根"在哪里，他的身份就在哪里。昆德拉在《小说的艺术》中把"家园"这个词列为他专门论述的"六十七个词"之一，他写道"家园 chez soi，捷克语为 domov，德语是 das Heim，英语是 home，意即："有我的根的地方，我所属的地方。"① 流亡他乡的人离开了家园就如同浮萍一样漂浮在异质的文化环境中，失去了旧日的依托和归属，"他不得不客居他乡栖身异域而生存，他不得不失去本民族文化生活的空间，他甚至不得不放弃自己的母语，在陌生的国度异己的文化空间里作孤海泛舟"。② 反之，祖国是人生于斯，长于斯的地方，那里有着深厚的民族之根，文化之根，蕴含着的是自己的归属。人只有在自己的祖国才能有脚踏实地的归属感，否则，失去了它也就失去了"根"的依托。昆德拉在小说《不能承受的生命之轻》中对流亡者无"根"的状态有一个形象的描述，"一个人生活在异国，就像在空中行走，脚下没有任何保护。在自己的国家，不管什么人，都有祖国这种保护网，一切都颇具人情味，因为在祖国有自己的家人、同事、朋友，可以用童年时就熟悉的语言毫不费力地让人理解"。③ 由此可见，故国的根失去了，又无法在新的环境中安定下来，这不就是流亡者生命中不能承受之轻吗？

流亡又称"流散"，英文普遍翻译为 diaspora，该词来自希伯来

---

① 米兰·昆德拉.小说的艺术［M］.董强译.上海：上海译文出版社，2014. 162.

② 周启超.超越国界的角色转换——20 世纪侨民文学的文化功能刍议［J］.译林，2003，（2）：6.

③ 米兰·昆德拉.不能承受的生命之轻［M］.许钧译.上海：上海译文出版社，2010. 67.

语 Galut，原指犹太人在"巴比伦之囚"后分散流落于异邦，或犹太人社团在巴勒斯坦或现代以色列之外的聚集群居。在 20 世纪 60—70 年代以前，该词在英美主要的英语词典中都是以大写字母开头的，即 Diaspora，专指犹太民族的流散。现在人们更多地使用"diaspora"这个小写字母开头的英文词汇来指称那些被迫或主动离开家园故土、生活于异地他乡的人群。另外还有一个英文词是 exile，也有流放、流亡之义，"区别在于 exile 有被动意味，而 diaspora 含有积极主动之态"。① 因此，exile 偏向于流放，diaspora 侧重于主动流亡。许钧先生专门对"流亡"与"流放"两个词进行了区分：

> "流放"与当局的"惩罚"联系在一起，尽管"流放者"承载着罪恶之重，但因是"被流放"，给人以"弱者"的感觉，因此，往往有可能得到某种同情与怜悯。如果说"流放"是由惩罚而致，流放者的离去是一种被迫，那么"流亡"则是人在惩罚临头时的一次无奈的"出走"。虽说无奈，但本质上却是主动地"离去"。于是，"流亡"在很大程度上往往被视作一种背叛，流亡者与流放者相比，不仅得不到怜悯与同情，反而会因他们的出走与背叛而遭受精神上的唾弃。他们一旦选择了出走和所谓的背叛，便割断了自己的空间意义上的退路，有可能永远回归不了故乡。②

昆德拉之所以远走他乡，是因为不甘忍受苏联的高压统治而选择主动地"离去"，是流亡而不是流放，所以他至今都得不到他的捷克同

---

① 刘建徽. 在流散中重构本土文化 [J]. 博览群书，2011，（4）：8.
② 许钧. 流亡之梦与回归之幻 [J]. 外国文学评论，2004，（4）：19.

胞的原谅。在捷克人以昆德拉为原型拍的戏剧中，昆德拉总是被视为一个只为自己着想的自私者。

追根溯源，流亡是人类古老的经验。自古以来，出于战争、种族、环境、政治、经济等原因而背井离乡、踏上流亡之旅的人比比皆是。流亡话题一直是人类精神文化的一个重要组成部分，更与西方文学有着不解之缘：

> 荷马流浪于希腊群岛吟唱特洛伊战争的史诗；奥维德因得罪罗马皇帝而被流放到黑海边，老死他乡；中古欧洲的行吟诗人往来于各封建城堡，吟唱着亚瑟王和他的圆桌骑士；但丁在政治斗争中落败，被对手放逐出佛罗伦萨，在流放中写下了传世之作《神曲》。早在 19 世纪，勃兰兑斯就在《十九世纪文学主流》中以整整一卷的篇幅讨论 18 世纪末流亡贵族与浪漫主义文学运动之间的关系；而在 20 世纪，著名文学理论家乔治·斯坦纳则称颂流亡是 20 世纪西方文学中长盛不衰的主题。[①]

20 世纪是一个动荡不安、复杂多变的时代，两次世界大战、东西方之间长达半个世纪的冷战以及冷战结束之后的经济全球化进程，使流亡和移民成为全球性的社会文化现象，出现了一大批离开故土流落异国他乡的作家或文人。这些文人自觉借助文学这个媒介来表达自己背井离乡的情感和经历，他们通过文学发出自己独特的声音，以求在移居国甚至在全世界寻求认同。他们的文学作品不仅为作家自己赢得了尊重和认可，也为他们的祖国赢得了关注和认可。

---

① 参见 Edward Said, *Reflections on exile*, in Granta, 13（1984）. 159.

"流亡首先意味着越过边界"。① 不管这种越界出于什么样的原因，它都表示对以往生活的彻底否弃，从此割断了与亲人、朋友、祖国的联系纽带，打乱了传统的地域、种族、语言和文化的分界线。从此流亡者就像断了线的风筝失却了归属感，处在一种轻飘的失重状态。流亡者失去了存在的根基，成为无家可归的精神浪子。按照萨尔曼·拉什迪的说法，"传统上，一位充分意义上的移民要遭受三重分裂：他丧失他的地方，他进入一种陌生的语言，他发现自己处身于社会行为和准则与他自身不同甚至构成伤害的人群中"。② 于是，他感到了自我身份认同危机：我是谁？我来自哪里？我将去向何方？

昆德拉在《移民生活的算术》一文中说，有三类不同的移民作家：第一类一直无法与移居地社会同化；第二类虽已融入移居地社会，却摆脱不了乡土文化的根；第三类作家融入了移居国的社会，并从祖国的土壤中拔出了根。虽然昆德拉论述的是移民作家，但我们认为他的观点也同样适应于所有的移民。

后殖民理论家也提出了三种身份观，持第一种身份观的代表人物是爱德华·赛义德，他对流亡持肯定和欣赏的态度，他说"发现世上只有家乡好的人只是一个未曾长大的雏儿；发现所有地方都像自己家乡一样好的人已经长大；但只有当认识到整个世界都不属于自己时一个人才最终走向成熟"。③ 赛义德出生于耶路撒冷的一个富有的阿拉伯基督教家庭，童年基本在埃及开罗度过，从小接受了西式教育，在美国接受高等教育。他认为虽然流亡造成了身份的断裂，但是却让他对身份的理解更透彻了，对世界与人们之间存在的差异性的认识也更深

---

① 张德明.流浪的缪斯［J］.外国文学评论，2002，（2）：54.

② 萨尔曼·拉什迪.论君特·格拉斯［Z］.黄灿然译.

③ 赵稀方.后殖民理论［M］.北京：北京大学出版社，2009.104.

刻，洞察力更敏锐，视角更全面。他说"流亡者存在于一种中间状态，既非完全与新环境合一，也未完全与旧环境分离，而是处于若即若离的困境"。[①]赛义德相信，任何文化和民族认同都是变动不居的，意志坚强者四海为家，绝少对故土怀有依恋。"出入于多种文化而不属于其任何一种"，显然，这是一种超然的身份观，不为任何一种身份所约束，极力淡化祖国和移居国对个人的影响。

持第二种身份观的代表人物是霍米·巴巴。巴巴出生于印度孟买，先后在牛津大学获得硕士、博士学位，现任教于哈佛大学。他认为，使用"身份"这个概念意味着将人定性于某种属性以区别于其他属性，从而为一系列的不平等现象奠定了基础。他将身份视作一种处于不断变化中的临时聚合体，立足于"当间（in-between）"和"之外（beyond）"。他在《文化的定位》一书中提出"我们时代的转喻，就是要把文化的问题定位在'之外'的领域里"。[②]意思是要在两种或多种文化之外建立"第三空间"，在这个空间里，"差异既不是此也不是彼，而是它们旁边的东西，是当间"。[③]当间连接东方和西方，超越了同质的民族文化。他的"文化定位"是定位在"处于中心之外"的非主流的文化疆界上，认为既不能按照殖民历史中的传统二元论——文明／野蛮、进步／落后、白人／黑人——来界定主体身份，也不能按照眼下的情况——国籍、民族、宗教等——来界定主体身份，因为稳定的身份属性并不存在，他主张用灵活多变的"社群"来代替种族、民族、国家、宗教等带有本质性的概念，因为社群的身份是特定利害关系的再现，是各种差异的再现。总之，巴巴的杂糅理论所强调的身份是一种

---

① 赵稀方.后殖民理论［M］.北京：北京大学出版社，2009.106.

② 参照 Homi K.Bhabha. *The location of cultural*，London：Routledge.90.

③ 参照 Homi K.Bhabha. *The location of cultural*，London：Routledge. 90.

复数的、没有中心的、功能性的结构，一切原初的、固定的分类和位置，一切所谓不变的民族性、阶级性都被颠覆，他据守"当间"的第三空间，坚持自己不确定的移民身份。

持第三种身份观的代表人物是英国著名的文化理论家和社会学家斯图亚特·霍尔。他认为，人的身份不仅仅基于其共有的相似性，同时也是由其深厚的、独特的差异性以及分裂的、不连贯的历史片段所决定的，因此文化身份是不稳定和不连贯的。他将文化认同分为三个历史阶段：第一阶段是启蒙时期，此时的主体是完整且统一的；第二阶段是现代主义阶段，此时的主体是经由个人与社会团体的互动产生的，社会依据性别、阶级、文化、种族等身份地位将个人加以划分，形成个人与他者之间的关联和重要性；第三阶段是后现代主义阶段，此时的主体是破碎的、有分歧的，身份随时空的不同而改变。霍尔强调的是身份认同的流动性，他认为身份既是"存在的（being）"事物也是某种"生成的（becoming）"事物。简言之，身份既涉及过去，也涉及未来；既涉及个人如何定位自我，也涉及他者如何看待自我。

我们认为，赛义德的超然身份观主动疏远任何一种文化和群体，这与融入主义思想相抵触，不适合大多数移民。巴巴的杂糅理论为弱势外来移民提供了一种在移居国获得生活空间的策略，体现了大多数移民的身份体验。霍尔强调身份认同的流动性，是一种解决移民身份问题的持续性策略。其实，不管是哪种身份观，都是后殖民理论家自己面对边缘性时的无奈之举，正是因为他们摆脱不了身份困惑，才会去寻求解决身份危机的办法，这恰恰说明了他们不能置身其外。

移民的身份本就是很难定位的，已经移民澳大利亚的中国作家欧阳昱说过这样一段看起来不那么积极乐观的话"他们（指新移民）很难定性，他们既非中国人，亦非澳大利亚人，他们是一种真空人，一种夹缝人，一种哪儿也不属于的人，一种什么都是又什么都不是的人，一种没有归属感的人，一种被历史挂起来的人，一种连自己同种同族人都无法容忍的人"。① 高行健也将自己及作品中的主人公定位为"没有祖国，没有故乡"的"世界游民"。② 流亡，无论是自愿的还是被迫的，呈现出的都是别样的生命存在，是流亡状态下的生命存在。

总而言之，流亡者远离祖国犹如没有了"根"，被"根"在何方的问题困扰，在寻求身份得到认可的过程中饱受煎熬。无论是《无知》中的流亡者，还是该作品的作者昆德拉都在寻根，被身份问题困惑，努力寻求他者认可。

3.2 双重的他者

在《无知》这部小说中，主人公在冷战时期从东欧共产主义阵营流亡到西方国家，东方与西方在文化和意识形态上的差异自然导致他们被打上"他者"的标签。自以为在法国拥有了友情和爱情的伊莱娜，最后才懂得她只有作为"他者"才能让她的法国朋友和瑞典男友感兴趣；冷战结束之后，她在朋友的催促下不情愿地回到捷克，带着二十年流亡经历的她不被祖国的亲朋好友所理解和接受，她早已被逐出了故乡的圈子。另一位主人公约瑟夫当初选择流亡到北欧小国丹麦，他本来在丹麦拥有相爱的妻子和幸福的家庭。不幸的是，妻子去世让他失去了和丹麦之间的唯一纽带，成了真正的孤家寡人。他遵照妻子的遗愿短暂地回归了故土，回到故乡最大的感受是物是人非，他感觉

---

① 钱超英. 流散文学与身份研究 [J]. 中国比较文学，2006（2）：43.
② 高行健. 一个人的圣经 [M]. 台北：联经出版事业公司，2000.

到和故乡的亲人朋友之间的鸿沟将无法逾越。本章将就两位主人公在"异乡"和"故乡"都得不到身份认同的困境进行具体分析。

3.2.1 独在异乡为异客——异乡的"他者"

昆德拉在《无知》以一段两个女人带有怨气的对话揭开了小说的序幕。

"你还在这干什么？"伊莱娜的法国朋友茜尔薇毫不客气地说。

"那我该在哪儿？"伊莱娜反问。

"在你家！"

"你想说我在这儿就不再是在自己家了？"①

这段对话透漏出对移民身份的不同意见，那就是在法国生活了二十年的伊莱娜现在到底是法国人还是捷克人？很明显，在伊莱娜看来，法国已经是自己的家，她在这儿有工作，有住房，还有孩子，她自认为已经融入法国，流亡者的身份早已淡化。可是在法国人茜尔薇的眼中，伊莱娜始终是一个被逐出故土的流亡者，她的家应在捷克。现在东西方冷战结束导致了没有再继续流亡的必要，茜尔薇认为伊莱娜应该来一场众望所归的"大回归"。

按照建构主义的观点，"身份的确是一个认同过程，它必须得到与之相反的'他者'的认可才得以解决。身份是自我认同的身份和他人认可的身份的统一。身份的自我认同仅仅是身份磋商中的第一步，他

---

① 米兰·昆德拉.无知［M］.许钧译.上海：上海译文出版社，2011.1.

者对自我认同身份的认可对于身份的形成更为重要"。① 显然，伊莱娜的身份危机源自自我认同身份和他人认可身份的冲突，伊莱娜的自我认同身份是法国身份，他人即女友茜尔薇对她认可的身份是捷克身份，两种身份认同的冲突导致伊莱娜的法国身份建构过程受阻，在法国生活了二十年的她仍然被别人看作是一个"他者"。

只要有"他者"存在，就不可避免地有"自我"存在，"他者"是客体，"自我"是主体。伊莱娜的遭遇蕴含着法国的西方中心话语主义，西方国家习惯于把自己看成是世界的主体，而把东方国家或地区看成是"他者"，即与自己相对立或相区别的元素，从而确定自己的地位和权威。这种意识形态就是赛义德在其著作《东方学》中所论述的东方主义。赛义德指出，由于这种意识形态，西方人把自己视为"我们（us）"和"熟悉的（the familiar）"，把东方视为"他们（them）"和"奇怪的（the strange）"。② 虽然赛义德在《东方学》中所论述的"东方"指的是远东如中国、日本和中东阿拉伯国家，但第二次世界大战结束以后形成了新的东西方格局即以美国为首的西方资本主义阵营和以苏联为首的东方社会主义阵营，二战期间捷克被德军占领后是苏联出兵捷克赶走了德军，从此捷克便摆脱不了苏联的控制，被纳入了东方社会主义阵营。伊莱娜来自捷克，在法国人眼中她来自一个东欧国家，即社会主义阵营，是与法国完全不同的阵营，因而她很自然被西方人看成是"他者"；同样是移民的古斯塔夫，一个瑞典人，伊莱娜的男朋友，他在法国得到的待遇和伊莱娜有明显区别，大家都欢迎他，把他看成一个"讨人喜欢的斯堪的纳维亚人，四海为家，早已忘了生

---

① 覃明兴.移民的身份建构研究［J］.浙江社会科学，2005，（1）：89.

② Edward W.said. *Orient al ism*［M］. Lon-don：Routledge & Kegan Paul，1978. 43~44.

在何处"。①他并没有被贴上"流亡者""他者"这样的标签，也没有人催促他回归故土。伊莱娜和古斯塔夫两人就这样被归了类，贴上了标签，人们评判的标准便是他们对各自标签的忠实程度。上述两个人物的不同经历无疑揭示了西方对东方的霸权和歧视。正如伊莱娜对她的同胞约瑟夫所说的话："他们对我们感兴趣，是要把我们当作他们想法的活生生的证据，为此他们才对我们慷慨相待并为此而自豪。"伊莱娜以流亡者身份来到法国，作为法国人的茜尔薇对她表示了很大的兴趣或表现出极大的热情，这是强者对弱者的同情，是西方国家在对东方国家表现自己的优越感和包容性。其实茜尔薇自始至终都把伊莱娜作为他者来对待，这不是建立在平等基础上的友谊，而是建立在对"他者"优越性之上的友谊。

　　这是小说主人公的感受，也可以说是昆德拉自己的感受。昆德拉于 1975 年流亡法国时正值东西两大阵营对抗，昆德拉从东方阵营流亡到法国，这是法国表现西方体制优越性的绝好机会。尽管昆德拉一直否认自己小说的政治意向，但法国评论界的主流坚持把昆德拉的小说当作对共产主义的有力控诉。从《玩笑》开始就如此，他们忽视昆德拉小说的美学价值而更多关注的是他小说中的政治因素，以此支持他们自己对东方根深蒂固的偏见。以至于捷克人因此对昆德拉产生误会，认为他是在为了自身利益故意取悦于法国人，丑化捷克。1990 年，一名捷克记者在《纽约客》上发表的布拉格报道中对昆德拉的指责颇具代表性，这位记者说："他（昆德拉）的书出了名，人人都读他的作品，认为他写得真实。但是他写的东西完全脱离了这里的现实。实际上昆德拉已不再是捷克作家。他已经像个法国作家，他应该写法国而

---

① 米兰·昆德拉. 无知［M］. 许钧译. 上海：上海译文出版社，2011.24.

不是捷克。"[1]昆德拉受到的误解和困惑是东西方阵营斗争的结果，捷克人民之所以与昆德拉有了隔阂是因为他流亡到了一个西方国家。试想如果昆德拉只是移民到一个东欧国家如波兰、匈牙利等国，也许就不会有如此遭遇。

《无知》中的伊莱娜作为"他者"的感受不仅来自法国人，而且还来自她自己"身在曹营心在汉"的潜意识思想。她虽然人在法国，但却与故土有说不清、切不断的联系，最典型的是她的"流亡者之梦"。自流亡生活的最初几周起，伊莱娜就常做一些奇怪的梦："人在飞机上，飞机改变航线，降落在一个陌生的机场；一些人身穿制服，全副武装，在舷梯下等着她；她额头上顿时渗出冷汗，认出那是一帮捷克警察。另一次，她正在法国的一个小城里闲逛，忽见一群奇怪的女人，每人手上端着一大杯啤酒向她奔来，用捷克语冲她说话，嬉笑中带着阴险的热忱。伊莱娜惊恐不已，发现自己竟然还在布拉格，一声惊叫，醒了过来。"[2]后来她知道不只是她，她丈夫马丁也常被这样的梦境困扰，还有她的波兰朋友也有类似的困境，似乎凡流亡者都会做这样的梦，所有人，没有例外。梦是潜意识的反映，是人的意识中最为真切的表现，"流亡者之梦"虽然体现的是流亡者对故土的恐惧，但也间接反映了故乡在流亡者心中的分量，因为在乎，所以畏惧。除了遭受可怕的噩梦困扰，伊莱娜感到自己同时还饱受不可抑制的思乡之情的煎熬。

明明在白天，她脑海中却常常闪现故乡的景色。不，那不是梦，不是那种长久不断，有感觉、有意识的梦，完全是

① Martin RIZEK. *Comment deviant-on Kundera ?*［M］. Paris：Harmattan，2001.233.
② 米兰·昆德拉. 无知［M］. 许钧译. 上海：上海译文出版社，2011.14.

> 另一番模样：一些景色在脑海中一闪，忽然，出乎意料，随即又飞快消失。有时，她正在和上司交谈，忽然，像划过一道闪电，她看见田野中出现一条小路。有时在拥挤的地铁车厢里，一条布拉格绿地中的小径也会突然浮现在她眼前，转瞬即逝。整个白天，这些景象闪闪灭灭，在她的脑中浮现，缓解她对那失去的波西米亚的思念。①

事实上，无论是对故乡的恐惧还是思念，都说明故乡在伊莱娜潜意识深处的重要性，也说明伊莱娜对法国的感情是不真挚的，在潜意识里她并没有对自己的法国身份达到完全认同。伊莱娜的状态正如萨义德在《知识分子论》中所描述的"任何真正的流亡者都会证实，一旦离开自己的家园，不管最后落脚何方，都无法只是单纯地接受人生，只是成为新地方的另一个公民。你会花很多时间懊悔自己失去的事物，羡慕周围那些一直待在家乡的人，因为他们能接近自己所喜爱的人，生活在出生、成长的地方，不但不必去经历失落曾经拥有的事物，更不必去体验无法返回过去生活的那种折磨人的回忆"。② 显然，客落他乡的人如同四海漂泊的浪人，没有了"根"，内心缺乏踏实感，始终是异乡人，是一个他者。

约瑟夫和伊莱娜同病相怜，他流亡的国家是丹麦并在丹麦有过一个妻子，他和妻子非常相爱。但纵然是最亲密的爱人，也在某种程度上把他看作是丹麦的他者。共产主义从欧洲消失时，约瑟夫的妻子坚持要他回去看看自己祖国，她觉得约瑟夫有必要回去，"不回去，是不正常的，没有理由的，甚至是卑鄙的"。他正是在妻子的督促下踏上了

---

① 米兰·昆德拉.无知［M］.许钧译.上海：上海译文出版社，2011.15.

② 赛义德.知识分子论［M］.单德兴译.北京：三联书店，2002.45.

回归的旅程。除了妻子，约瑟夫在丹麦没有其他的亲人朋友，妻子的娘家人从来没有喜欢过约瑟夫，妻子去世以后更是爆发了娘家人和他对妻子遗体的争夺，他岳母冲着他喊："这是我的女儿！这是我的女儿！"可见娘家人对约瑟夫的冷漠无情。可以说妻子是约瑟夫与丹麦之间唯一的纽带，是他在丹麦唯一的牵挂，妻子的离去让他在丹麦成了彻底的孤独的"他者"。

伊莱娜的丈夫和约瑟夫的妻子都英年早逝，昆德拉让他们在流亡异乡的同时又失去自己的爱人，更进一步渲染了背井离乡的艰难。但在《无知》中，昆德拉很少描述主人公在具体日常生活方面遇到的困难，他们面对的问题不是生活上的，而是心理上的、精神上的，那是无法治愈的心灵创伤："在流亡的背景下，人失去了根，失去了归属，找不到自我，没有了身份。"①

3.2.2 近乡情更怯——故乡的"他者"

中国唐代诗人贺知章的《回乡偶书》写道："少小离家老大回，乡音无改鬓毛衰，儿童相见不相识，笑问客从何处来？"一个"客"字道尽了游子久居他乡、回归故里的哀愁。钱锺书先生在《说"回家"》一文中提道："中国古代思想家，尤其是道家和禅宗，每逢思辨得到结论，心灵的追求达到目的，就把'回家'作为比喻""回是历程，家是对象。历程是回复以求安息；对象是在一个不陌生的、识旧的、原有的地方从容安息。"②回归的召唤是诱人的。在《无知》中，伊莱娜经好

---

① 刘英梅. 米兰·昆德拉小说的流亡主题论析 [J]. 重庆师范大学学报，2006，（2）：105.

② 钱锺书. 说"回家" [J]. 观察，1947. 转引季进. 钱锺书与现代西学 [M]. 上海：三联书店，2002.197.

友促使后不再抗拒回归故里，她看见自己的心底刻下了三个大字：大回归。即便伊莱娜丝毫不能确定想象中的美丽家园是否真的能再次成为她的心灵栖息地，但基于法国人不接纳她的缘故她也得考虑回归；最重要的是，她急于回到故乡确定自己的身份，于是伊莱娜决定踏上回归的征程。

在回归捷克之前，伊莱娜和母亲在巴黎相聚了短暂的几天，这次相聚奠定了伊莱娜回归的基调。按理说，母亲应该是游子在外时最牵挂的人，也是游子回归时最期盼见到的人，但伊莱娜和母亲的重逢带来的不是激动，而是失望。从童年起，母亲只对儿子百般呵护，而对伊莱娜则是铁石心肠，强势的母亲让伊莱娜在她面前总是感到惶恐而软弱，在母亲的力量所控制的那个魔圈中，伊莱娜从未成功地掌握过自己的生活。流亡虽是出于无奈，流亡的日子虽然很艰难，但她从此远离了母亲，在巴黎找到了自由和独立。正如伊莱娜对她的朋友米拉达所说的："长久以来，我一直感觉我的生活受别人支配。马丁死后的那几年除外。那是我最艰难的几年，我一个人拉扯着两个孩子，不得不自己想办法应付，当时真苦。你不会相信，但今天，在我的记忆中，那是我最幸福的几年。"[1] 阔别二十年，当母亲来巴黎旅游时见到伊莱娜时说的第一句话是："你看起来并没有那么糟嘛！"一句平淡无奇的话，没有丝毫关心和问候，也没有久别重逢的喜悦，伊莱娜"对老迈的母亲的那份怜悯之心一时消失了。母女俩面面相对，就好像是站在时间之外的两个人，像是两个超越时间的本质"。[2] 当伊莱娜兴奋地带着母亲参观罗丹纪念馆时，母亲不停地念叨她和同胞在意大利看到的米开朗琪罗。伊莱娜终于按捺不住发火了，"你现在是和我在巴黎，我给你

---

① 米兰·昆德拉.无知［M］.许钧译.上海：上海译文出版社，2011.166.

② 米兰·昆德拉.无知［M］.许钧译.上海：上海译文出版社，2011.18.

看的是罗丹。罗丹！你听清楚，罗丹！你从来没见到过的。你为什么明明面对罗丹却非要去想米开朗琪罗呢"？[①] 阔别二十年，伊莱娜千方百计想讨好母亲、让母亲满意，可是她失败了。在一起的五天时间里，母亲对女儿带她看的东西丝毫不感兴趣，也从来没有问过女儿一个问题，对女儿二十年的流亡生活她只字不提。本来想通过与亲人的重逢找到归属感的伊莱娜不仅没有得到一点安慰，反而变得更加悲伤，这种低人一等、软弱无能和从属他人的感觉又一次落到了她的身上。按照埃里克·埃里克森的观点，人的归属感最初来自母亲，因为在哺乳期婴儿不能把自己和母亲分离开来，和母亲形成了一个共生的"我"。[②]因此可以说，母亲是我们的根，是家的象征，母亲在哪家在哪，而母亲的冷漠就代表着家的彻底失去。伊莱娜在故乡最重要的亲人身上没能找回存在感和归属感，这如同雪上加霜。

伊莱娜在亲情里得不到身份确认，回到捷克以后试图重续往日的友情。为了好好招待昔日的朋友，她买了很多波尔多佳酿。众所周知，波尔多葡萄酒世界闻名，伊莱娜用著名的波尔多葡萄酒招待朋友，这本是友好的表示。然而她的那些朋友根本不领情，她们对葡萄酒丝毫不感兴趣，宣称还是更喜欢喝啤酒。结果葡萄酒被搁置一旁无人问津，大家都开始畅饮啤酒。葡萄酒是法国人引以为豪的饮料，喝啤酒是捷克人的传统，伊莱娜用葡萄酒招待她的捷克朋友无疑表露了她自己和朋友之间存在着文化隔阂。伊莱娜把她的朋友们对葡萄酒的拒绝看成是对她本人的拒绝，她想："她们拒绝了她的葡萄酒，也就是拒绝了她本人。拒绝的是她，是离开多年后重新归来的她。"[③] 由此可见，文化距

① 米兰·昆德拉.无知［M］.许钧译.上海：上海译文出版社，2011.19.

② 张萌.埃里克森八阶段理论视角下的家庭教育对儿童初始社会化的影响［J］.现代职业教育，2016，（22）：58.

③ 米兰·昆德拉.无知［M］.许钧译.上海：上海译文出版社，2011.38.

离是误会和冲突的根源，文化隔阂与"根"息息相关。

同样在聚会上，伊莱娜原本想由她来选择大家谈话的主题，让朋友倾听她说话，可是她根本无法融入她们的谈话中，"这群女人各说各的，几乎不可能开始真正谈点什么，更不可能强加什么主题了。她小心翼翼，试图接上她们的话头，然后将大家引到自己想说的事情上去，但是她失败了：一旦她的话偏离了她们所关心的事情，就没有一个人再听她说什么了"。^① 当她们终于意识到冷落了女主人时便开始叽叽喳喳地围着伊莱娜交谈，与其说是交谈不如说是提问，而且她们的问题基本都是以"伊莱娜，你还记得吗"开头，没有人问及她在法国的经历，她们对此事漠不关心。其实她们的问题就是为了验证伊莱娜是否知道她们所知道的，是否记得她们所记得的，即是否和她们拥有共同的记忆。伊莱娜在法国生活二十年，对这二十年的记忆是她身份不可分割的一部分。她想向捷克朋友倾诉这二十年的流亡生活，想让她们承认她完整的身份，既包括以前在捷克构建的身份，也包括她在流亡期间构建起的身份，可是捷克朋友对她在法国的经历丝毫不感兴趣，她们试图唤起的只是伊莱娜在流亡之前的记忆。"她二十年的生活就这样被一刀砍掉了。此刻，她们又试图通过这场拷问，把她久远的过去和现在的生活联系起来，就好比砍去她的前臂，直接把她的手装到胳膊肘上，或者把小腿截掉，把脚接在膝盖上一样"。^② 伊莱娜想通过这次聚会弄明白自己在捷克还能否继续生活下去，还能否有家的感觉，还能否有朋友。事实上，她带着二十年的流亡经历根本不能再变成她们中的一个，对她的捷克朋友来说，她早已经成为一个他者，不再是"群体"内一员。

---

① 米兰·昆德拉. 无知［M］. 许钧译. 上海：上海译文出版社，2011.41.

② 米兰·昆德拉. 无知［M］. 许钧译. 上海：上海译文出版社，2011.45.

　　和伊莱娜一样，约瑟夫也同样被推向回归之路，处在和伊莱娜相同的境地。对于约瑟夫，故乡已经不是那个他熟悉的世界，陌生感从一开始如影随形。父母的墓地被搬迁，一些他以为还活着的亲人已经去世，并且最后两个人的下葬时间是在 1989 年之后，可他没有收到任何讣告，他意识到国内亲人并不是出于谨慎才不给他写信，而是在他们心目中他根本不存在，他早已经被排斥出"群体"外了。

　　接着，他经历了与久别重逢的哥哥既熟悉又陌生的会面。他回到哥哥家，看到父亲以前的四层楼房现在全都属于哥哥，按理说约瑟夫也有权利继承父亲的财产，这栋四层楼房有一部分本应该属于约瑟夫，哥哥因为独占了房产有些不安和尴尬，直到约瑟夫说他自愿放弃房产时哥哥才松了口气。房子是人的栖身之所，约瑟夫放弃了继承房产权利就意味着他根本没打算留下来。除了房产，嫂子占有了一幅约瑟夫特别珍爱的画，哥哥占有了约瑟夫的手表。在捷克，曾经属于约瑟夫的、但凡有价值的东西都被哥哥嫂子据为己有了，并且没有打算归还，约瑟夫在捷克变得一无所有，就这样他的身份变成了没有任何物质支撑的空壳子。聊天时哥哥嫂子想把他不在时所发生的一切都告诉他，但是对他在国外的生活闭口不提，他们避免一切可能涉及约瑟夫丹麦妻子的话题，他们对他的妻子一无所知，不知她的年龄，不知她的名字，也不知她是做什么的。哥哥嫂子的冷淡让约瑟夫疑虑窦生，开始质疑这次回归是否正确，他想象着妻子满脸不高兴地说："都是你的错，你说我应该来这儿。我本不想来。我根本不想回来的。"①

　　约瑟夫和昔日好友短暂的见面也以失望结束：一段愉快的交谈

---

　　① 米兰·昆德拉.无知 [M].许钧译.上海：上海译文出版社，2011.74.

之后，好友的妻子邀请他一起吃晚饭，约瑟夫说："今天晚上我就回到家了。"

      "你说回到家，意思是……"

      "回到丹麦。"

      "听你这样说真奇怪，你的家，难道不在这里吗？"朋友的妻子问。

      "不，在那里。"[①]

一阵久久的沉默以后，约瑟夫以为他们会继续追问：丹麦真的是你的家吗？你在那里过得怎么样？跟谁一起过？你家房子怎么样？你妻子怎么样？等等，但好友和他的妻子没有接着问任何一个问题。再一次，约瑟夫想到自己的妻子，他突然为妻子不在身边感到难过：在故土没有妻子的一丝痕迹。"在这个国家度过的三天里，任何人都没有提到他的妻子一个字。他明白：如果他留在这里，就会失去妻子。如果他留在这里，她就会消失"。[②]

在离开丹麦以前，他想象过将如何面对熟悉的故地，面对旧日的生活，他心想自己将会是激动还是冷漠？是欢喜还是沮丧？结果丝毫没有这些感觉。对于旧日时光他感觉不到一丝珍爱，没有一丝回归的欲望，只有淡淡的克制：超脱。昆德拉把约瑟夫的这种状况诊断为"此病人患有记忆受虐畸形症"。

如果说伊莱娜回归的失败是被动的，她努力了但她失败了，那么约瑟夫回归的失败就是主动的，是他自己从内心拒绝回归。

---

① 米兰·昆德拉.无知［M］.许钧译.上海：上海译文出版社，2011.162.

② 米兰·昆德拉.无知［M］.许钧译.上海：上海译文出版社，2011.163.

3.3 不可能的回归

传统观点认为人应该落叶归根，回归的行为值得赞扬，如《奥德赛》就表达了对尤利西斯历经千辛万苦回到故乡的赞颂。然而昆德拉对此提出质疑，难道回归一定是好的吗？选择留在异乡一定是对故乡的不忠诚？非要遭到批判吗？他曾说："即使条件允许，我也永远不想回去了。一生中移居国外一次已经够了。我是从布拉格作为移民来到巴黎的。我永远不会有精力再从巴黎移居到布拉格。"人的生命只有一次，昆德拉自己不可能做出多种选择然后比较各种选择的优劣差别，但庆幸的是他是一个小说家，他可以通过虚构的方式来描述各种可能性并把这些可能性展示给众人。从流亡动机看，伊莱娜代表的是被迫流亡，约瑟夫代表的是主动流亡。从流亡人群看也无非分为两种人：达官显贵的流亡和普通人的流亡，尤利西斯是达官显贵，伊莱娜和约瑟夫是普通人，昆德拉通过揭示他们回归之后内心的失落、与周围人的格格不入来激发我们重新审视回归的问题。

《奥德赛》是彰显思乡之情的史诗，是回归主题的奠基石。该史诗诞生于古希腊文化的黎明时期，荷马叙述了伊塔克国王尤利西斯攻陷特洛伊后归国途中十年漂泊的故事，尤利西斯被看作是有史以来最伟大的冒险家也是最伟大的思乡者。《奥德赛》流露出荷马对思乡的颂扬之情，由此他也界定了情感的道德等级，在这个界定中，关于"回归"的伦理道德位于等级之巅。昆德拉深入探讨西方文化源头，从根本上对回归的伦理道德提出了质疑。正如许钧先生所说："昆德拉到底还是昆德拉，他的笔触伸向了整个西方的记忆深处，伸向了西方文化之源。他借荷马之口，用《奥德赛》这部宏伟的史诗回答了不仅仅属于伊莱娜，不仅仅属于昆德拉个人的问题。"① 众人都赞颂尤利西斯的原配妻子帕涅罗铂，昆德拉却表达了对他的情人卡吕普索的同情，他写道："卡吕普索，啊，卡吕普索！我常常想起她！她爱上了尤利西斯。他们在一起生活了整整七年。不知道尤利西斯与帕涅罗珀同床共枕有多长时间，但肯定没有那么久。然而，人们却赞颂帕涅罗珀的痛苦，而不在乎卡吕普索的泪水。"② 接着昆德拉进一步思考尤利西斯回归之后的感受：他不得不与一群他根本不了解的人生活在一起，这些人为了讨好尤利西斯反复跟他唠叨他离家去打仗之前的那些事，又反反复复跟他絮叨他不在家时伊塔克发生的一切。没有人询问他的流亡经历，没有人对他说"你讲讲吧！"而讲述打仗和流亡经历恰恰是尤利西斯最期待的一件事。因此在昆德拉看来，尤利西斯回归之后的生活是不快乐的，与同胞之间的隔阂让他永远有一种异乡人的感觉，"二十年来，尤利西斯一心想着回故乡。可一回到家，在惊诧中他突然明白，他的生命，他的生命之精华、重心、财富，其实并不在伊塔克，而是存在于他二十年的漂泊之中"。③ 纵然尤利西斯回到伊塔克之后拥有高高在上的地位和享不尽的财富，但他的内心却是孤独的。这种孤独来自他对自己身份产生的焦虑，对"我是谁"的焦虑。他曾经一心想回到伊塔克，为了回归不惜放弃美丽贤惠的卡吕普索和安逸的生活，但事实上回归并不如他想象的那么完美。梦中的思乡之苦毕竟是在"梦"中，梦醒了，那种深邃的眷恋故乡的感情也就灰飞烟灭了。

《无知》中伊莱娜和约瑟夫结束了自己的回归之旅，结束了对故土、亲情、友情的寻找，结束了回归。在他们心目中祖国早已是异乡，

---

① 许钧.流亡之梦与回归之幻［J］.外国文学评论，2004，（4）：20.

② 米兰·昆德拉.无知［M］.许钧译.上海：上海译文出版社，2011.8.

③ 米兰·昆德拉.无知［M］.许钧译.上海：上海译文出版社，2011.35.

没有了他们牵挂的东西，不再是他们的精神家园。在小说末尾伊莱娜问约瑟夫：

> "你在这里快乐吗？你愿意留下来？"
>
> "不"，他说。
>
> 他问她："你呢？在这里有什么让你牵挂的吗？"
>
> "没有。"伊莱娜回答道。

他们的回答都是那么的斩钉截铁，最终再次选择了流亡，对故土他们已然不再有任何眷念之情，彻底的心灰意冷。接下来我们将从叙事、记忆和语言三个方面深入分析流亡者回归困难的原因。

3.3.1 叙事的缺失

以保罗·利科（Paul Ricoeur）、保罗·约翰·埃金（Paul John Eakin）、查尔斯·泰勒（Charles Taylor）、汉娜·阿伦特（Hanna Arendt）等为代表的"叙事身份"理论倡导者强调叙事在自我身份建构中的关键作用。他们把叙事看作是建构自我的主要方式，甚至是唯一途径。[1]"通过讲述自己的或彼此的人生故事，赋予人生一种连贯的、完整的'情节化'发展，以确立自我的独特身份"。[2]拜特斯比也说："人生是一种叙事。如果你想了解我，询问我的生活、我在做什么、我要去哪里、我做过什么、我是什么样子，我会以讲故事的方式告诉你。我之所以这样做，是因为我先有一个开始，然后我能回忆起我一直在旅途中，不断前

---

① 邹涛.叙事、记忆与自我［M］.成都：电子科大出版社，2014.157.

② 邹涛.叙事、记忆与自我［M］.成都：电子科大出版社，2014.157.

行：尽管我的身心日渐变化，它依然是我的，直到生命终结。"① 简言之，叙事起到构建身份的作用。从叙事学角度看问题，小说主体就是在叙事，叙述一个人或一些人的经历，从而揭示这些个人或群体的身份。

昆德拉在《无知》中反复强调叙事对身份构建的重要性，尤利西斯、伊莱娜和约瑟夫之所以在故乡得不到身份认同就是因为故乡的亲朋好友没有给他们叙事的机会，回到故乡的他们本应该不存在语言沟通的困难，能够用母语轻而易举地表达自己的想法，倾听者也能很快理解他叙述的内容与表达的意义，从而让他们能在与他人沟通与交流中确认自我。然而没有人给予他们叙述二十年流亡生活的机会，对于尤利西斯，昆德拉在《无知》第 9 节中写道："其实他所期待的唯有一件事那就是他们对他说：'你讲讲吧！'而他们没有对他说的，偏偏就是这句话。"② 对于伊莱娜，昆德拉在小说第 11 节中写道："她们对她在国外的经历漠不关心，她二十年的生活就这样被一刀砍掉了。"③ 不只是朋友，伊莱娜的母亲也对她在法国的生活漠不关心，"一位母亲在离别多年后与女儿重逢，为什么对女儿给她看的、跟她说的不感兴趣呢？为什么在这整整五天里，她都没问过自己女儿一个问题呢？"④ 对于约瑟夫的朋友，昆德拉也是如此描述："一阵久久的沉默，约瑟夫以为他们会追问：丹麦真的是你的家吗？你在那里过得怎么样？跟谁一起过？说说！你家房子怎么样？你妻子是怎么样的人？你幸福吗？说呀！说说呀！但是 N 和他的妻子一个问题都没有问。"⑤

福柯认为，话语与权力紧密相连，权力始终与话语如影随形，话

---

① 邹涛.叙事、记忆与自我［M］.成都：电子科大出版社，2014.102.

② 米兰·昆德拉.无知［M］.许钧译.上海：上海译文出版社，2011.35.

③ 米兰·昆德拉.无知［M］.许钧译.上海：上海译文出版社，2011.45.

④ 米兰·昆德拉.无知［M］.许钧译.上海：上海译文出版社，2011.19.

⑤ 米兰·昆德拉.无知［M］.许钧译.上海：上海译文出版社，2011.162.

语是权力的一部分，话语最终也发展成为一种权力，这便是"话语权"。① "话语权的持有者，可以建构胜利、历史、理性，可以将异己的话语建构为他者，让他保持沉默，将他排斥和放逐，因此剥夺一个人或一个群体的力量的最简捷有效的方式就是迫使其沉默"。② 因此给予某人以叙事话语就是给予他或她一种话语权力。这种权力可以让主体从被表述的他者变为一个叙事的主体从而为自我身份的塑造提供条件和机会。神经病理学家和心理学家奥利弗·塞克斯指出："我们每个人都有一个人生故事，一种内心的叙事——它的连续性和它的意义就是我们的生命之所在。也许可以说我们每一个人建构和生活在一种'叙事'中，这种叙事就是我们，即我们的身份。"③ 当我们关注小说主人公的坎坷人生时我们会认为流亡生活是流亡者身份的重要组成部分，他们需要通过叙述这段经历来构建一个完整的人生故事，从而实现身份建构获得身份认同，相反如果这段生活被忽略，他们的身份便不完整。当流亡者回到家乡时人们没有给他们任何叙述的机会，他们便被迫陷入"失语"境地。小说里没人关心流亡者在异国过得怎么样，没有人主动跟他们说"你讲讲吧"！相反同胞们一直掌握着话语的主动权，如伊塔克人反复跟尤利西斯谈起他不在家时伊塔克发生的一切，伊莱娜的母亲不停地唠叨在布拉格发生的事，约瑟夫的哥哥嫂子想把他不在时发生的一切都告诉他，听话者永远处于被动接话的位置，没有话语权。无疑这使流亡者的心灵创伤得不到安抚，对回归开始质疑。

由此可见，身份存在于叙事当中，我们可以通过叙述人生故事来间接回答"我做过什么？""我是谁？"的问题。换言之，被剥夺了叙

---

① 米歇尔·福柯.规训与惩罚［M］.刘北成，杨远缨译.北京：生活·读书·新知三联书店，2007.

② 刘晓露.话语权力观照下的主体身份建构［J］.求索，2012，（1）：130.

③ 邹涛.叙事、记忆与自我［M］.成都：电子科大出版社，2014.68.

事权力的流亡者同时也被剥夺了彰显自我身份的机会，陷入身份认同困境，沦落为"他者"。

3.3.2　语言的丧失

　　1995 年，移居法国 20 年的昆德拉彻底放弃母语捷克语，发表了第一篇法语小说《慢》，接着又发表了法语小说《身份》和《无知》，这标志着昆德拉文化身份的转向。居伊·斯卡佩塔认为昆德拉在发表了这三部法语小说之后，"从此成为一个完全的'法语作家'。"[①] 正如昆德拉在分析流亡作曲家斯特拉文斯基时所说的："移民生涯在继续，一种新的对居住国的忠诚正在诞生。于是，决裂的时刻来临了。"[②] 由此可见语言与身份密切相关。

　　语言是身份的象征，说话者或作家通过他的语言来展现自我身份。在最简单的情况下，人只掌握一种语言，拥有一种文化身份。但流亡者到异国他乡会被迫用一种自己不熟悉的语言与人交流，久而久之便会将母语的思维习惯转化为移居国的语言思维习惯，这样他们就拥有了另一重身份。因为"语言承载的概念和文化符号体现的是一个民族的身份与特征，因此习得一门语言的同时也习得了语言承载的概念、价值观及其文化内容，具备了与集体民族身份相适应的语言文化身份"。[③] 因此，流亡者在习得移居国语言的同时也逐渐确立了新的语言文化身份，相反对与母语相关的文化记忆会渐渐淡忘。

　　在《无知》中，伊莱娜的丈夫马丁去世以后她再也找不到人说捷

---

① McEwan, Ian. *An interview with Milan Kundera*. Granta, 1984, (11): 33.

② 米兰·昆德拉. 被背叛的遗嘱［M］. 余中先译. 上海：上海译文出版社，2011. 102.

③ 肖燕，文旭. 语言认知与民族身份构建［J］. 外语研究，2016，（4）: 7.

克语了，她的两个女儿不愿意把时间浪费在一门显然已没什么用处的语言上，所以法语就成了她天天要用的语言，成了她唯一的语言。在不断使用法语的过程中，法语所承载的法国人的信仰、历史和价值观也会潜移默化地改变伊莱娜原有的信仰和价值观，伊莱娜从而被迫接受法兰西文化体系，逐渐拥有了法国文化身份。在巴黎，由于男友古斯塔夫的法语讲得很糟糕，他们两人间的谈话就由伊莱娜主导，她为自己的口诺悬河而陶醉，语言上的优势让她可以控制着自己的情人，把他引向她的世界，这样一来更加强了伊莱娜对法语的认同感。就这样伊莱娜跨越了两种文化，拥有了双重文化身份。

在某种意义上，伊莱娜的身份危机源自回归以后她失去了使用自己所熟悉的语言的机会，进而陷入"失语"境地。"失语症"原是用于医学领域的名词，是指因大脑的左半部分受撞击或其他伤害而造成的言语功能出现障碍、甚至完全丧失的病症。[①] 在这里"失语"所指的是伊莱娜因被一些人压制了话语权力而丧失表达自我的机会。回到布拉格以后，约瑟夫说英语，伊莱娜竭力坚持她越来越依恋的法语，但由于没有任何外界语境的支持伊莱娜只好让步，他俩的角色就此相互转换了：在巴黎，古斯塔夫伸着耳朵听伊莱娜如饥似渴地操用自己的语言；在布拉格，他成了个说起来没完的说家。因为伊莱娜英语不行，古斯塔夫的话让她似懂非懂，而且她又不想下功夫去学所以几乎不怎么听他讲，开口对他说的时候就更少了。伊莱娜回到捷克不仅失去了说法语的机会，连说捷克语的机会也不多，因为母亲总是和古斯塔夫说着她那幼稚的英语。"她的这次大回归显得十分奇特：走在街上，四周都是捷克人，从前那种亲切的气息抚慰着她，一时间令她感到幸

---

① 石浩.文化身份的追寻——对程抱一小说《天一言》的研究［D］：［硕士学位论文］.太原：山西师范大学，2013.34.

福；可是回到家里，她便又成了一个沉默的异乡人"。①

约瑟夫在离开祖国后也几乎没有说过捷克语。所以当约瑟夫回到捷克听到曾经熟悉的捷克语时觉得特别陌生，"听这音调是一门陌生的语言。这可悲的二十年来捷克语到底发生了什么变化？难道是声调变了？显然是的。以前加重的第一个音节现在变弱了"，尽管那其中每一个词他都明白，但捷克语对他来说已经成了既熟悉又陌生的语言。因为共同语言在建构民族身份时起着重要作用，是区分"我们"与"他们"的工具。所以当约瑟夫对捷克语感到陌生的时候其实他已经远离了自己的捷克民族身份，成为一个"他者"。

一方面是对母语感到陌生，另一方面又对习得语不能完全驾驭，这样就造成了流亡者双重他者的境地。昆德拉在《小说的艺术》中写道：

> 我发现在语言中思考和叙述是全然不同的两码事。就仿佛这两种功能在大脑中分别由两个不同的区域所管辖。我能用法文思考，在今天我甚至更喜欢用法文而不是捷克文思考。如果我要写一篇文章，比如说，而必须在这两种文字中进行选择的话，我会选择法文。在接受采访，让我选择用母语还是法语时，我会选择后者。然而你，我却不知如何用法语讲一则有趣的故事，本来听着好笑的故事会变得死板和笨拙。②

总而言之，《无知》里主人公所陷入的语言困境证实了语言是构建身份的主要工具之一，阐明了语言与叙事都参与身份构建。下面我们从记忆入手探讨身份问题。

---

① 米兰·昆德拉. 无知［M］. 许钧译. 上海：上海译文出版社，2011.101.

② 米兰·昆德拉. 小说的艺术［M］. 董强译. 上海：上海译文出版社，2014.67.

3.3.3　记忆的淡化

伏尔泰在他的《哲学词典》中写道："只有记忆才能建立起身份，即您个人的相同性。"阿尔弗雷德·格罗塞也说："我今天的身份很明显是来自我昨天的经历，以及它在我身体和意识中留下的痕迹。大大小小的'我想起'都是'我'的建构成分。"[①]因此流亡者的身份既包括流亡之前在故乡的记忆，也包括流亡之后在他乡的记忆，这两个记忆缺一不可，共同组成他们完整的身份。

传统观点认为记忆是高度个人化的，每个人的记忆都植根于我们每个人独特的生活经历当中。但涂尔干的学生哈布瓦赫首次赋予记忆社会学的内涵，他强调记忆的社会性。哈布瓦赫指出："回忆是在同他人和他人回忆的语言交流中构建的。有许多事情，我们对它们有多少回忆取决于我们有多少机会对别人叙述它们。"[②]昆德拉在《无知》中表达了同样的意思，他指出："人的记忆力要想运转良好，就需要不断磨炼。如果往事不能在与朋友的交谈中被一而再，再而三地提及，就会消失。"[③]尤利西斯离家二十年，在这期间伊塔克人保留了很多有关他的记忆，而尤利西斯虽然饱受思乡之苦，却几乎没有保留什么昔日的记忆。那是因为当尤利西斯漂泊在异国他乡时他没有太多机会向别人反复讲述关于故乡的记忆，久而久之对故乡的记忆就会淡化，对故乡的身份认同也会随之减弱。这就是为什么当流亡者回到故乡听到故乡的亲朋好友对他们反复唠叨往事时他们会心有抵触。同样流亡者回归之

---

① 阿尔弗雷德·格罗塞.身份认同的困境［M］.北京：社会科学文献出版社，2010.33.

② 莫里斯·哈布瓦赫.论集体身份［M］.毕然，郭金华译.上海：上海人民出版社，2002.82.

③ 米兰·昆德拉.无知［M］.许钧译.上海：上海译文出版社，2011.34.

后之所以迫切需要向同胞倾诉自己的流亡经历就是要通过对别人叙述流亡经历过程中加强自己的记忆，从而实现身份建构。

综上所述，记忆除了个人记忆还有与他人共同的记忆，即集体记忆。集体记忆是集体身份的依托。哈布瓦赫认为，"记忆是受集体影响的，虽然集体不能'拥有'记忆，但它决定了社会成员的记忆。集体记忆附着于其载体上，不能被随意移植。分享了某一集体的集体记忆的人，就可以凭此事实证明自己归属于这一群体"。① 小说中伊莱娜和约瑟夫回到捷克以后之所以被视为他者，是因为他们在流亡期间失去了和故乡人拥有的共同的集体记忆，他们在国外的生活和故乡的生活完全没有交集，两种生活迥然不同。

一言以蔽之，记忆与叙事、语言三个因素一起共同参与身份构建，相辅相成，缺一不可。《无知》中主人公在回归时遭遇不幸，陷入迷茫、沮丧和绝望困境正是这三个因素实现受挫的后果。

3.4 无"根"的宿命

回归以失败告终，它打碎了流亡者原有的梦想，让他们彻底认识到回归的不可能。在《无知》创作之前，昆德拉曾在许多访谈中说过自己不会再回到捷克："我不相信还有回到捷克斯洛伐克的那一天，永远不会有此可能。"② 他害怕有太多的痛苦和失望。1990 年昆德拉悄悄

---

① 莫里斯·哈布瓦赫.论集体身份［M］.毕然，郭金华译.上海：上海人民出版社，2002.88.

② 李凤亮，李艳.对话的灵光：米兰·昆德拉研究资料辑要（1986—1996）［M］.北京：中国友谊出版公司，1999.515.

回过一次捷克，做了几天短暂的逗留。不管怎样，昆德拉结束了回归，也让他小说中的主人公们结束了回归。回归是个尤利西斯式的悲剧。

伊莱娜在遭受了捷克亲朋好友的冷落以后把希望寄托在年轻时候的梦中情人约瑟夫身上，和约瑟夫在机场戏剧性的邂逅以后她对约瑟夫充满了期待，想着自己终于找到了失而复得的爱情。在和约瑟夫交谈过程中她觉得彼此有着共同的经历和共同的感受，以为终于找到了生命的"根"，一个可以给她后半生幸福生活的男人。殊不知约瑟夫只是把与她相遇当作一场艳遇，他压根不记得她甚至连她的名字都不知道，这显然是昆氏的讽刺。在小说结尾，母亲争夺了伊莱娜的瑞典情人古斯塔夫，伊莱娜彻底成了一个无"根"的人。"布拉格成了古斯塔夫的布拉格，一个新兴的、肤浅的、蠢蠢欲动的、急于割断历史的布拉格。这个漂亮世界的北欧人在法国爱上了布拉格的女儿，又在布拉格得到了女儿的母。所有的一切都像是一个玩笑，是人类跟自己的命运开出来的玩笑"。① 游子回来了，遇到的不是翘首期盼的慈母，而是与她争夺情人的母亲。

回到法国后伊莱娜的法国朋友茜尔薇慢慢与她断了往来，因为伊莱娜没有像她想象的那样回归故土，而是选择继续留在法国，她已经不是一个以政治避难为由的流亡者，而是一个普通移民。从此，以前伊莱娜吸引她们的特点没有了，她不能再让她的法国朋友感兴趣。以前的她是作为一个异乡人、一个"他者"让法国人感兴趣，现在因为法国人对她不再感兴趣而变成了"他者"。这也是昆德拉本人的命运，昆德拉在丧失了"流亡者"这个被法国人视为"尊贵"的身份以后就不能再引起法国人的兴趣和好奇。20 世纪 80 年代，当昆德拉开始放弃捷克语与故土素材而转为用法语写作时，法国《星期日报》周刊的评

---

① 黄蓓佳. 无知背后的深渊［N］. 北京青年报，2008，（8）：10.

论员是这样评论的:"或许他在共产主义体制下社会反抗作家的形象对我们更具魅力……今天的昆德拉,如他所愿成了法国作家,但他所写的与我们太过雷同。他是法国人,直至让我们厌倦。"虽然昆德拉早已奠定文坛大师的地位,但仍然限于两难境地,故乡虚妄,他方亦虚妄。他书写的捷克也许他已不再熟悉,在他正在书写的法国他又总是以一个异乡人出现在读者心中。

昆德拉关注存在,他曾说过存在就是对人可能性的探索。我们认为约瑟夫就是昆德拉自己身份的一种可能性,如果让昆德拉再选择一次他的人生,他也许会选择与约瑟夫同样的道路。根据他所说"我除了是个小说家外,什么也不是,我不应当插手其他事情"。这句话表达了他在现实面前的无奈。事实上,他的祖国捷克是小国,捷克的命运总是操纵在一些大国手中,对此捷克毫无还手之力,而他自己只是这个小国中的一个小说家,在强大的历史面前他是渺小的,因此后来他认为自己以前所做的激烈抗争完全是徒劳的。约瑟夫选择当兽医,因为兽医不需要和人打交道,在风起云涌的政治风云中他可以待在不太受欢迎又管制不严的兽医学校里,用不着表现出对当局的忠诚。总之,他可以安静地和畜生待在一起,在现实面前做一个幸运的逃兵。只需和畜生打交道而不和人打交道,这难道不是回避现实最理想的办法吗?另外约瑟夫选择流亡丹麦,我们认为这也是昆德拉移民法国多年后的一种思考,是他的另一种可能性,甚至在现在的他看来那是最佳的一种可能性。丹麦是北欧小国,如果从捷克流亡到丹麦,是不会有一种小国人的自卑感的,同是小国人的丹麦人也许不会像法国人那么高傲?丹麦向来远离欧洲是非,如果流亡到丹麦,也许可以过远离是非的平静生活。的确人生面临各种选择,意味着人有各种可能性,在这点上我们认为昆德拉的观点似乎与萨特的存在主义哲学不谋而合。

在《无知》中昆德拉借主人公的流亡遭遇对流亡状态下生命存在

的思考又何尝不是他对人类存在的一种思索呢？其实无"根"不仅是流亡者的命运，也是全人类的命运，人类在上帝隐退以后被抛到物欲横流的世界，人在物质方面得到满足的同时得到的是精神的空虚与无助。但是上帝已经不在了，最高价值审判官不在了，人们孤独地处在这个世界上，感到精神再也没有寄托，人在现实中找不到自己的支撑点和根基。这就是无"根"的宿命。

总之，在某种意义上无"根"宿命凸显了悲观思想，因为无"根"促使流亡者酿成悲剧结局。

本章小结

综上所述，《无知》凸显了流亡者在"故乡"与"异乡"双重他者的生存体验，揭示了流亡者的痛苦与无奈。悲剧气氛充满着该小说的每一页：过去，不可逆转；家，回不去了。可见，"流亡"是一种堪称悲惨的命运，虽然流亡者逃离了困厄不前的现状，逃离了专权独裁的国度，但也被完全切断了和故国的关联，被割断了与母体脐带的血脉关系，从此"流亡者"便像一个被遗弃的孩子，与故乡渐行渐远。赛义德说："流亡者存在于一种中间状态，既非完全与新环境合一，也未完全与旧环境分离，而是处于若即若离的困境，一方面怀乡而感伤，一方面又是巧妙的模仿者或秘密的流浪人。"[①] 总之，流亡是人类文化的一个维度，是一种独特的话语形式，甚至是人的一种生存方式或临界处境。由本章分析可以看出人一旦跨越了祖国的边界，便会对自己的

---

① 赛义德.东方学［M］.王宇根译.北京：三联书店，1999.201.

身份变得无知。

这不禁引发我们思考，如果整个人类跨越了某一条界线是否也会对自己变得无知呢？现如今复杂而多变的科技发展以及社会发展已经导致了主体身份认同的复杂性和危机感。"我是谁？""我们是谁？""我们会变成谁？"等问题困扰着越来越多的人。甚至对于一部分人来说，身份焦虑已然成为他们每天都必须面对并以某种方式与之共处的现实问题。因此从这个意义上来说，我们每个人何尝不是在流亡。在意义缺失的现代社会，人没有了一个固定的心灵家园和精神依托，不能确认自我，这不就如同在流亡途中吗？

"无知"代表的是一种对现状无知、对未来无知、对身份无知，总之是一种"不知何去何从"的状态，"无知"自我和"全能"自我相对立。笛卡尔把人上升到了大自然的主人和所有者之后，人类开始变得狂妄自大，认为自己万能。工具理性促使人什么都想去探究、去发现，仿佛理性能解决一切。现代人登上月球，飞向宇宙，仿佛真的无所不能，无所不知。然而，昆德拉却通过小说把人类"无知"的一面揭示出来，他仿佛在警示我们人类不仅难以做世界的主人，甚至有时都难以做自我的主人。试想如果作为认识主体的"人"的身份都不确定，又谈何认识世界呢？可见对自我身份的"无知"已经不仅是"流亡者"的境遇，它也成了全人类的集体境遇。

第4章 《身份》: 恋人的目光

　　《身份》是一部没有"捷克味"的小说，该作品通篇洋溢着浓浓的"法国风情"：小说几乎完全以法国为背景，故事主要发生在法国诺曼底，只有个别故事插曲发生在伦敦。主人公尚塔尔、让·马克都是法国人。《身份》被视为昆德拉探讨身份问题的代表作。书如其名，小说借助一个爱情故事中两位主人公的奇妙，经历细致地阐释了身份的脆弱性与朦胧性。因此《身份》不仅是一部爱情小说，而且还是一本深入探讨人身份问题的小说，讲述了男女主人公从迷失身份到最后在彼此的目光中找回身份的过程。

引　言

　　《身份》是昆德拉创作的第九部小说，出版于1997年，小说继续演绎着由《慢》开启的昆德拉第二个创作周期——"法国周期"。在这个周期里，昆德拉移民法国已有20年，开始对自己的文学创作进行革新，将自己对捷克的关注逐渐转变为对西方题材的关注，并且改用法语进行创作。与他在"捷克周期"创作的小说如《生活在别处》《不朽》《不能承受的生命之轻》等小说相比较，他在"法国周期"创作的小说篇幅都比较短小精悍，故事情节也相对比较简单。

寓重于轻向来是昆德拉小说的风格，《身份》避开了深刻凝重的政治主题深入到日常生活的琐碎事情当中，表面上小说描写的是爱情，但实际上探讨的是人与人之间彼此确认的问题，归根结底是聚焦人对自我、对他者的认识。昆德拉在该作品中探讨了主人公如何通过爱人的眼睛确认自己。诚然，有时候我们的确会一时认不出身边的爱人，似乎他平时让人所熟知的身份已被悄然抹去，成了"最熟悉的陌生人"，由此我们会对身份的真实、本性的存在产生怀疑。早在文学创作初期昆德拉就对身份问题产生了浓厚的兴趣。早期短篇小说《搭车游戏》讲述了这样一则故事：一对年青恋人在一起开车去度假的路上，出于偶然的奇思异想，姑娘装作一个搭车客向小伙招手，而小伙也装作一个陌生司机载上了她，接着两人扮演与平常截然不同的角色。然而这一彼此确知、完全假设的游戏展开到一定程度，原先一直被压抑的自我被释放出来，本来清纯天真的姑娘在游戏中却表露出轻佻放荡的一面，这完全颠覆了女孩在男孩心目中美好的形象。在一场灵与肉分裂的狂欢之后，姑娘和小伙子相互视线模糊了，看不清对方，次日凌晨小伙子弃姑娘而离去，被遗弃的姑娘绝望地呼喊"我是我！我是我！……"

《身份》的主人公尚塔尔和让·马克与《搭车游戏》中的青年恋人不同，他们俩已经不是一对情窦初开的年轻情侣，而是已步入中年的恋人，尚塔尔离过一次婚，比让·马克大四岁，让·马克的收入只有尚塔尔收入的五分之一。但年龄和收入差距并不妨碍他们相爱，他们在一起生活了多年，生活平静而幸福。爱情成为这对恋人应对现实生活烦恼的力量，原先他俩对这个世界漠不关心，是爱情促使他们敢于面对现实生活中的一切困难，可以说是爱情解救了他们。尚塔尔除了拥有让·马克的情人身份外还拥有多重身份：她还是一家广告公司的职员，是一个夭折的孩子的妈妈，最重要的是她还是一个渴望得到男人欣赏的女人。虽然尚塔尔渴望只拥有情人身份而不必在多重身份中游移穿梭，但现实不允许她只拥有一个身份，而是迫使她扮演不同角色、拥有不同身份。为了生存，尚塔尔不得不总是带着两张面孔，一张媚俗的面孔，一张愤世嫉俗的面孔，这导致她作为让·马克情人的身份经常受到威胁而具有不确定性，于是让·马克经常要去寻找"他的尚塔尔"。由此可见，即便是最亲密的爱人之间都会发生身份误认。正如伊莱娜·克斯科娃（Helena Koskova）所评论：《身份》中唯一确定的就是没有什么是确定的。

　　与我们所选取的昆德拉其他三部小说中的主人公相比，尚塔尔和让·马克是幸福的。《生活在别处》中的雅罗米尔绝望地死去，《不朽》中的阿涅斯主动地离去，《无知》中的伊莱娜陷入无尽的绝望，只有在《身份》结尾处，昆德拉笔锋一转，让人们从绝望中回过神来，看到了一幅甜蜜幸福的画面。尚塔尔从她的伦敦艳遇中觉醒过来时对让·马克说："我的目光再也不放开你。我要不停地看着你。"就这样他们各自身份都包容和依存在彼此的目光中。由此昆德拉给了主人公一个能够摆脱重负、回归本真的"世外桃源"，只要逃进"世外桃源"就可以无视外面的风风雨雨，就能成为心中真正认同的自己。这座"世外桃源"在尚塔尔心目中是爱情，在别人心里也可能是某种其他的事物。这正好论证了昆德拉反复强调的小说研究理论："小说研究的不是事实，而是存在，是人的各种可能性。"在《身份》中，昆德拉采用了欲扬先抑、向死而生的方法进行写作，在情节安排上曲折迂回，使读者颇有"山重水复疑无路，柳暗花明又一村"的感觉。

接下来，我们将从脆弱的身份、复杂的身份、迷失身份、找回身份四个方面分析该小说。

4.1 脆弱的身份

"身份"一词的本身意义指"是谁，是什么样的人"。在人类社会中，人的最初身份是个体成员在交往中识别个体差异的标志和象征，身份赋予社会应有的秩序和结构。然而身份并不是固定不变、永恒存在的；相反身份是脆弱多变的，甚至是容易丢失的。丢失身份就意味着失去个体差异的标志，个体就将混入茫茫人海，与任何陌生人无异。在小说《身份》中，身份脆弱性引发的身份焦虑是贯穿始终的主题。

4.1.1 身份短暂易逝

身份的脆弱性首先在于它容易被遗忘，容易消逝，尤其在一切快速发展、生活节奏愈来愈快的当今社会，身份被遗忘的速度就更快了。昆德拉在小说《慢》中专门论述了"快"与"慢"的价值与意义。他创立了被他称为"存在主义数学"的两个基本方程式，即慢的速度与记忆的强度成正比，快的速度与遗忘的强度成正比。他说："我们的时代迷上了速度魔鬼，由于这个原因，这个时代也就很容易被忘怀。"① 洛克认为，人的身份是以自我记忆的延续和他者记忆为基础的，一旦丧

---

① 米兰·昆德拉. 慢［M］. 马振骋译. 上海：上海译文出版社，2013. 3.

失了记忆或中断了记忆的连续性，身份就无从确认。正是记忆把我们的感知经验连为一体，使我们确认自己是一个统一体，是具有连续性的存在者。[①] 因此，一旦失去记忆或被他者遗忘就有失去身份的危险。例如战争胜利者为了消灭一个民族往往会首先夺走他们的记忆，毁灭他们的书籍、文化和历史，然后再给他们写另外的书，为他们杜撰另外的文化和历史。长此以往这个民族就会慢慢忘记他们曾经真正是什么，他们周围的民族也会很快地忘掉他们，正如昆德拉所说："一个失去了对它过去的意识的民族渐渐丧失了它自身。"对于一个人也是如此，所以昆德拉会得出以下结论："遗忘的意愿在成为一个政治问题之前，首先是一个存在问题。"[②]

然而，记忆是有限的，遗忘才是绝对的，因此依赖记忆的身份注定是脆弱的。《身份》开篇描述了尚塔尔在诺曼底海滨的一家餐厅与两位女招待之间的对话，她们谈论着电视节目《杳无踪迹》，这是一档以失踪者为主题的节目，主持人要求观众提供失踪者的线索和证明以利于找到那些失踪者。这个话题让尚塔尔感到害怕，她思索着："在今天这个世界里，我们每个人的一举一动都被控制，都被记录下来，到处都有摄像机监视着我们，人们摩肩接踵，接连不断，一个人怎么可能避开监视完全消失？"在这样一个充满摄像机的社会，人的举止处处受到监视，一方面人毫无自由可言；另一方面，一个人的失踪微不足道，作为普通人，除了亲人朋友没有其他人会关注你。试问如果有一天亲人朋友成为失踪者逐渐被别人遗忘，他的身份又将如何继续下去呢？如果人失去身份，从此就会淹没于茫茫人海再也无法找寻回来。当尚塔尔意识到身份的脆弱性时颇为震动，忐忑不安，她想象有一天也这

---

① FERRET Stéphane. L'identité [M]. Paris: GF-Flammarion, 1998.163.

② 米兰·昆德拉. 小说的艺术 [M]. 董强译. 上海：上海译文出版社，2014.190.

样失去恋人让·马克:对他一无所知,只能凭空去想象一切,她甚至都不能自杀,因为自杀就意味着背叛,意味着不愿意再等待下去,从此她将一辈子都生活在一种无尽头的可怕之中。尚塔尔之所以畏惧是因为她害怕"遗忘",害怕遗忘恋人也害怕被"遗忘",她清楚地知道随着时间流逝对恋人的记忆势必逐渐衰退,到那时让·马克将彻底失去他者的关注和等待,他的身份也将会随之被彻底遗忘。由此可见,"遗忘"与身份的脆弱性不无关联。

尚塔尔对待自己去世的儿子也怀有同样的想法,她的儿子在五岁时就不幸夭折了,前夫和大姑子为了让她能尽快摆脱失子之痛建议她再生一个孩子。但尚塔尔断然拒绝了,因为她觉得儿子是一个尚无生活历程的生命,一旦被他人替代就成了被抹去的影子。身份由人一生的行动建构而成,小孩因为没有太多生活经历所以他的身份就更脆弱、更容易被他人替代,一旦被替代就会被遗忘,身份也将随之消失。尚塔尔不想忘却自己夭折的儿子,她坚持要依靠自己的记忆去捍卫儿子不可替代的身份。这不禁让我们想到了《笑忘录》中的塔米娜:在丈夫去世以后,塔米娜想方设法去保存对已故丈夫的记忆,她千方百计地找回记载着她和丈夫之间爱情的信件,找回属于他俩的过去和爱情的寄托,以此来维持亡夫的身份。

概言之,身份是存在的身份,人的生命存在是有限的,因而人的身份存在也是有限的,在人消失或死亡以后对自我身份的建构也就停止了。之后此人的身份只能完全依靠他人记忆而存在,而他人记忆又是不可靠和易逝的,因而人的身份是脆弱的。正是由于人的身份短暂易逝,人才会追求不朽,追求尽可能久地活在更多人的记忆中。然而我们清醒地知道真正能载入史册名垂千古的人为数不多,大部分人的身份都是短暂易逝的。

4.1.2 身份边界模糊

小说《身份》通篇阐述了昆德拉对身份边界模糊的思考和焦虑：人与人之间的差别如此小，以至于一线之差人就有可能变成另一个自我。中国有句古话"情人眼里出西施"，说的是在爱人眼中人可以是如此特别而充满魅力。但《身份》却向我们揭示了另外一种情况：就算是最亲密的爱人之间都会产生误认。

《身份》反复写到让·马克产生错觉误认了尚塔尔。比如当让·马克来海滩寻找尚塔尔时，他把一个老女人误认成了他的恋人。当让·马克对这个"尚塔尔"挥手示意时她却无动于衷，原来他原先以为是发髻的其实是围在头上的一块纱巾，随着让·马克越走越近，这个被他误认为是尚塔尔的女人变得越来越老，越来越丑，最后嘲讽地变成了另一个女人。这种混淆和错觉不禁使让·马克颇为惊讶：怎么会认不出自己最爱的人的身影，怎么会误认这个他认为无人可以与之比拟之人？他纳闷地扪心自问：人与人之间身份的界限难道不足以将她与旁人区别开来吗？事实上，让·马克已经多次产生错觉将自己心上人的模样和另一个人的模样混淆起来，每一次的误认都让他惊讶不已。他害怕失去心爱的人，害怕恋人有一天变成陌生人，这种担忧无时无刻不深深地困扰着让·马克。

让·马克除了会把陌生人误认成尚塔尔，而且还会对尚塔尔本身产生误认，因为她偶尔会露出一副陌生人的面孔，这使得让·马克暗暗心惊胆战。让·马克会寻思着：拥有着一张陌生面孔的恋人与陌生人有何区别呢？这种焦虑会清晰地出现在他的梦境中：

> 他为尚塔尔担心，到街上去找她，最后他看见她了。她
> 背对着他，正在走路，越走越远。他在她后面跑着，呼喊着

> 她的名字。他离她只有几步之遥了，她回过头来，让·马克就像被定住一样，看到他面前是另一张脸，一张陌生的，让人看了不舒服的脸。然而，那并不是别人，是他的尚塔尔，尚塔尔有着一张别人的脸。①

情人眼里出西施，恋人的眼睛是最善于发现自己心上人身上的与众不同之处的。然而让·马克竟然一而再再而三地产生错觉，将自己心上人与陌生人混淆起来，尤其是每次发生误认之初他都非常确定陌生人就是他的恋人尚塔尔。可见尚塔尔在让·马克眼中的确定性并不是那么坚不可摧、不可替代，以至于让·马克总是想象着有一天会失去尚塔尔。他想到的不是她的死亡而是另一种更为微妙的、更为不可捉摸的东西，那就是他害怕有一天他会突然认不出她来；他害怕有一天，他忽然发现尚塔尔不是那个与他生活过的尚塔尔，而是那个在沙滩上被他误认为是她的人；他害怕有一天，在他眼里尚塔尔的确定性突然显得虚幻，在他眼中她会变得与所有其他人一样的无足轻重。显然这一切向我们揭示了身份是脆弱的，身份的确定性是虚无缥缈不可捉摸的。人们自认为最熟悉的人也许根本不是你所认为的样子；人类自认为确信无疑的一切也许它们的确定性只是弱不禁风，稍纵即逝的。

在昆德拉的字典中"边界"是一个重要词汇。在昆德拉看来，一切都是有边界的，比如这个世界和我们的生活，还有人的自我都是有边界的。昆德拉如此描述边界："只需要有一点儿风吹草动、一丁点儿的东西，我们就会落到边界的另一端，在那里没有什么东西是有意义的：爱情、信念、信仰、历史，等等。人的生命的所有秘密就在于，一切都发生在离这条边界非常近甚至有直接接触的地方，它们之间的

---

① 米兰·昆德拉. 身份［M］. 董强译. 上海：上海译文出版社，2011.38.

距离不是以公里计，而是以毫米计的。"① 我们行走在边界上随时都面临着失去的危险，随时会"越线"从而失去意义，失去珍视的一切，甚至失去自我。事实上，这些边界随时都在我们看不见的周围，其中最近的一条就是自我的边界。表面上看一个人和他的自我似乎密不可分，然而自我并不是安然地被关在内心深处，相反，自我一直处在最危险的边缘，最可能轻易被影响和改变，也最容易失去。昆德拉清楚地表述说："一旦越过了那条界限，我就不是我了，我会变成另一个人，一个不知道什么样的人。"② 这是《笑忘录》的主人公埃莱娜的担忧，也是我们每个人面临的危险，一旦跨越了那条看不到的边界，自我就会面目全非。可以说漫不经心的跨越结果是无可挽回的万劫不复。譬如《搭车游戏》中的姑娘只因为一个看似无忧无虑的游戏而跨越了自我的边界，在与男友的游戏中因过于投入角色而失去本真自我，变成了彻底的陌生人。男孩总是对自己说"姑娘只有在忠实和纯洁的界限之内才具有现实感，一旦跨越了这一界限，很简单，她就不存在了；一旦跨越这一界限，她就不再是她自己了，就像水一旦过了沸点就不再是水了"。在这次滑稽而又令人沉湎的游戏中，姑娘跨越了可怕的自我边界，她的灵魂也卸下了自我保护的戒心，结果其男友弃她而去。

在《身份》中，尚塔尔在得知是让·马克写匿名信以后愤然出走到伦敦去，她在伦敦的聚会上进入一个完全不同的"世界"，她被这个世界所困，觉得完全无处可逃：所有窗户都被锁死了，甚至连她的名字也被改了，里面的人叫她"安娜"。这说明尚塔尔的身份一直处在边界的边缘，稍不注意就会跌入失去自我的深渊，掉入一个完全陌生的世界，失去自我，失去名字，失去自己所爱的人。显然这样的生活是

---

① 米兰·昆德拉.笑忘录［M］.王东亮译.上海：上海译文出版社，2011.323.

② 米兰·昆德拉.笑忘录［M］.王东亮译.上海：上海译文出版社，2011.157.

陌生的，也是现实的。昆德拉在小说结尾处写到这可能是一场梦，但是梦与现实的边界在哪里无从得知。

总而言之，身份边界的模糊造成一个身份很容易滑向另一个身份，这就势必造成身份的脆弱性和不确定性。一个人要想坚持自己的身份就必须守住底线，不轻易跨越边界，否则就会失去自我而陷入身份危机。正如昆德拉所言："生活，就是一种永恒的沉重努力，努力使自己不至于迷失方向，努力使自己在自我中，在原位中永远坚定地存在。"①

4.1.3　身份依赖他者

萨特在分析他者对主体身份的建构方面有独到见解，他认为在主体建构自我的过程中他者的"注视"是一个重要因素，从某种意义上说，是他者的"注视"促进了个人自我形象的塑造。在小说《身份》中，昆德拉经常提及他者的"注视"，女主人公尚塔尔的身份危机即主要来源于对他者"注视"的渴求。在小说开篇，让·马克和尚塔尔这对亲密恋人约好在诺曼底海滩度假，尚塔尔提早一天到达目的地。在沙滩上尚塔尔看到的是一群被异化的男人，这些男人不再具有传统男人的阳刚形象，而成了一个个奶爸：有的推着婴儿车，有的背上背着一个婴儿，有的肩上扛着一个孩子胸前还吊着一个婴儿，有的手里牵着一个孩子，背上、肩上和胸前各有一个婴儿。在沙滩上放风筝的也全是男人，他们都神情麻木、对女人视若无睹。尚塔尔想象自己主动跟这样的男人调情或用淫词艳语在其耳边发出性邀请，但对方无动于衷，且只会说："别烦我，我正忙着呢！"男人的漠视让尚塔尔对自我魅力产生了怀疑，她已不再年轻所以更渴望用陌生男人的"注视"来

---

① 米兰·昆德拉.被背叛的遗嘱［M］.余中先译.上海：上海译文出版社，2011.

证明自身魅力。当这些做了爸爸的男人对她表现出无动于衷时她自然有一种莫名其妙的失落感。第二天当她见到恋人让·马克时，脸上失落的神态无从掩饰，面对情人的一再追问，尚塔尔蹦出一句话："男人们再也不会回头看我了。"虽然她尝试以最轻松的口吻说出这句话，但她的声音苦涩而忧郁，这不能不引起恋人的怜惜。让·马克因此领会到了她对自我身份的不确定感和危机感，所以才有了接下来的"匿名信事件"。"男人们再也不会回头看我了"这句话也成为小说故事情节发展的导火线。

事实上，尚塔尔并不是完全没有他者注视，至少她能从情人让·马克身上得到欣赏和爱慕，然而这对尚塔尔来说远远不够。恋人爱意的目光并不能完全满足她，无论让·马克如何爱她觉得她美都无济于事，情人的目光无法宽慰和安抚她。因为"她需要的不是一种爱情的目光，而是陌生人的、粗鲁的、淫荡的眼光的淹没，这些眼光毫无善意、毫无选择、毫无温柔也毫无礼貌……正是这种目光将她保持在人的社会群体中"。① 昆德拉形象地描述了尚塔尔渴望得到众多他者目光的原因：

> 本来她的身体一直淹没在数百万个其他的身体之中，直到有一天，一个充满欲望的目光投在它的上面，将它从星云一般的无数个体中拉出来；接下来，目光越来越多，将这一个身体燃着，从此之后，它像一把火炬一样穿行于这个世界；不久以后，人们的目光变得稀少了，光明开始渐渐熄灭；直到有一天，这个身体变得半透明，又变得透明，然后

---

① 米兰·昆德拉. 身份 [M]. 董强译. 上海：上海译文出版社，2011.43.

变得看不见了。[①]

也就是说，得到他者的"注视"越多，人的身体在人群中就显得越光彩夺目，人的特征性也显得越突出。反之，得到的"注视"越少，人的身体变得半透明以致完全透明，似乎不存在于他者的目光中，人的自我也会随即被淹没。

由此可见，身份主体性并不能单从自我身上获得，还必须依赖于他者的关注和承认，自我与他者密不可分。正是对他者"注视"的依赖导致了身份的脆弱性，没有了他者"注视"的主体随时可能陷入对自我身份的怀疑和否定中，从而引发身份危机。

4.1.4 不自由的自我

自由是人的主观感受，是人在不被任何人控制、可以自由选择、自由做决定时候的感受，它意味着一个人不受奴役、不被监视，既不为社会所羁绊，也不为他者所束缚。任何人都希望能随心所欲构建自我身份，不用在乎他者。事实上如果一个人不需要任何他人来证明自我的存在，可以做到不被任何他者所捆绑束缚，那么此人就是自由的。但在现实生活中能实现真正自由的人几乎是不存在的，人们或多或少会主动或被动受到他者的影响，主动或被动陷入他者的圈囿，从而失去自由。随着科技和全球化的发展，现代人在时空上拥有了越来越大的自由：比如现代人拥有乘坐宇宙飞船在太空翱翔的自由，这是古代人没法想象的，日行千里、夜行八百不再是神话。人在物质享受上也拥有更大的自由：加拿大人吃美国的快餐，中国人用法国香水，法国

---

① 米兰·昆德拉. 身份［M］. 董强译. 上海：上海译文出版社，2011.42.

人穿意大利的服装，等等。带着自由生活的愿望人类向所有的生活方式、所有的思想潮流、所有的职业、所有的性别取向以及所有的种族敞开怀抱。可悖论是自由在让人们拥有更多选择的同时也让人们迷失在众多选择中不知道何去何从：选择越多，人就越迷茫，越不知所措。我们不禁要问：这些看似增长的自由真的让人们越来越自由吗？完全的自由真的存在吗？答案是否定的。小说《身份》就向我们揭示一个事实：在人的一生当中，从胚胎到尸体，从现实到梦中，从身体到感情，完全的自由都是不存在的。

首先，人类的诞生便不是自由选择的结果。按照昆德拉的说法，人类的身体是上帝在他的工作室里修修弄弄时完全偶然找到的一种身体模式，尽管我们可以自由摆弄自己的身体，但身体内部的固定运行模式是无法改变的。再比如"目光"，昆德拉阐释说产生目光的身体器官"眼睛"根本不受人的控制，因为眼睛需要不断地清洗、湿润，总是被一种有规律的、机械的清洗运动干预，就像一块汽车挡风玻璃被刮水器洗刷一样。"这身体上的眼睛在看东西时，居然不得不每十到二十秒钟就被洗刷一次！怎么去相信在我们面前的他是一个自由的人，独立的人，是他自己的主人？怎么去相信他的身体是一个寄寓其中的灵魂的忠实无误的表现？要想相信这一点，就必须忘掉眼皮永恒的眨动。必须忘却把我们造出来的那个修修弄弄的工作室"。①《身份》中还写到了胎儿的性生活，尚塔尔讲述有人将一个胎儿在未来妈妈肚子里的生活都拍摄了下来，从摄影里看到胎儿会以一种我们无法模仿的杂技般的姿势去嘬他自己小小的生殖器。尚塔尔说："胎儿就有性生活！你想想！他还没有任何意识、任何个体性、任何知觉，但他已经感到一种性冲动，而且可能还感到了快感。所以我们的性生活要先于我们

---

① 米兰·昆德拉.身份［M］.董强译.上海：上海译文出版社，2011.72.

对自己的意识。我们的自我尚未存在，但我们的淫欲就已经在那儿了。"① 这更充分说明了人并不完全是自我身体的主人，有些生理反应不是人能自由控制的，生理反应早已先于自我而存在。

胎儿性生活的发现也说明一个事实：人在出生以前就已经有人在观察他，并给他摄影。母亲的肚子本来应该是最神圣最安宁的地方，却也难逃被他人监视的命运。尚塔尔抱怨道："你活着的时候是无法躲开他们的，这一点大家都知道，可在你出生之前，你都无法避开他们，就像你死去之后也无法躲开他们一样。"② 小说中讲到有个人以一个俄国流亡大贵族的名字生活，人们怀疑他是个骗子，所以在他去世之后为了能戳穿他便从坟墓里挖出一个农妇的骸骨（据说是他的母亲）来搜索和检测。此外海顿头颅的故事也值得一提，人们把海顿的头颅从尸骨未寒的遗体上切下然后让一个疯子学者去打开海顿的脑子来确定到底在哪里藏着音乐天赋。还有爱因斯坦的事迹，爱因斯坦曾经明确写下遗嘱要求人们将他火化。人们答应他了，可他一名忠实的、虔诚的弟子拒绝在大师见不到他的情况下生活。所以在火化爱因斯坦之前，这位弟子从尸体上取走他的眼球，把它们放到一个盛有酒精的瓶里以便让它们可以一直看着他直到他去世。足见他者的监视力和摧毁力是多么可怕，他们如影随形，无处不在。科学技术在给人类带来巨大便利和进步的同时也给人类侵占他人身体、践踏他人隐私提供了工具。所以尚塔尔会忽然说出："只有火葬场的火焰才可以让人们彻底避开他者的目光，这才是唯一彻底的死亡。"③ 简言之，只有当人去世并且化为灰烬后方能不受他人监视。

---

① 米兰·昆德拉. 身份［M］. 董强译. 上海：上海译文出版社，2011.63.

② 米兰·昆德拉. 身份［M］. 董强译. 上海：上海译文出版社，2011.64.

③ 米兰·昆德拉. 身份［M］. 董强译. 上海：上海译文出版社，2011.65.

昆德拉在小说中还揭示了人在睡着的时候也不是自由的，因为会做梦。"梦"在昆德拉小说中是个十分常见的主题，譬如在小说《慢》《不朽》《不能承受的生命之轻》以及《身份》中都有对梦境的描述。《身份》描述了尚塔尔的一个梦，在她梦里出现了过去曾与她一起生活过的人：母亲，前夫，前夫的新妻子和大姑子。在梦里她的大姑子还是那样有统治欲和活力。到了梦的最后她前夫仿佛向她提出暧昧的性要求，他的新妻子也在尚塔尔嘴上重重地亲了一下并试图将舌头伸进她的唇间。这个梦让尚塔尔感觉非常不舒服，因为这个梦将她现在的生活完全抹去了。她热爱现在的生活，在任何条件下也不愿意将它与过去或将来作替换。"正因为这个，她不喜欢做梦：梦将一个人生命中不同的时期一律化为同等价值，并将人所生活过的一切都拉平，使之具有一种同时性，这让人受不了；梦否认现时的特权地位，使它变得不再那么重要"。[①] 弗洛伊德把人的心理结构分为意识、前意识和潜意识。意识是指当下在人的意识层面对人的有意识行为进行管理和调度的思维活动。前意识介于意识和潜意识之间，是人曾经历的一些被记住了的事情。按照弗洛伊德的说法，潜意识才是人意识层面的主要成分，像冰山被埋在水下的部分。人的所有行为几乎都受到潜意识影响，尤其是梦，潜意识是梦的起源。因为潜意识不受人意识的支配和控制，因而梦也不受人意识的控制，所以人在睡梦中是不自由的，人不是自己心理活动的主人。和"梦"一样，人的情感亦不受人控制。譬如尚塔尔有一次在海边突然想起自己死去的孩子时居然有一股幸福的浪潮向她袭来，她因这种感情而害怕却又不能对其做些什么，因为感情突如其来，无法抑制。的确，人们可以指责自己做的某件事，说的某句话，却不能指责一种情感。

---

① 米兰·昆德拉.身份［M］.董强译.上海：上海译文出版社，2011.6.

　　此外，人在自以为容易掌控的现实生活中也是不自由的。如尚塔尔就会在生活中被迫做一些违心的事。为了拥有经济上的独立，她辞掉了钟情的中学教师工作而选择了一份并不喜欢的工作。工作中的尚塔尔为了保持严肃形象故意大声说话，同时打着又快又有力的手势以此显示权威，这样的她和在恋人让·马克面前的她判若两人。为此两位恋人之间经常出现违和之感，正如法国人见面时有在对方双颊上贴面碰两下的习俗，但这种习俗对恋人来说却略显做作。为了迎合同事的目光，尚塔尔每次和让·马克在公共场合见面时都会走近让·马克并在其双颊上贴面碰两下，整个动作过程显得生硬而做作。很明显，此时的尚塔尔和让·马克都没有展示真实自我，在乎职场世俗眼光的尚塔尔是不自由的。相反，假如一个人不再在乎他人，那他便能在生活中拥有更大的自由，能更随心所欲。如当尚塔尔得知是让·马克写匿名信以后，极度失望的她不愿再为了爱情委曲求全，成为爱情的奴隶，所以她在接下来和让·马克的关系中拥有了更多自主权和更大的自由。小说中还有一个情景能表现这一点：尚塔尔回到家，看到她的房间被小姑子的孩子们弄得一片狼藉，她的胸罩、内裤，还有私人信件被扔得到处都是，尚塔尔再一次感到隐私受到侵犯，她按捺不住自己的愤怒，雷霆大发。她高声说："这个房子是我的，没有任何人可以打开我的衣橱，在我隐私的东西中翻来翻去。没有任何人。"这与其说是对孩子的命令，不如说是对让·马克和小姑子说的。此时此刻的尚塔尔已经不在乎让·马克的想法，也不想再在小姑子面前逢场作戏，她选择卸掉所有他者的包袱，第一次做回纯粹的自我和自由的自我。

　　卢梭称："人生而自由，却无往不在枷锁之中。"[①]这个枷锁主要来自他者，正如萨特说的"他人即地狱"。人往往把他人当作"镜子"，

――――――――――――

① 让·雅克·卢梭.社会契约论［M］.何兆武译.北京：商务印书馆，2003.1.

总试图从这个"镜子"中寻求自我存在的证据，这样势必受制于人，影响自己的自由选择。按照萨特的观点，人首先是未确定的东西，然后才去选择人生，通过一系列的自由选择构建自己的本质和身份。不可否认，自由的缺失导致人不能完全按照自己的意志构建理想身份，进而导致身份的脆弱。

4.2　复杂的身份

在现实生活中，每个个体的身份都不是单一和静止的，而是变化的，具有多重性和复杂性。罗拉斯和布鲁尔在《社会身份复杂性》一书中指出："存在于群体之中的个体可能同时具备多重社会身份，不同身份有时会出现重叠现象，并且这种重叠程度可能是因人而异的。"我们每个人都可能同时拥有多重身份，包括国家、民族、性别、职业、宗教、政党派别和社会经济地位等多个方面的身份。多重身份的表征不仅影响个体对自我概念的确定，而且还影响自我和他人之间关系的性质。在小说《身份》中，尚塔尔始终戴着两张面孔，她表面上"随大流"，内心却隐藏着一种与世界抗争的愿望；反之，她的情人让·马克甘于做一个纯粹的局外人，他对这个世界冷眼旁观，冷静睿智，不甘屈居于多重的虚伪身份中，始终坚持做自己，哪怕最后被挤到世界的边缘。

4.2.1　尚塔尔——两张面孔

在小说《身份》中，女主角尚塔尔身份的复杂性体现得最为明显，她一直在身份转换中不断变换自我。她曾对让·马克坦言："我可以有两张面孔，但我无法同时拥有它们。我跟你在一起的时候，我有那张嘲讽的脸；当我在办公室的时候，我有那张严肃的面孔。"① 尚塔尔展现在情人眼中的面孔是轻松而亲切的，那是让·马克一直熟悉的尚塔尔，"她俯身在洗脸池边刷牙，将牙膏的白沫与水一起吐出来。她对所做的事情那么专心，那么好笑，那么孩子气"。② 而在工作中，尚塔尔则展现出职业女性身份——理智而干练，那是让·马克感到陌生的尚塔尔："他见到尚塔尔跟两个人在一起，都是她的同事。但她跟早晨的那个她不一样了；她在大声说话，他还不习惯这种语气，她的手势比他所熟悉的要快得多，更加有力，更有权威性"。③ 在让·马克看来，这是虚假的尚塔尔，是陌生的、扭曲变形的。对尚塔尔而言，两张面孔之间的转换并不是轻而易举的，从同事眼中的形象变成情人眼中的面孔往往需要做一番努力。事实上在如此频繁的身份转换之中已经预伏了身份断裂的危机。尚塔尔曾对让·马克表白自己的焦虑："我的做法有时就像是我工作单位的叛徒，有时又像我自己的叛徒。我是一名双重叛徒。这种双重背叛的状态，我不把它看作是一种失败，而是一件了不起的事情。因为我的这两张面孔究竟还能保持多久呢？这太累了。总有一天我会只有一张面孔的。当然是两张面孔中最糟糕的那张。严肃的那张，随大流的那张，那时候你还会爱我吗？"④ 由此可见，女主人公面具戴久了，终会成为面具的奴隶。在身份的频繁转换中，究竟哪一个才是真实自我？尚塔尔在自我认同的道路上忧心忡忡地前行着。

让尚塔尔困扰的还不只是现实生活中的双重面孔，还有过去的身份也是尚塔尔试图从记忆中抹去的。这些不同身份不断从她的潜意识

---

① 米兰·昆德拉.身份［M］.董强译.上海：上海译文出版社，2011.30.

② 米兰·昆德拉.身份［M］.董强译.上海：上海译文出版社，2011.39.

③ 米兰·昆德拉.身份［M］.董强译.上海：上海译文出版社，2011.39.

④ 米兰·昆德拉.身份［M］.董强译.上海：上海译文出版社，2011.31.

中、从他人的回忆中跳跃出来，以至于尚塔尔经常处于混乱的身份状态中无法自拔。在上一段婚姻生活中，尚塔尔曾扮演着和善顺从的贤妻良母身份，那时的她爱着自己温顺的小丈夫，听任大姑子的种种霸道摆布而毫无反抗，尚塔尔把这些都归于自己的"母亲"身份。按照尚塔尔自己的说法，当她的孩子在世时，作为母亲的她只能顺从和依恋这个世界："我不可能有了一个孩子以后还去蔑视这个世界，因为我们把孩子送到的正是这个世界。我们必须为了孩子去考虑这个世界的未来，去参与它的那些喧哗，那些骚动，把它那些不可救药的愚蠢之事当回事。"① 儿子的去世让尚塔尔从生活桎梏中解脱出来，成就了尚塔尔现有的自由幸福生活，"母亲"身份的消失换来的是如今的"情人"身份。尚塔尔伤心之余理智地接受了儿子去世的现实，她对儿子倾诉道："你一死，让我再没了与你在一起的乐趣，但同时你又让我自由了。让我自由地去面对这个我不爱的世界。而我之所以可以不去爱它，那是因为你不在世了，我的那些阴暗想法已不可能给你带来任何坏运气。我现在要对你说，在你离开我那么多年之后，我把你的死看作是一个礼物，而且我最终接受了它，这一可怕的礼物。"② 很久以后的某一天，当尚塔尔和让·马克一起在海边露天用晚餐时，尚塔尔忽然想起自己死去的孩子，居然有一种幸福感油然而生。她害怕这种感情，因为拥有这种感受的她势必会被他人看作是只顾个人享受的魔鬼。就这样女主人公深受过去和现实混淆的困扰，使她原本多重的身份变得更加复杂。

从社会学视角来看，人是由多种角色组成的。著名社会学家彼得·伯格认为："一个人的活动范围可以用他能够扮演的角色的多少来

---

① 米兰·昆德拉.身份［M］.董强译.上海：上海译文出版社，2011.66.

② 米兰·昆德拉.身份［M］.董强译.上海：上海译文出版社，2011.67.

决定。看起来，人的生平就是一系列不间断的舞台表演，面对着不同的观众，有时不得不迅速更换戏装，角色千变万化，但表演者总是要成为他扮演的角色。"[①]精神分析学家荣格从心理学方面对人的多重身份进行了探索，他对个体因强迫自己扮演社会形象而引发的困惑提出以下问题："他们真实的性格究竟是哪一种？其真正的人格又是什么？"[②]事实上，这些问题也正是让·马克面对尚塔尔多重身份时的疑问，他经常不能理解尚塔尔如何做到既憎恨他人，又跟所憎恨的人相处融洽；既不喜欢一份工作，又能把工作做得很好。按照荣格的说法，只有自觉认同内心的那个声音之力量的人才能获得人格，如果一个人不遵从他自己的法则便不能获得人格，那他将无法实现自己生命的意义。按照荣格的说法，尚塔尔为了生存之道而违背自己本性去生活的行为是不能获得人格、不能实现生命意义的。可事实上尚塔尔的状态和心态在现实生活中非常普遍："生活中无数现代人像她一样，辗转于现实与梦想之间，在妥协与反抗的交替中艰难地寻找着内心的平衡。"[③]人因生活所需而不得不戴上不同面具、转换不同身份，在丧失真实自我的身份困惑中苦苦挣扎。

4.2.2　让·马克——纯粹的边缘人

让·马克的人生与尚塔尔截然不同，他率性而为。只要他对一样东西感到厌恶或怀疑就会不顾一切地放弃。年少时的友情、未来的医生职业，他都毅然抛弃了，尽管他知道这样做会被一次次放逐到社会边缘。但他并不惋惜，反而很享受这种状态，对世界、对友情、对工

---

① 彼得·伯格.与社会学同游［M］.何道宽译.北京：北京大学出版社，2008.105.

② 荣格.心理类型［M］.吴康译.上海：三联书店出版，2009.394.

③ 郝朝帅.焦虑与虚妄［J］.广东第二师范学院学报，2016，（2）：67.

作他一如既往地坚持着自己的原则和做法。

　　让·马克眼中的世界是个无聊和异化的世界，他眼中所呈现的世界形象可以映射他对世界的看法与态度。如在去海边的路上，让·马克看到一个穿牛仔裤和 T 恤衫的女孩站在路边扭动着腰和臀部，好像在跳舞。当让·马克走近女孩时，看到这个女孩张大嘴巴打了个大大的哈欠，"这个大大张开的空空的洞，因机械性舞动着的身体而轻轻地晃来晃去。让·马克对自己说：她在跳舞，她又很无聊"。[①] 到了海堤上，让·马克看到在海堤的沙滩上，一群男人正仰着头往空中放风筝，他们是那么投入。于是让·马克想起自己以前得出的一个理论：有三种无聊。"消极的无聊：那个边跳舞边打哈欠的女孩；积极的无聊：那些风筝爱好者；还有疯狂者的无聊：那些烧汽车、砸商店玻璃的年轻人"。[②] 这些无聊的人让我们联想到了加缪的《西西弗的神话》，加缪在该做品中做了这样的描述："起床，电车，四小时办公室或工厂里的工作，吃饭，电车，四小时的工作，吃饭，睡觉，星期一二三四五六，总是一个节奏，大部分时间里都轻易地循着这条路走下去。仅仅有一天，产生了'为什么'的疑问，于是，在这种带有惊讶色彩的厌倦中一切就开始了。"[③] 现代社会无聊的人们其实就跟《西西弗神话》中所描述的主人公一样，他们的生活没有激情，没有意义，只是盲目并且无聊地活着，活着而已。在这场与无聊抗争的战争中，谁如果想逃避就会被其他人看作逃兵，沦为他者。让·马克就属于逃兵，他拒绝荒诞无聊地活着，而是积极去寻求有意义的生活、友谊、爱情和工作。从这个意义上说，让·马克是这个社会的边缘人。

---

① 米兰·昆德拉.身份［M］.董强译.上海：上海译文出版社，2011.16.

② 米兰·昆德拉.身份［M］.董强译.上海：上海译文出版社，2011.16.

③ 加缪.加缪文集［M］.郭宏安等译.南京：译林出版社，2002.63.

　　譬如在友情方面，让·马克推崇的是崇高纯粹的友谊，拒绝现代已被异化的朋友观。鉴于这个原则，他义无反顾地选择了与曾经最好的朋友 F 翻脸。F 是让·马克在中学时代就认识的一个老朋友，那时的他们总是观点相同，对任何事情都能谈得拢。可是几年前的一天让·马克突然不再喜欢 F，而且做得非常绝，再也不见他了。有一天，F 病重住院，让·马克在尚塔尔的执意坚持下去看望了 F，面对曾经的好友，让·马克显得特别冷漠和麻木，连 F 对他们童年的回忆都不能打动他。让·马克之所以做得如此绝，只是因为 F 在一次开会时面对大家对他本人群起而攻的举动保持了沉默。在让·马克看来，友谊应该是一种比意识形态、宗教、民族更强烈的东西，他怀念的是大仲马小说《三个火枪手》中彰显的友谊：四个朋友彼此处于队里的不同阵营，因此必须相互打斗，但这并不改变他们的友谊。他们一直偷偷地且狡猾地相互帮助，不顾他们各自所属阵营的真理。他们将友情置于真理之上，置于事业之上，置于上级命令之上。让·马克羡慕与向往这种友情，他认为现代友谊已经完全被异化了以至于现代人只是把友谊当作一面镜子了，它存在的唯一意义在于人们可以随时在这面镜子中看到自己。"朋友是我们的镜子，我们的记忆；我们对他们一无所求，只是希望他们时时擦亮这面镜子，让我们可以从中看看自己"。可见，现代朋友之间交往的意义也变成了"为了使自我不至于萎缩，为了使自我保持住它的体积大小"。① 很显然，让·马克对这种友谊是嗤之以鼻的。并且在他看来，友谊本质的改变源于社会的改变，是现代性的必然结果。他认为：古代的友情使人与人之间缔结了一种对抗敌人的联盟，那时的人们如果没有这种联盟，面对敌人就无法自卫，而现在人们似乎已经不再需要这样一种联盟了，因为没有了具体的敌

---

　　① 米兰·昆德拉.身份［M］.董强译.上海：上海译文出版社，2011.51.

人，敌人变得隐形了，匿名了，如管理、法令等等。例如，假如有人决定在你的窗前建一个飞机场，或者有人开除了你，一个朋友能为你做些什么呢？让·马克的朋友 F 在针对让·马克的批判大会上一言不发，从 F 的角度来说，他认为自己已经够朋友了，因为他没有参与对让·马克的批判。但让·马克对 F 的要求远不止这点，他对 F 有着更高的期待。所以他才会对 F 的做法感到失望，选择与 F 绝交。让·马克对尚塔尔解释说："我一直期望的——从我最初的青年时代开始，也许从我的童年时代就开始——完全是别的东西，也就是作为一种价值的友谊，一种高于其他价值的东西。我以前常喜欢说：在真理与朋友之间，我永远选择朋友。"显然，让·马克理想主义的友谊观使他注定在现代物欲横流的世界里没有朋友，他注定成为社会的边缘人。

此外，让·马克在工作上也是随性而为的，在他眼里没有一项职业能让他自发地感兴趣："检察官一辈子在迫害别人；中小学教师是不可救药的坏孩子的出气筒；一些机械领域，它们的进步带来一点儿小好处，却带来巨大的有害性。"[①] 最后他选择了学医，因为他认为医学是唯一确信无疑对人有益的事业，而且医学科技进步会带来最小的负面效应。但是后来他又意识到自己根本无法面对身体的不完善性，无法面对人的血液、内脏和痛苦，最终半途而废，放弃了原本美好的医生生涯。让·马克对于职业一直抱着美好幻想，他憧憬的是一份自己真正喜爱的工作，而不仅仅是为了工作而工作。他怀念以前的人们工作时的热情，如他所述：

> 从前的职业，至少有一大部分，都是因为有一种个人狂
> 热的依恋：农民热爱他们的土地，鞋匠心里知道村里所有人

---

① 米兰·昆德拉.身份［M］.董强译.上海：上海译文出版社，2011.51.

的脚是什么样子的等等，我设想甚至那些战士也是带着热情
去杀人的。生命的意义那时不是个问题，这种意义自然而然
地跟他们在一起，在他们的工作室里，在他们的田野里。每
一个职业都创造出了它的思维方式，它的存在方式。一个医
生跟农民想的不一样，一个军人跟一个老师的举止不一样。
而今天我们都是一样的，我们都被我们面对工作的那种一致
的无所谓而联合在一起。这种无所谓成了热情。这是我们时
代的唯一的共同热情。①

　　确实，现代社会中大部分人的工作状态和尚塔尔一样，或为了成
功或为了高收入而表里不一地工作着，他们做的往往并非他们内心真
正渴望的，而是身不由己地在做着。让·马克不愿意认同这样的工作
观，他坚持要从这个世界的既定模式中逃离出来，决心完全遵照自己
的本性去工作和生活。诚然这样做的他势必会沦为一个事业上的失败
者，一个没有经济基础的边缘人，因为现代社会会把所有不符合其要
求和标准的个体视为异端和他者。让·马克的种种行为乍一看难以理
解，但事实上，他才是活得最真实，最有真善美追求的人。
　　人们不可回避身份的复杂性，纵然是让·马克也是如此，虽然他
对世界漠不关心，但他并没有冷酷到底，而是仍然追求爱情。他全身
心地爱着尚塔尔，把她当成"他和这个世界的唯一感情纽带"，为了维
系两人每天面对面的相见时刻，他不得不关注这个世界，为的是他们
的爱情能有养料维持。他深深地懂得"两个人相爱，愿意只有他们两
人，与世隔绝，这是很美的事情。但他们用什么来滋养每天的面对面

　　① 米兰·昆德拉.身份［M］.董强译.上海：上海译文出版社，2011.92.

相见？世界虽然实在让人瞧不起，但他们需要这个世界来进行谈话"。[①]因而一方面，让·马克与世界格格不入；另一方面，他又因为爱情不得不关注世界。他只有把一切都和尚塔尔联系在一起才能让自己对这个世界感兴趣，也只有通过尚塔尔他才有怜悯之心。譬如正是由于尚塔尔的执意要求让·马克才愿意不计前嫌去看望已经绝交多年的 F；面对他人的疾苦时，他只有想象是尚塔尔有了如此不幸的遭遇他才能有恻隐之心。可以说，是尚塔尔将让·马克从对世界的漠不关心中解救出来。从这个角度来看，让·马克也是戴着两张面具在生活的，一张是与世界格格不入的面孔，另一张是关心世界的面孔，这足以体现了身份的复杂性和多样性。

4.3　迷失身份

身份的脆弱性和复杂性会让人稍不注意就跨越界限，迷失自我。在性格与角色的偏差中，尚塔尔和让·马克之间慢慢产生了间隙。尚塔尔已经不是青春少女，她惧怕他们之间的二人世界也会有一天变得与海滩上大多数人所处的世界一样，沦落到世俗家庭生活中，而让·马克误认为她只是在担心自己年华逝去。于是让·马克用心设计了一个小花招意在哄尚塔尔开心，却意想不到这个游戏伤害了两人的感情，尚塔尔和让·马克都在匿名信事件中越走越远，远离游戏的初衷，以至于最后彻底迷失了自我。

① 米兰·昆德拉.身份［M］.董强译.上海：上海译文出版社，2011.77.

4.3.1　匿名信事件

让·马克的主要身份是深爱尚塔尔的恋人，但他还有另外一重身份，那就是神秘的写信者，躲在暗处假装追求尚塔尔的人。当尚塔尔说出"男人们不再回头看我了"这句话时，让·马克首先感到一丝嫉妒。他那样深情地爱着尚塔尔，她却为自己不被其他男人注视而忧伤。但最后他对尚塔尔的爱心战胜了嫉妒心，他尝试着去理解尚塔尔，认为她说出这句话是在诉说自己逐渐老去的痛苦。为了重新唤起尚塔尔的信心，让·马克假扮成一个神秘追求者，给尚塔尔寄去一封又一封情书，署名西拉诺（即 C. D. B：Cyrano de Bergerac），装扮成一个戴着面具向他所爱的人表达衷肠的人。他在第一封信中写道："我像间谍一样地跟踪您，您很美，非常美丽"，当他把第一封信放到信箱里时没有想给她寄出别的信。他没有任何计划，也不想什么未来，出发点很简单即只是想让尚塔尔高兴，想让她知道自己魅力依旧从而消除沮丧感。看到第一封信产生效果以后让·马克止不住写信的步伐接连写了好几封。为了让尚塔尔确信自身魅力，让·马克在接下来的信中试着提到她身体每一个部位——脸、鼻子、眼睛、脖子、腿，让她有具体而切实的自豪感。一方面，让·马克很高兴看到尚塔尔收到匿名信之后怀着更大乐趣去穿着打扮，看到她变得更加快乐；另一方面，他的妒忌之情也油然而生，因为尚塔尔没有把匿名信事件向他坦露，而是把"陌生人"的信藏在了内衣里。让·马克每一次在信箱中放一封新信以后都要去尚塔尔房间看一眼是否可以在那堆胸罩之下找到信件。可见此时的让·马克已经由恋人身份悄然转换为窥视者身份。让·马克一直坚持认为自己写信是为了让尚塔尔重拾自信，但事实上他已经在让尚塔尔接受一次又一次的考验，试探她对另一个男人的诱惑是否敏感和具有抵抗力。恋人身份和窥视者身份相互交织、互相重叠，"天使还是魔鬼？"这都只在让·马克一念之间。这导致尚塔尔得知真相以后迷失在让·马克的两个身份中，无从辨认：她首先的感觉当然是受到了极大伤害，认为让·马克写匿名信是不怀好意的，把她当成一只兔子一样放到一个笼子里，然后观察她的反应；但平日里幸福甜蜜的生活又让尚塔尔无法完全抹去让·马克的柔情爱意，只是此时让·马克作为恋人的身份已经被迷雾笼罩，渐行渐远。最后就连让·马克自己也渐渐迷失，开始自我怀疑。

当然，"匿名信事件"让尚塔尔的迷失走得更远。十六七岁时的尚塔尔曾经特别喜欢一个隐喻化的梦想：她想成为一种玫瑰香，一种四处飘香的香味，能四处去征服男人。她希望用这种香味穿透所有男人的心，并通过被征服的男人，去征服整个世界。随后宁静而幸福的婚姻生活让尚塔尔很快忘却了这个朦胧的梦想，但在她潜意识里还保存着对"艳遇"的渴求。所以当尚塔尔收到匿名信时，她很自然地沉沦了。她收到信以后的第一反应是生气，可很快便恢复正常。其实在尚塔尔内心深处，她很为自己还能得到陌生男人的关注和追求而感到无比欣慰。匿名信一封接着一封到她手里，信里面洋溢着对她魅力的赞美之情，她渐渐对这些诱惑和挑逗失去了抵抗力。好几次她想过不再理会这些信，准备把信件撕毁，但最后都没有付诸行动，而是选择把它们留着，放到了自己胸罩下面。随后尚塔尔越陷越深，为了取悦写匿名信者，她想法设法按照信里写的内容去迎合写信人的唆使和要求。比如有一次尚塔尔戴上了一串红色珍珠，这是让·马克送给她的礼物，她以前觉得太张扬所以很少戴，而现在她之所以戴上这串红色珍珠是因为这位写匿名信的 C. D. B 先生认为这串项链很漂亮。几天以后，为了取悦 C. D. B 先生她又买了一件红色睡衣，穿上这件睡衣的她在镜子中从各个角度审视自己，感觉到自己从来没有显得那么修长苗条，皮肤从来没有那么雪白。更疯狂的是当她穿着这件红色睡衣和让·马克做爱时，也会想象 C. D. B 先生躲在暗处观察她，这样的想法让她显得特别兴奋。除此之外她还每天思索着、搜寻着，试图能通过蛛丝马迹找出 C. D. B 先生的真实身份，在寻找过程中她甚至会把一个乞丐误认为是 C. D. B。如此尚塔尔已经在匿名信的"照射"下暴露出潜意识中被隐藏的一面，这是与她平时的身份完全不符合的表现。让·马克在暗处观察到了这一切，此时的尚塔尔和他心中的尚塔尔已经相去甚远。

恋人双方就这样在匿名信事件中渐行渐远，他们不仅丧失了自我身份，还对对方的身份产生了严重的误认。尚塔尔得知真相后一气之下离开恋人，出走伦敦，在那里她的自我进一步陷入了沉沦，无法自拔。

4.3.2 兽性回归

在小说最后一部分，昆德拉进一步描述了彼此理解错位的尚塔尔和让·马克的迷失，已经难以厘清究竟是梦境还是现实的两人各自经历了一番冒险。尚塔尔离别恋人，出走伦敦，无意中走进一栋别墅，骤然间被卷入一场荒唐而恐怖的群交游戏中。面对周围各种变态性爱，她想逃脱，可是门窗都被钉死，无处可逃。一个七十岁的老头对尚塔尔发出性邀请，尚塔尔深陷其中，惊惧交加。更恐怖的是，在这里尚塔尔完全失去了记忆，她不再记得自己是谁，来自哪里，对过去一无所知，甚至连自己的名字都忘记了。七十岁老头称她为"安娜"，尚塔尔清楚知道"安娜"不是自己的名字，尚塔尔明白这些人是要剥光她，不仅要剥光她的衣服让她一丝不挂，而且还要剥夺她的自我和她的命运。这些人通过让她失去记忆，通过给她一个别的名字而把她遗弃到陌生人中间，让她永远无法向这些陌生人解释自己是谁。绝望中的尚塔尔摔倒在椅子上，椅子在地上滚了几下后撞到墙上。她想叫喊可找不到任何词语，从她的口中只能发出一声长长的且含糊不清的"啊啊啊啊"声音。其实这种意象已经伴随着尚塔尔许久，该意象一直出现在她那些不可启齿的梦幻中。有一天让·马克对尚塔尔说："我可以跟你一起去这种场合，但必须有一个条件：在性高潮快要来的时候，每一个参加者都必须变成动物，有人变成母羊，有人变成母牛，有人变成山羊。"现在这种场面变成了活生生的现实，尚塔尔害怕了。人都变成了动物，这是人性的倒退，兽性的回归。

昆德拉之所以以这样巨大的色情场面作为《身份》的结局是因为他要向世人揭示一个事实：在性爱狂欢时人类失去自我，迷失身份，退回到赤裸裸最原始的状态，回归兽性。众所周知性爱是昆德拉作品中一个常见的主题，昆德拉自己曾表示："性已不是禁忌，但是性的自由令人厌倦。在我的作品中，一切都以巨大的情欲场景告终。我有这样的感觉：一个肉体之爱的场景产生出一道强光，它突然揭示了人物的本质并概括了他们的生活境况。情欲场景是一个焦点，其中凝聚着故事所有的主题，置下它最深奥的秘密。"[①]昆德拉是要在"个人生活"的领域探究人的"性存在"的可能性，揭示人在最隐秘的"隐私世界"里的真实境况。

昆德拉曾明确表示自己深受色情理论家乔治·巴塔耶（Georges Bataille）的影响，他小说中大量的性爱描写与巴塔耶的色情理论不谋而合。巴塔耶把人分成三个层面：兽性层面，人性层面和宗教层面。[②]按照巴塔耶的说法：

---

① 高兴摘译. 罗思和昆德拉关于《笑忘录》的对话［J］. 外国文学动态，1994，（6）：42.

② 巴塔耶. 色情史［M］. 刘晖译. 北京：商务印书馆，2003.9.

兽性依赖于本能行事，并完全受自然的驱动，随时随地服从自然欲望的要求，这样，动物身上的兽性从来不超越自己，从来不同自己分离和对立，动物的兽性在每一个瞬间都毫不犹豫地达到自我的圆满肯定。与此相反，人性则开始被否定意识所充斥着，人既否定他身上的兽性自然，也否定外在的大地自然。正是在这种双重的否定行为中，人开始同置身其中的自然分化了，也同他身上的自然分化了。这种分化借助于语言和理性等巨大而令人惊讶的力量，其结果是，自然总体中的诸构成要素分崩离析，"纯粹抽象的大写的我"在这种分化中抽身而退，站在了自然的对立面，同自然展开了一场否定性较量：人制作工具，将自然作为改造的对象，并掌控大自然，这就是最初的生产和劳动。在对自然的否定性劳动所主导的历史实践中，人摆脱和压制了他的兽性，并在这种压制中确立了人性。[①]

但巴塔耶认为人的兽性其实没有被人性完全压制，兽性随时会成为一股强大的回潮和逆转力量。一开始，兽性的确被人性所否定；但是在否定兽性的同时，兽性就像倔强的野草一样反复地生长出来，因此人的身上兽性从来不会完全被根除，相反人一直被人性和兽性所撕扯，人性的确定因而变得困难重重。

尚塔尔的意象说明她的兽性因子在潜意识深处起作用，当她得知自己深爱并信任的爱人让·马克是匿名信作者之后，尚塔尔的人性和兽性之间的平衡遭到破坏，为了报复让·马克，尚塔尔选择任由兽性因子泛滥，由此她才会陷入可怕的晚会中。但同时我们看到，尚塔尔

---

① 汪民安.乔治·巴塔耶的色情和死亡［J］.读书，2004，（2）：160.

的人性并没有完全隐退，她一直对群交场面有着清醒的认识并且本能地拒绝一切兽性行为。昆德拉之所以让尚塔尔有如此一番经历是因为他要彻底地将尚塔尔的"自我"置于死地，让她彻彻底底失去一回自我，彻彻底底地堕落。只有这样她才能被置之死地而后生，才能真正地看清现实，看清自我，也只有这样才能真正看清他人。因此在小说结尾处，尚塔尔从梦中醒悟过来，她真正理解让·马克对她的爱，她对让·马克说："我的目光再也不放开你。"结局可谓美满，女主人公征服了身上兽性，人性回归，找回自我。

4.4 找回身份

与其他小说不同的是，昆德拉在《身份》结尾给了小说一个美好结局，男女主人公在彼此的目光中找回了自我。在小说中文版的最后部分附着一篇评论家弗朗索瓦·里卡尔对本书的评论《情人的目光》，文中说："事实上，《身份》与昆德拉的大部分作品一样，可以看作是对爱情的思考。"[1] 里卡尔认为，在《身份》中唯一可以认出自己真正面孔的是爱人包容的目光。

尚塔尔是个成熟女人，作为让·马克之间的恋人，她绝非像初恋少女那样既盲目又抒情，她已进入了爱情的第二春。她与让·马克的爱情好像是超越于爱情之上的，或者是处在爱情的边缘上。她既不寻求刺激，也不追求什么可以让她突破自我局限的行为，相反她在让·马克身旁找到的是惬意的空间，在这个空间里她可以安静地成为

---

① 米兰·昆德拉.身份［M］.董强译.上海：上海译文出版社，2011.200.

原来的自己。小说中匿名信情节出现之前的一个场景很生动地表现了这一点:"她已经跟让·马克一起生活了好多年,有一天跟他一起来到了海边:他们在露天用晚餐,坐在一个搭在水上的木板阳台上。在她的记忆中,那是一片白色:木板、桌子、椅子、桌布,全都是白的。路灯柱漆成了白色,在夏日的天空下,灯光是白色的。天还没有全黑下来,天上的月亮也是白色的。"这一"白色的沐浴"对尚塔尔来说正是她向往的与让·马克相爱的氛围与意象。匿名信事件后,尚塔尔愤然出走伦敦,在别墅狂欢节里唯一可以识别尚塔尔身份的人也是让·马克。当她恐惧不已六神无主连名字都记不起来时,她想到的也是爱她的那个男人——让·马克,"假如他在这里的话,他会叫她的真名的。也许她能够记起他的面孔来,她可以想象说出她名字的那张嘴"。[1]迷途的尚塔尔这才意识到自己唯一需要的目光,是让·马克包容她的目光。正如里卡尔所描述:"这一目光是她的房子,她的隐蔽之所,是她身份的外壳。通过这一目光,她可以逃避所有窥视她、判断它,将她缩减为仅仅是她的身体的目光。"[2]只有在让·马克身边尚塔尔才能卸下包袱和面具,回归本真,在她唯一承认的身份中休憩。她需要让·马克的目光,只有让·马克的目光才能让她迷途知返,才能让她找回自己的身份。

小说结尾昆德拉在两位主人公接近绝望时突然话锋一转,让尚塔尔从睡梦中醒来,梦醒时分,女主人公知道原来只是一场游戏一场梦。经历过迷失的这对恋人在重新拥有彼此之后倍感珍惜,他们紧紧地相拥在一起。尚塔尔对让·马克说:"我的目光再也不放开你。我要不停地看着你。"尚塔尔终于找回到了爱情,找到了自己身份的归属。尚塔

---

① 米兰·昆德拉.身份 [M].董强译.上海:上海译文出版社,2011.186.

② 米兰·昆德拉.身份 [M].董强译.上海:上海译文出版社,2011.206.

尔和让·马克之间的依恋已经是一种超越于爱情之上的爱，爱情成为他们身份的基石，是他们得以成为本真自我、找回自己身份的保护伞。因此离开了恋人目光，双方身份就会像断了线的风筝，没有方向和依托，陷入迷失和身份危机。显然如此惺惺相惜的爱情并不是一般的世俗爱情，而是一种超凡脱俗的感情。它本质上是一种"同类联盟"，其根源在于男女主人公在本质上的一致性，那就是在他们眼中这个世界是荒诞而令人失望的，在被异化的世界中他们都感到格格不入，都感觉自己是个异乡人和他者。只有依靠恋情和对方的目光，他们才能在异化世界里生存下去。

　　昆德拉在小说结尾给人们指出了一条光明道路，他试图告诉人们只要生活有爱就有希望。尽管昆德拉揭露了很多人类和社会的阴暗面，看透了身份的虚幻和脆弱，但他还是给小说一个美满结尾，这说明他对寻求身份确认并没有完全绝望。一方面，小说结尾的安排彰显了作家试图探索小说各种可能性的意图；另一方面，我们认为这种安排和昆德拉自身的经历息息相关。昆德拉从政治信仰破灭到流亡异邦，经历了一段异常艰难的岁月，风风雨雨起起落落，幸运的是在他身边始终有他的夫人薇拉真诚陪伴他。薇拉既是昆德拉生活中的好伴侣，也是他事业上的好助手，他们多年来不离不弃相濡以沫，同甘苦共命运。昆德拉多年来一直深居简出，尽量远离是非。他能过着平淡而幸福的生活绝对离不开薇拉的理解与陪伴。因此我们有理由认为幸福的婚姻是昆德拉并没有陷入彻底绝望的重要原因之一。

　　总而言之，我们要清楚地看到，希望归希望，在恋人目光中确认的自我归根到底还是脆弱的，因为恋人也是他者，是不同于自我的对象。任何一点因素的改变都有可能会影响对恋人的看法，从而产生身份误认，正如小说中恋人俩都误认了对方一样。这无疑再次说明了人的身份无法自己得到确认，必须依赖于他者的介入与肯定。于是我们不禁要问，是不是当一个人没有朋友、没有家人、没有爱人，没有一切与他有关的人甚至地球上就剩下他一个人时，那他是不是也就没有了自己变成了虚无呢？我之所以存在是因为他者的目光，那么当他者的目光不再存在时，我还存在吗？

本章小结

本章描述了一对普通恋人的身份危机，彰显了普通人身份的脆弱性。《身份》是昆德拉后期法语系列作品之一，他在该作品中已经将笔触离开了捷克经历，转而关注西方社会共同的经历，所以昆德拉在该小说中对"身份"的思考已经超越了个人移民经历，上升到了对人类共同命运下身份问题的担忧。

身份的脆弱性和不确定性不只是主人公尚塔尔和让·马克身份的特点，也是现代社会中每个人身份的特点，是后现代社会一切不确定性的集中表现。齐格蒙·鲍曼在《后现代性及其缺陷》中写道："生活在一个不确定性的世界中，后现代人深受情感的匮乏、边界的模糊、逻辑的无常与权威的脆弱等诸多因素的困扰。在后现代社会，认同成了难题。"[①] 没有了"上帝"，没有了绝对权威，"一切都被允许"，原有的道德体系随之崩溃，人突然之间没有了生存根基，一切变得荒诞不经。我们认为在某种意义上，信仰危机是身份危机的根源之一。

《身份》是一部短篇小说，由于昆德拉法语水平的局限，他在作品

---

① 乔格蒙·鲍曼.后现代性及其缺憾［M］.郇建立译.上海：学林出版社，2002.4.

中只描述了一对恋人之间简单的爱情故事，没有宏大的场面和丰富曲折的情节，也没有复杂的语言表达。虽然小说篇幅较短但其中蕴含的意义还是清楚明了发人深省的。昆德拉在小说中将主人公身份认同的焦虑和不安刻画得细致入微、入木三分，描述了现代人在生活中对自我的永恒追寻。昆德拉反复强调身份是脆弱的，稍不注意就会越过边界转换为另一种身份变得面目全非，任何一点诱惑都能促使身份改变。我们看到每一个故事情节的设计都会动摇主人公对自我、对他者身份的信心。昆德拉由此让我们懂得了身份在任何时候都可能失去，可能被冷漠吞没。

此外尚塔尔和让·马克对世界所表现出的厌倦感和无意义感让我们联想到了加缪《局外人》中的主人公默尔索，试想如果尚塔尔和让·马克的生活中没有他们珍视的爱情，那世界对他们来说又是怎样呢？在此情况下也许他们会像默尔索一样沦为彻底的局外人。默尔索与他们之间只有一条小小的边界相隔，跨越了爱情这条界限，尚塔尔和让·马克都不会是原来的他们了。作为现代人生存寓言的《身份》，虽然它留给了人们一个温情的结局作为心理抚慰，但其刻毒的手术刀已经划开了自欺欺人的心理防护层。它让我们看到无论是谨慎理性的尚塔尔还是放荡不羁的让·马克；其内心都是不健全的，他们都不能依靠自己健康的人生态度获得完整的自我身份，而是必须要躲进彼此小心经营的爱情里互相取暖，获得存在感。

第 5 章 《不朽》: 不能承受的不朽之重

在《不朽》中,作者完全淡化了作品的政治因素,开始思考人类为何受身份问题困扰,并着力提出了最彻底的解决办法。虽然在后来创作的小说如《慢》《身份》中都有对人类共同命运下身份问题的进一步思考,但后面这些小说都是用法语创作,因为作者法语水平有限,这些小说无论在篇幅、情节还是思想上都逊色于《不朽》。因而可以说《不朽》代表着昆德拉以全面思考与探索人的存在为主题创作的最高峰。

引　言

昆德拉第六部小说《不朽》长达四百页,1990 年出版于法国。值得一提的是,这是作者最后一本以捷克文创作的小说,也是作者首次以法国为故事发生背景的创作,可以说这是昆德拉小说创作的一个分界点或转折点。《不朽》发表之后,法国评论界对之反应强烈,一方面是因为这部小说出版于 1990 年即"东欧剧变"苏联解体期间；另一方面是因为小说缺乏捷克因素，这让那些已经习惯了昆德拉小说以捷克为背景的读者感到失望。在书所选取的四部小说中，虽然从创作年代看《不朽》不是属于后期的作品，但我们把该小说列为本书主体部分的最后一章，之所以这样做是因为我们觉得在《不朽》中作者对身份问题的思考最全面、最彻底。继他的名著《不能承受的生命之轻》之后，作者的思考愈发深刻，用母语创作的技艺愈发娴熟。随着政治局势逐渐缓和以及作者对移民生活逐渐适应，作者对身份问题的思考也变得更加理性化。

圣·奥古斯丁说："只有在面对死亡的时候，人的自我才得以诞生。"[①] 人生不过百年转瞬间即去，死亡是任何人无法回避的。肉体的必然消失和彻底死亡让人们害怕，因此古往今来古今中外的人都试图寻求超越死亡的途径，幻想能穿越时空局限以达到生命不朽。古希腊哲学家苏格拉底就曾提出"灵魂不朽"的观点，他说："举凡死而复生，生者产生于死者，以及死者之灵魂存在，确乎都是事实。"[②] 进入中世纪以后，基督教神学的发展让西方人从此热衷于追求宗教所宣扬的"灵魂不朽"，即死后升入天堂成为绝对存在，实现永生。在中国，追求"死而不朽"也是一种很古老的思想。《左传》有言"太上有立德，其次有立功，其次有立言，虽久不废，此之谓不朽"，然而这"三不朽"和灵魂不朽没有关系，它说的是一种世俗的不朽，就是借助生前的德行、功名、著作赢得死后声誉，强调的是一个人的人格、事业、著作能否流传百世。随着"上帝"隐去，"灵魂不朽"观念变得越来越淡薄，世俗生活中的不朽越来越受到人们重视，如人本主义哲学家费尔

---

① 罗洛·梅.自由与命运［M］.郭本禹译.北京：中国人民大学出版社，2010.129.
② 柏拉图.辩护词［M］.水建馥译.西安：西安出版社，1998.105.

巴哈认为"灵魂不死是虚妄的信念，但不意味着人不应追求不死和永恒，人只有通过自己的历史活动，通过业绩与成就，通过生存中的道德（不同于基督教的道德）——完善化的活动达到不朽"。[①] 显然，在费尔巴哈这里对不朽的追求已经世俗化，近代人已不再把个体灵魂的得救放在生命的位置上，而是用人的事业成就、在现实生活中的成功取代了灵魂的得救，也即中国人所谓的"立德、立功、立言"。古往今来，真正能够做到"立德、立功、立言"从而流芳百世的人只是凤毛麟角，那么无数普通人是否也抱着不朽的希望呢？答案是肯定的。昆德拉在《不朽》中讲到摩拉维亚地区一个村长的故事，这个村长在他家客厅里放着一口没有盖盖子的棺材，在他对自己感到特别满意的时候他便会躺进这口棺材里想象着自己的葬礼，憧憬着自己在他人心目中的不朽，这便是普通人对不朽的向往。

昆德拉在小说中把不朽区分为小的不朽和大的不朽：小的不朽是指一个人在认识他的人心中留下的回忆；大的不朽是指一个人在不认识他的人心中留下的回忆。如果说那些能立德、立功、立言的人得到的是大的不朽，那么无数平常人向往的则是小的不朽。总之，任何人都向往得到伟大程度不等、时间长短不一的不朽。需要明确的是不管是大的不朽还是小的不朽都总是指向他人，都需要依赖于他人的记忆才能实现。芸芸众生，如何才能在他者心中留下回忆呢？那就必须构建自己独特的身份，必须具有与众不同之处才能成为人群中耀眼的星星，否则只能泯然众人矣。可见追求不朽的人永远摆脱不了他者，为不朽而斗争就是为活在他者心中而斗争，没有他者的注视与欣赏，身份独特性就无从展现，身份不朽也就失去了依托而无法实现。诚然，不朽能让人的存在超越时空和生死，让人的身份得到延续，但与此同

---

① 龚群，完颜华. 论死与不朽 [J]. 江汉论坛，2006，(10)：49.

时人为了追求不朽不得不把自我完全建立在了他者评价之上，这样就会形成一种巨大的人生之约束，不管是身前还是身后，不朽者不可避免地会被他者无止境的讨论、研究、评判，结果他们永远都处在他者欲望的控制之下永远得不到自由，犹如依附于他者这棵大树上的树叶，叶子飘落地面成了枯叶，失去了生命力。

在小说《不朽》中，昆德拉对"不朽"进行了理性思考与分析，他向我们揭示了追逐不朽者的无奈与悲哀，让我们懂得了"不朽"其实是一种让人难以承受的生命之重，对"不朽"孜孜以求会把人束缚在他者桎梏下，导致人的真实存在遭到遗忘。因此小说主人公阿涅斯拒绝不朽，她崇尚自然，追求宁静和自由，向往隐居，她要洗涤掉身上所有的痛苦和污秽，去掉所有外界给她的东西，回归最本质最绝对的自我。这种超然态度也正是昆德拉对待不朽、对待存在的态度，可以说这是昆德拉对身份问题的终极思考。

5.1　无从确认的身份

何为身份？简言之身份就是一个人的特性，是与他者的不同之处，从这个不同之处可以对一个人进行明确定位和认知。在西方，自中世纪以来人们一直坚信是上帝创造了宇宙和人类，相信自我身份早已由上帝决定，所以他们从来不为身份问题操心，不被身份问题困扰。进入 19 世纪以后，传统的基督教文明受到严重质疑，旧的价值观濒临崩溃，伴随而来的是信仰危机。这时的人们不得不重新去面对身份问题，他们开始思考，"我"的独特性到底在何处？我与他者的区别到底在哪里？当"上帝"在时，身份取决于"上帝"的创造和规定，但现在

"上帝"隐去了，人该何去何从？该如何对自我进行认知呢？罗洛·梅在《心理学与人类困境》中对这一状态进行了描述："在一个过渡时期，当旧的价值观变得空洞，传统已不再可行，个体就会体验到要在他的世界中找到自我存在非常困难。更多的人会体验到《推销员之死》中威利·洛曼（Willie Loman）所遇到的'他从来都不知道他自己是谁'这个更为尖锐的问题。"①

可见从根本上说人之所以有身份焦虑，是因为上帝的存在被否定了，即宗教信仰危机导致人被身份问题困扰。"上帝死了，就是说我们不再相信上帝了；但是上帝曾经占据的位置却留有印迹。我们不再与上帝抗争，而是与它的影子，同死掉的上帝留下的那个空白抗争。虽然尼采是想把上帝的死视作解放，但是他也承认上帝死去后留下了一个空缺"。②在《不朽》中，昆德拉就用"造物主的电子计算机"取代了"上帝"的空缺，他写道：小时候，阿涅斯问父亲是否相信上帝，父亲回答说："我相信造物主的电子计算机。""电子计算机"是现代科技发展的产物，它能进行无数简单重复的计算操作与创造活动，就如众多其他现代机器一样为人类造福。按照昆德拉的说法，造物主在电子计算机里设计了一个编制好的程序后离开了，在造物主原本位置上一直有一个仍在运行的而其他任何人都无法改变的程序在起作用。但是"电子计算机"所进行的毕竟是简单重复的操作，在它主宰的世界里人类充其量只是一系列批量生产的产物，就如同流水线上的商品，人与人之间的差别微乎其微。昆德拉不称人由"上帝"创造，而是称由没有生命的"电子计算机"创造，这其实就从根本上对人的存在来

---

① 罗洛·梅.心理学与人类困境［M］.郭本禹，方红译.北京：中国人民大学出版社，2010.34.

② 彼得·毕尔格.主体的退隐［M］.夏清译.南京：南京大学出版社，2010.4.

源进行了否定，也对人曾经的"身份"本源进行了否定。既然人是批量生产的产物，那么人与人之间就没有本质区别，一个个体的存在与否也就失去了意义，因为他只是几十亿个个体中毫无特色的一个，有他与没有他都变得无足轻重。这个结论势必让人陷入身份困扰中，罗洛·梅说："现代西方人将自我体验为一个没有意义的个体，这难道不是他们的主要问题之一吗？"[①]在个体意义濒临丧失的情况下，人们不得不求助于其他因素来对自我身份进行确认以获得存在的价值与意义。这些因素是什么呢？姓名？脸蛋？特性？人们曾经坚信这些标准可以用来确认身份，但昆德拉在《不朽》中却对这些身份定义的传统标准一一进行了否定。

《不朽》的主人公阿涅斯诞生于一位六十岁老太太的手势之中，小说开篇写道：昆德拉在游泳俱乐部邂逅了一位老太太，这位老太太在游泳课结束之后向她的教练挥手告别，对着教练做出一个非常优美的手势，老太太的脸庞和身躯已经不再吸引人了，可是她的手势却充满魅力。这个手势在作者心中唤醒了一种不可遏制的、难以理解的怀旧情绪，正是在这种情绪中作者脑海里产生了阿涅斯这个人物。一个人物诞生于另一个人物的手势之中，作者从老太太身上观察到的手势构成了阿涅斯的本质，于是昆德拉提出疑问："小说中的人物，不应该是独一无二、难以模仿的吗？从 A 身上观察到的手势，这个手势和她合成一体，构成了她的特点，变成了她特有的魅力，怎么可能这个手势同时又是 B 的本质，又是我对 B 的全部想象的本质呢？"[②]

在日常生活中我们偶尔会使用"动作优雅""姿态优美"等品质来

① 罗洛·梅.心理学与人类困境［M］.郭本禹，方红译.北京：中国人民大学出版社，2010.35.

② 米兰·昆德拉.不朽［M］.王振孙，郑克鲁译.上海：上海译文出版社，2011.36.

描述一个人，昆德拉对此提出质疑：这些形容词真的能描绘出一个人的特性吗？人们真的能凭借这些特性准确定位一个人吗？昆德拉从统计学上对这点进行了说明，他假设：在我们这个星球上已经存在八百亿人，那么要说他们之中每个人都有自己与众不同的手势是不可能的，任何人都不会怀疑手势的数目要远远少于人数，最后他得出的结论就是"人多手势少"。推而广之，其实不仅是手势，我们的每一个动作、每一个表情都不独属于我们，任何人都创造不出一种全新的非其莫属的独特动作或表情。因此事实就是：这些特性在使用我们，我们是它们的工具，是它们的傀儡，是它们的替身。地球上存在过上百亿人，每个人在这个强大数字面前都异常渺小，几乎可以忽略不计，因此从整体上看每个人都没有自我，每个人都很难拥有自己独一无二之处。就像手势，小说中写到四个人使用过同一个手势，即六十岁老太太、阿涅斯父亲的秘书、阿涅斯以及阿涅斯的妹妹洛拉。如果把基数放到无限大，那么使用这个手势之人更是不计其数，可以看出每一个手势都是无数人共同的特性，并不能反映一个人的本质所在。

也许有人会说，人与人之间最大的区别在于脸蛋，每个人都有一张独一无二的脸，通过脸来对人进行识别是无可厚非的。可是脸真的能代表一个人的身份吗？我们知道随着医学发展，医生可以通过整容或移植手术改变人的容貌，从理论上讲完全有可能让两个人拥有一模一样的脸，在此情形下脸还能让我们对人的身份进行确认吗？《不朽》中阿涅斯充满困惑地发问："这真的是我吗？为什么呢？为什么我一定要和'它'结合在一起呢？这张面孔关我什么事？"[1]阿涅斯的理由是：如果一个人生活在一个没有镜子的世界里，那么你会梦见你的

---

① 米兰·昆德拉.不朽［M］.王振孙，郑克鲁译.上海：上海译文出版社，2011.78.

脸，会把你的脸想象成一种身上某种东西的外部反映。随后当你四十岁的时候，有人给你一面镜子，你想想看你将吃惊到什么程度！你看到的也许是一张和你想象的完全不同的脸！到那时候你也许会相信你不愿意承认的事实：你的脸不是你！显然这个结论具有颠覆意义的作用。因为根据拉康镜像理论，人是在照镜子时对自我有了最初认识，人的自我产生于镜像，镜像主要指的就是"脸"，人在镜子里看到了这张"脸"，并确信脸就是"自我"。这张脸给了人最初的和最基本的幻觉，鼓励人们活着，并为"自我"的不可替代性与独特性而奋斗。因此昆德拉对"脸"的否认也从根源上对人们的身份认知进行了彻底颠覆。其实昆德拉在其前几部小说中早有对"脸"的思考，《不能承受的生命之轻》中写到特蕾莎会经常站在镜子前观察自己的身体，想从中洞察真实自我，她不断对自己发问："如果脸蛋的各个部分有的膨胀，有的缩小，那么特蕾莎看上去就不再像她自己本人了，她还会是自己吗？她还是特蕾莎吗？"[①] 同样，《生活在别处》中的雅罗米尔临死前看到自己水中的倒影，他为之感到惊愕恐惧随后离去，这是对镜像的拒绝，也是对脸的拒绝。在《不朽》中昆德拉进一步阐释镜像或"脸"并不能构成身份，它只是一个具有迷惑性的表象、一个面具，唯有超越这个面具才能找到真正的本质。

纵观人间百态，我们发现现代人热衷于频频亮相露脸，人们渴望被看见、被欣赏，仿佛只有被他人注视时才能体验到存在感。《不朽》中写道，当阿涅斯翻阅一本厚厚的杂志时，她看到里面有大量彩色照片，"九十二张照片上有人脸，四十一张照片上除了脸还有身体，二十三张集体照上有九十张人脸……在这本杂志上总共有

---

① 米兰·昆德拉.不能承受的生命之轻［M］.许钧译.上海：上海译文出版社，2011.46.

二百二十三张脸",① 接着她又拿起另一本关于政治文化的周刊，周刊里展现的也是脸，到处都是脸，即使在最后一部分的书评专栏里，所有文章也都配有作者照片。人们从来没有如此重视"脸蛋"，到处都有镜子、照相机、摄影机。从前人们拍照以后只会把照片放在家里自己欣赏，但现在人们热衷于把自己的照片放到各种社交媒体上，期盼得到越来越多人的欣赏和品味。昆德拉引导我们思考，不断"刷脸"真的能让人获得关注，从而获得存在感吗？脸蛋真的能赋予人以明确的身份吗？主人公阿涅斯对此提出论据："如果你把两张不同的照片并排放在一起，它们的不同点你是很清楚的；可是当你面前放了一百二十三张照片时你一下子便会明白，你就像是看到了一张脸的各种各样的变化，任何个人都不复存在。"② 由此推断，昆德拉的观点是"脸"不但不能代表身份。相反"脸蛋"泛滥正说明了现代人认识自我以及被认识变得越来越困难，对自我身份及他者身份的确认越来越没把握，所以才需要不断亮出脸蛋来获得存在感。

主人公阿涅斯一直保持着"众人皆醉我独醒"的清醒状态，她早就看穿事情本质，摆脱了对脸的盲目依恋。她认为"造物主的电子计算机"创造下的人就跟雷诺公司生产出来的汽车一样，这一辆汽车和那一辆汽车之间的区别仅仅在于汽车的序列号。每个人的序列号就是他的脸，是偶然和独特的线条组合。不论是性格、灵魂还是大家所说的"我"都不能从这个组合中显示出来，脸只不过是一个样品的号码。昆德拉进一步描述道，阿涅斯想象着家里来了一个外星人，这个外星人告诉她只有地球上的人才有脸，在外星世界每个人都是他自己的作

---

① 米兰·昆德拉.不朽［M］.王振孙，郑克鲁译.上海：上海译文出版社，2011.109.

② 米兰·昆德拉.不朽［M］.王振孙，郑克鲁译.上海：上海译文出版社，2011.36.

品，每个人都是他自己的创造，人与人之间只有通过这种创造来相互区别。这是外星人的话，也是阿涅斯内心的心声。这让我们联想到主张"存在先于本质"的萨特，他主张人的本质只有在具体展开的行动中才能获得，萨特说："在生命中，一个人创造他自己，描绘自己的画像，除了这画像之外就别无所有……一个人只是一连串的行动而已，因此他是构成这些行动的总和、组织，以及多种关系。"① 在这部小说中，阿涅斯和她深爱的父亲都以自己实际行动反抗"脸"对人身份的异化，阿涅斯父亲在进入生命的最后阶段之时对阿涅斯说"不要再看着我"。这是阿涅斯从父亲那里听到的最后一句话，得到的最后一个信息，她听从了劝告，任凭父亲慢慢地奔赴那再也没有面孔的上天世界，不让任何人看到父亲弥留时的脸。阿涅斯本人也是如此，她在弥留之际也一直在想"那边没有面孔"。

除了手势和脸，还有我们的姓名亦如此。昆德拉认为姓名也只是由于偶然原因才落到我们身上的，我们根本不知道这个姓从何时开始出现在这个世界上，也不知道某个我们不知道的老祖宗为何会使用这个姓。我们对这个姓毫不了解，对它的历史也一无所知。世上同名同姓的人很多，因此姓名只是一个代号，名字并不能代表身份。这也就是为什么昆德拉研究学者弗朗索瓦·里卡尔会说：

> 昆德拉的小说人物总保留着某种有点概念化或抽象的东西。他们与巴尔扎克笔下的现实主义人物是不同的，在巴尔扎克笔下，人物的个性标签化十分明显：他的名字，他的头

---

① Jean-Paul Sartre. *L'existentialisme est un humanisme*, Paris： éditions Gallimard, coll.Folio/essais, n° 284, 1999.52–53. 中译文参见：萨特著，周煦良，汤永宽译. 存在主义是一种人道主义［M］. 上海：上海译文出版社，1988.19.

衔，他的性格，他的过去，他的每一个细微的习惯，以及他
的身体、他的着装和他的住处的每一个细节都一一揭示。
而在昆德拉笔下，我们看不到任何这一类的描写，相反，人
物的特点倾向于通过某种普遍甚至匿名的状态构成。①

由上文分析我们可以得出昆德拉已经把定义身份的传统元素，诸
如手势、脸和姓名都一一进行了否定。既然这些曾经让人确信无疑的
确认身份的标准被颠覆了，那么身份何所是？身份何所依？身份的坚
强基石究竟是什么呢？在《不朽》中，昆德拉意在通过主人公阿涅斯
拨开身份迷雾，面对身份认同困境时阿涅斯采取的行动是拒绝所有外
在事物对身份的异化，她不受表面现象所迷惑，而是去真正关注"被
遗忘的存在"，回归真实自我。恰如里卡尔所说："被剥离了一切使之
个体化的浮华之后，每个人物首先由我们所谓的根本的生存特征来定
义，那些正是构成'人物形象'的特征。"②

5.2　无法摆脱的他者

在神学训诫中上帝即造物主，在人与神的垂直关系里，真正的自
我主体得到认证，"人是无，他只从上帝那里分有。上帝是'至真、至
高、至善、至能'，我们可以通过分有作为绝对大他者的上帝的光辉而

---

① 弗朗索瓦·里卡尔.阿涅斯的最后一个下午［M］.袁筱一译.上海：上海译文
出版社，2005.94.

② 弗朗索瓦·里卡尔.阿涅斯的最后一个下午［M］.袁筱一译.上海：上海译文
出版社，2005.95.

认同一个好的自我"。① 现在上帝已被打倒，彼岸世界已不复存在，人变得自由从而可以对自己负责。可让人始料未及的是孤立的个人根本无法承担这项重任，无法独立完成自我确认。为了确认自己，人必须将自身外化出去形成作为自我对立面的他性自我，从此自我的驱动力就源自一种从他者那里获取认同的欲望。简言之他者是自我存在的依附体，犹如鱼儿依附水而生存。

众所周知世界发生巨变。从前一个人可能一辈子只生活在一个地方，能对其产生影响的他者往往只有他身边所熟悉的亲人、朋友、同事或邻居等。随着科技的发展和全球化、世界一体化，他者所指范围越来越广，形式也更加丰富多样。全球化的发展让世界成为一个"地球村"，一个人的所作所为可能受到全世界瞩目，全世界人都有可能成为与自己息息相关的他者，因此现代的他者之广是前所未有的，他者呈现的方式也变得丰富多样。科技发展特别是信息技术和多媒体技术的发展如网络、电视机、摄像机等，让他者以一种强制方式无孔不入、无处不在。在此情形下人为了确认自我就必须满足越来越多他者的欲望以求获得他们的欣赏与肯定。最终那些无法回避的、无处不在的他者目光终会演变成为人的生命中不能承受的负担。

在现代社会，摄像机、监控器随处可见，商场里、大路上、宾馆里，几乎有人的地方就有监控器，这意味着人的一举一动都在监视之下。《不朽》中讲述了一则新闻：在一次外科小手术中，由于麻醉方面的疏忽导致一个年轻女病人断送了生命，鉴于此医疗事故，有个消费者组织建议把所有外科手术的全过程都拍下来并把胶卷存档。昆德拉认为这个提议是可怕的，因为每天有上千人的眼光盯着我们，可是这还不够，还得有眼睛分秒不离地盯住我们。不论在医生的诊疗室里、

---

① 张一兵. 不可能的存在之真［M］. 北京：商务印书馆，2006.353.

在大街上、在手术台上、在森林里、在被窝里,都要盯着我们。这让我们联想到米歇尔·福柯曾提到过的英国边沁设计的全景敞视监狱:狱中犯人的一举一动都暴露在监视者的目光之下,犯人始终处在一种无形权力的控制之中。①

昆德拉在《不朽》中揭示了他者是难以承受的负担的道理。主人公阿涅斯每天白天要和两个同事在办公室里共同度过八小时。有一天两个同事病倒了,她在办公室里一个人独自工作了两个星期,让她感到奇怪的是,在那段时间里她晚上感到特别轻松,这使她懂得了"他人的眼光是沉重的负担,是吸人膏血的吻,她多么渴望那种不被人注视的温馨感觉"。②自打结婚以后阿涅斯就不得不放弃独处的乐趣,在家里她要陪伴丈夫和女儿,周末她难得有一点儿宝贵的空余时间,等她出门以后还要面对形形色色的人:到邮局去,要排半小时队;到超级市场采购,要在收款台前等候多时;她去洗桑拿浴,本想享受片刻宁静,但身边不停地有女人在说话,谈论的都是阿涅斯丝不感兴趣的话题。阿涅斯不禁想:"人死后是否能成为孤单的呢?孤单的可能性微乎其微;人活着的时候就很少有孤单的时候,何况在死后呢!死人比活人不知要多多少倍!"③足见阿涅斯对他者的厌恶与拒绝。

科技发展给人们提供了各种新型设备以供娱乐和使用,可人的生存空间也逐渐被挤压,世界变得越来越拥挤、越来越喧闹。物质生活的富足并不能给人带来精神生活的充实,人们需要不停地讲话、不停地发表意见以突显自我的存在。就像阿涅斯在俱乐部里所看到的某个

---

① 福柯.规训与惩罚 [M].北京:生活·读书·新知三联书店,1999.154.

② 米兰·昆德拉.不朽 [M].王振孙,郑克鲁译.上海:上海译文出版社,2011.34.

③ 米兰·昆德拉.不朽 [M].王振孙,郑克鲁译.上海:上海译文出版社,2011.15.

女人一样：这个女人一进门就发号施令，她大声宣称自己的特性：（一）她喜欢出汗；（二）她非常喜欢骄傲的人；（三）她蔑视谦虚的人；（四）她喜欢冷水淋浴；（五）她对洗热水澡深恶痛绝，她要用这五根"线条"勾勒出自己的形象并把它们呈现在大庭广众之下，这样在场的众人才能对她有着深刻印象。昆德拉说："要想使我们不在自己眼里显得像是一个人类原型的不同的变种，而像是一些具有独特的、不可互换的本质的人就必须具有某种完全是独有的和不可替代的东西，为了这些东西，值得人进行斗争甚至献出生命。"[1] 因此现代人面对身边越聚越多的他者时会千方百计发出属于自己的声音。当阿涅斯走在路上时可以听到从商店、理发店和饭店传出来的喧嚣的音乐声，也可以听到街上的喧嚣声、汽车的隆隆声、公共汽车启动时的嗡嗡声，这些噪音制造者没有在意人们愿不愿意接受就强行让噪音刺激人们的耳朵，显然这是一种霸权，是声音发出者的自我对他人自我的侵占，是人们需要表现自我的强烈欲望。

　　除了身边具体的人，摄像机的发明更是将人类置于了无数他者的目光下。因为有了摄像机，包围自我的他者中加入了千千万万的陌生人。为了维护自己在摄像机前的形象，人们难免会刻意表现自己，尤其是一些需要经常在摄像机前亮相的政客、名人，他们会像"舞蹈家"一样在摄像机前尽情表演，摆弄姿势，以便可以在公众心中留下不朽的形象。《不朽》描述了法国总统密特朗向死者献花，一部摄像机在旁拍摄了他这一举动；德斯坦当选总统后邀请几位清洁工到爱丽舍宫共进早餐以体现他的亲民举动；以及一位伟大的天文学家在一次宫廷晚宴中为了保持美好形象而羞于上厕所导致了膀胱破裂。摄像机的诞生

---

① 米兰·昆德拉.不朽［M］.王振孙，郑克鲁译.上海：上海译文出版社，2011.36.

让人们越来越依赖于它而存在，以致最后变成了摄像机的附庸或附属品，遭到它的异化。

小说中阿涅斯在杂志上看到一组公主度假时的裸照。对于普通百姓来说公主本是和自己毫无交集的人，在没有摄像机的时代，公主的生活遥不可及，也是绝对的隐私。现在因为摄像机的存在，公主的私生活被曝光从而进入了人们视野，随时随地都有摄影师等待拍照公主的举动以满足普通人的好奇心，"到处都有摄影师。躲在树丛后面的摄影师，扮成瘸腿乞丐的摄影师。到处都有眼睛，到处都有照相机镜头"。① 从前的人们信仰上帝，他们认为上帝无时无刻不在注视着人们，为了不欺骗上帝人们努力真实地活着，一旦犯了错就会去上帝面前忏悔。可现在，"上帝的眼睛已经被照相机取代了。一个人的眼睛被所有人的眼睛取代了。生活变成了所有人都参加的唯一的规模巨大的放荡聚会。大家都可以看到在一片热带海滩上，英国公主赤身裸体地庆祝她的生日。"② 从表面上看，只有名人会经常曝光在照相机面前，芸芸众生不能引起摄影师的兴趣。但就如小说中所描述的："万一哪天有一架飞机坠落在您的身旁，您的衬衣着了火，您马上便会名闻天下，加入这一巨大的聚会。"可见，照相机霸权下的聚会和享乐毫无关系，它只是在庄严地宣称："在现代社会，没有任何人可以躲藏起来，每个人都只能由其他人摆布，镜头的权力已经凌驾到人类之上。因此现代人必须时时刻刻想着有摄像机在关注自己，必须总是装作一本正经以避免被拍到窘迫的一面。人们就这样被现代技术的产物—摄像机所奴役与束缚，失去了做本真自我的权利和自由。"

---

① 米兰·昆德拉.不朽［M］.王振孙，郑克鲁译.上海：上海译文出版社，2011.35.

② 米兰·昆德拉.不朽［M］.王振孙，郑克鲁译.上海：上海译文出版社，2011.36.

更有甚者，摄像机拍下来的照片可以被保存乃至存档，从此将成为一个人无法磨灭的过去。有了摄像机，人们再也不能随意狡辩或篡改自己的身份。小说写道有一天阿涅斯和一个男子会面的场面被无意中拍了照，她因为受不了这样的场面被拍照并保留于是第二天就到饭店去买下了所有照片，她也想买下底片，可是底片已经进入饭店的档案室取不出来了。尽管没有任何危险，可是当她一想到自己生活中有这么一秒钟不像其他时刻一样化为乌有，就不禁感到惶恐不已。她觉得在今后来世中万一遇到什么愚蠢的巧合，也许会像一个没有妥善埋葬的死人那样又再次来到人世。从前，如果有人想替另一个人照相总是要先取得他人同意。后来，不知道从哪一天起，再也没有人问了，从此镜头的权利凌驾到了所有权力之上。这就是福柯所论及的现代技术对人的"规训"，按照福柯的说法，现代社会权力无所不在，它控制着个体的行为。而且实施权力的不再是国家的强制性武力，而是变成了微观的控制性力量，摄像机正是这种控制性力量之一。

人活着时处在他者关注之下，那么人去世以后是否可以彻底摆脱他者呢？答案是也不可能。虽然人的生命短暂、无法重复，但人的身份可以通过传记被反复书写。《不朽》中写道又有一本海明威的传记刚刚出版，而这已经是第127本关于他的传记了。媒体宣称这一本非常重要，因为这部传记论证了海明威一生中没有讲过一句真话，宣称海明威夸大了自己在战争中受伤的次数；此外，他还装作是勾引女人的酷男，可是有人证明从1959年起海明威就已经是个十足的阳痿者。这种现象揭露了人消失后会产生的可怕情况，即当人去世以后，他们的隐私便不再受到保护，会被随意曝光在众目睽睽之下。那么如此情形下人的个性又如何可以保存呢？因为个性指的是最真实的那个自我，是人区别于他者的特征。在海明威的100多部传记中，如何才能拼凑出一个真实的海明威。事实上，海明威的传记越多也就越没有真实性可言，因为海明威的真实身份肯定只有一个，众说纷纭必然是对其身份的虚构和异化。昆德拉想象海明威在彼岸世界看到这幅情景会很无奈，他看到自己死后人们研究的不是他引以为豪的著作，而是在书写关于他的传记，关心他的私生活、他的性能力等等，这无疑是件讽刺的事情。海明威想象自己身后他的妻子们会写关于他的传记，他的儿子也在写，还有一些作家和大学教授也在写。每个人都会从自身角度对海明威的身份进行认定和书写，不朽者的身份就这样落入他人之手。美国著名的自传家亨利·亚当斯（Henry Adams）把传记形象地比喻为"他杀"，把自传比喻为"自杀"，他宣称自己宁愿"自杀"而不愿被"他杀"，所以他写了一部关于自己的自传，这样就能防止传记作家们对自己下手了。①

海德格尔认为："此在不是自己存在，他人从它身上把存在拿走了。"②因此人生不过是他者导演的一场"木偶戏"。根据拉康的观点，主体经过镜像阶段体验到只能将自己还原到外部的他人之中才能对他者疏离。拉康让我们面对一种自己与他者不可思议的关系中，即"我"在成为自己本身之际认同的对手其实并非自己，而是他者，我为了成为真正的自己就必须舍弃自己本身，穿上他者的衣装。诚然，现代社会人的身份焦虑以及他者的无处不在愈来愈加深主体的异化，进一步强化了主体对他者的依赖。人从来不是自我身份的主人，反而总是充当他者、为了他者而存在。

---

① 赵一凡.西方文论关键词［M］.北京：外语教学与研究出版社，2006.532.
② 张一兵.不可能的存在之真［M］.北京：商务印书馆，2006.248.

5.3　追逐不朽

正是因为人与人之间的差别微乎其微以至难以拥有独特身份，所以人们才渴望不朽，期望能在成千上万的同类中脱颖而出，出类拔萃，以便能在他人心中留下深刻印象甚至希望流芳百世。无论是名人还是普通人都无法抗拒不朽的诱惑，在《不朽》中昆德拉打破时空界限，让现代人阿涅斯姐妹与德国文学家歌德及其情人贝蒂娜之间的故事相互交叉发生与推进，从多维度对不朽进行了阐释。

5.3.1　歌德——牺牲自我以维持不朽

本节我们讨论歌德与不朽之间的关系。以往学者对《不朽》的分析着重关注贝蒂娜的形象，是贝蒂娜试图借助鼎鼎有名的歌德的名气来实现不朽。事实上歌德的一生也同样被不朽所累。众所周知，歌德是世界文学领域最出类拔萃的光辉人物之一，他的伟大注定他是不朽的。但这样的不朽也给他带来了巨大累赘和约束，因为他把自己视为不朽的代理人，要为自己流芳百世的不朽形象负责。他清楚地知道各种传记、传闻、回忆录将会把他的所有言行变为不断拷贝成的文字，因此他害怕做出荒谬的事情，留下瑕疵，以免损害自己伟大形象。这种责任心使他放弃本性违背本真意愿地在生活。

《不朽》描述了歌德和一个年轻女人贝蒂娜的故事。贝蒂娜是歌德年轻时候情人的女儿，他们之间年龄差距悬殊，贝蒂娜总是以孩子气为挡箭牌肆意撒娇和歌德调情，歌德出于温情脉脉的中庸之道一直听之任之。于是贝蒂娜变本加厉地给歌德写了大量书信，在信中她用关系密切的人之间才用的"你"来称呼对方，谈的内容全是爱情。贝蒂娜之所以这样做是因为企图以后将这些书信作为她和歌德之间罗曼史的见证，从而可以拉着歌德的手共同步入不朽的殿堂。歌德猜测到了贝蒂娜的企图后开始对她有了戒心，但即使这样，出于中庸之道的他不让自己流露出任何不愉快的情绪。他告诫自己这个女人太危险了，所以不能让自己树敌，最好是永远和她友好相处，也不过分亲密。于是歌德尽力在亲密和审慎两者之间劈开一条中间道路：贝蒂娜用"你"称呼他，他一直用"您"回称她，他就这样既不得罪贝蒂娜，也不让自己在他们的通信中留下任何爱情证据。为了阻止贝蒂娜书写关于他的传记，歌德决定自己编写回忆录《诗与真》，并请贝蒂娜把她所知道的关于他的事件记录下来寄给他。至此，歌德以为自己成功地摘除了贝蒂娜这个"引信"，就像摘除了一枚炸弹的导火线一样。

有一次，贝蒂娜和歌德的妻子克里斯蒂娜发生了争执，克里斯蒂娜打落了贝蒂娜的眼镜，歌德出乎意料地选择站在了妻子一边，此后十三年他没有再理睬贝蒂娜。但贝蒂娜坚持不懈，终于在十三年后当贝蒂娜把歌德雕像设计图寄给歌德时，歌德的眼睛里流出了一滴眼泪。从此以后他继续对贝蒂娜客客气气，"他又一次想起了他早已知道的事情：贝蒂娜是可怕的，最好是客客气气地提防她"。从那以后歌德在接待贝蒂娜时，起先会在嘴里叽里咕噜抱怨一番，可是后来又不得不对她讲几句亲切的话以获得对方好感。有一次他为了和贝蒂娜度过一个平静的夜晚甚至溜到隔壁房间去偷偷喝酒以抑制自己内心的愤怒。自从他收到那张雕像设计草图以后他便给自己立下了原则：要不惜任何代价跟贝蒂娜和平相处下去。可见歌德为了维持自己在后人心中的完美形象不惜受制于贝蒂娜，明明早已洞悉出贝蒂娜的企图，意识她的威胁，却不惜一切代价要跟她继续和平相处。

尽管歌德一直小心翼翼，但在他去世以后贝蒂娜还是立即着手修改、补充甚至干脆重写了他们之间的通信，并把篡改过的书信以题名为《歌德和一个女孩子的通信》的著书发表，在该书中她和歌德所有的通信都变成了一首首为歌德而唱的情歌。由于歌德曾经为了妻子拒绝过贝蒂娜，因此这本书让歌德的形象丑化了，他变成了一个在伟大崇高的爱情面前行动怯懦的书呆子。人们因此误解，纷纷嘲笑歌德为了求得可怜的夫妻间的安宁不惜牺牲他与贝蒂娜的感情。如果不是因为一九二九年原信被发现，歌德的懦夫形象会一直不朽下去。此外贝蒂娜还讲述了一则关于歌德与贝多芬的故事：歌德和贝多芬正沿着一条林荫道散步，突然看到皇后出现在他们面前，还有陪伴皇后的家人和宫廷随从人员。一看到这群显贵人物歌德便不再听贝多芬讲话，他站起身，赶紧闪到一边脱帽致敬。这则故事显示了歌德是个奴性十足的人，歌德肯定没有想过自己会留给世人这样谄媚权贵的形象。

歌德因为写了一些书而成名，从此加入了不朽者的队伍，被判处了"永垂不朽之刑"。然而不是他的书不朽，而是他本人不朽，人们反复评论的不是歌德的某部作品，而是他的私生活。歌德为此感到纳闷，他在彼岸世界对另一位不朽者海明威说："让我的书成为不朽，我决不反对。我这些书写得别人改不了一个字。我尽我所能让它们可以经受各种考验。可是作为歌德，却对不朽不屑一顾。"① 在生命的最后岁月里，歌德终于懂得了自己的一生从来没有按照内心本真的意愿行动过，尽管成功实现了不朽却从来不是自我身份的主人。当他在世时为名气所累，总要为自己的形象操心，生怕做出什么荒谬的事情导致背离被他视作美的中庸之道。可去世以后他苦苦经营的不朽形象还是落到了他者手中，他曾经精心书写的书信被贝蒂娜任意篡改并公之于众，他的完美形象被扭曲和颠覆。昆德拉想象着歌德在彼岸世界很气愤地

---

① 米兰·昆德拉.不朽［M］.王振孙，郑克鲁译.上海：上海译文出版社，2011.92.

说:"他们谈的人物与我毫不相干……不是就不可能存在,从我死的那一瞬间起,我就放弃了我所占据的所有地方,甚至我的书。没有我,这些书仍然在世界上存在。没有人能在里面找到我。因为我们不能找到不存在的人。"[①]

名人歌德曾经千方百计想维持不朽,现在却又千方百计地想摆脱不朽。只可惜不朽是摆脱不了的,因为"人可以结束自己的生命,但是不能结束自己的不朽。一旦不朽把人弄到它的船上,人就永远下不来了"。[②]歌德的事迹告诉我们尽管人们在世间牺牲自我努力建构不朽的高大上形象,但他在刻意建立不朽的过程中已经违背了自己的本性,偏离了真实自我。所谓的不朽形象也是被刻意包装过的形象,不是不朽者的真实自我形象。况且,当不朽者离开人世后,他的形象就更加不受其掌控,到头来可能是一场可笑的幻梦,如此场景不可谓不悲剧。

5.3.2 贝蒂娜——依赖他者实现不朽

本节我们讨论小说人物贝蒂娜与不朽之间的关系。歌德的情人贝蒂娜的原型是贝蒂娜·冯·阿尔尼姆(Bettina von Arnim),昵称贝婷(Bettine)。她是近代德国杰出的浪漫主义女作家之一,曾是贝多芬的灵感来源、歌德的同伴,还引起了拿破仑的注意,她的母亲是歌德早年的重要情人。贝蒂娜在出版歌德和她之间来往的书信时有编造和篡改行为,添油加醋、无中生有。长期以来,学者们都视她为骗子,她

[①] 米兰·昆德拉.不朽[M].王振孙,郑克鲁译.上海:上海译文出版社,2011.244.

[②] 米兰·昆德拉.不朽[M].王振孙,郑克鲁译.上海:上海译文出版社,2011.93.

的哥哥克莱门斯（Clemens Brentano）评价她"一半是女巫、一半是天使；一半是预言家、一半是骗子；一半是猫、一半是鸽子；一半是蜥蜴、一半是蝴蝶；一半是贞洁的月光、一半是放荡的肉体"。①浪漫主义者沃尔特·惠特曼（Walt Whitman）说她最伟大的创造就是她自己。既然贝蒂娜能引起众人关注和评价，足见她已经成功地成为一个不朽者。

　　昆德拉笔下的贝蒂娜是一个为了不朽而不择手段向名人靠近的女人，她本是一个默默无闻的少妇，之所以想尽办法接近歌德，是因为在德国人眼里歌德正在向光荣的殿堂迈进，贝蒂娜梦想着有一天不朽的歌德可以牵着她的手领她进入光荣的殿堂。因此她总是装扮成少女，以少女身份为挡箭牌和歌德调情作乐。她首次与歌德见面就借机坐到了歌德的膝头上，和歌德亲密相处，百依百顺，显出极尽暧昧之态。贝蒂娜在和歌德见面之前还去结识了歌德的母亲以获得有关歌德童年的信息，老太太受到恭维很高兴，一连好几天对贝蒂娜谈起她的回忆。贝蒂娜直截了当地表示她想根据歌德母亲的回忆写一本关于歌德的书。此外贝蒂娜还千方百计能和歌德有尽可能多的书信来往，并且在信中主动用极尽暧昧的口吻书写。她在一封信中对歌德写道："我有永远爱你的坚强意志。"我们看到在"爱"这个词以外，还有更重要的字眼"永远"和"意志"，这些字眼表示她对歌德爱恋的决心。

　　公共场合的贝蒂娜总是千方百计突显自我，她既要在歌德的崇拜者中名列前茅，也要在歌德的反对者中名列前茅，因为无论哪一种做法都能让她获得公众关注。一次展览会展出了歌德赞美过的一些油画，贝蒂娜故意公开宣称这些画不仅是荒谬的而且是可笑的；歌德在大庭

---

　　① 参见 http://www.lxbook.org/zjzp/german/g_030.htm.

广众场合谴责过戴眼镜是荒谬的低级趣味的装扮，贝蒂娜则不顾一切地戴着眼镜在魏玛招摇过市；歌德妻子因为对此反感而打碎了贝蒂娜的眼镜，贝蒂娜便在魏玛所有的客厅里宣称："大红肠发疯了，还咬了我。"总之，对于一切与歌德有关的事件贝蒂娜都想尽办法利用，无论好的坏的，只要能与歌德沾边她都会去做，而且会做到极致。只有这样她才能脱颖而出让自己受到关注，事实证明她成功了，世人都知道她是一个与歌德有关的女人，如她所愿借助歌德的光辉步入了不朽的殿堂。

歌德去世以后，贝蒂娜恶意篡改了她和歌德之间的书信，把普通信件篡改成了一封封情书。比如她把歌德对她的称呼"我亲爱的朋友"改成了"我亲爱的心肝"，对于歌德对她的训斥，她也会加一些附加语来缓和语气，最后她使用了更彻底的办法：干脆重写。终于她如愿以偿出版了《歌德和一个女孩子的通信》这本书，让世人认识到了一个"不一样的歌德"，一个被贝蒂娜异化了的歌德。贝蒂娜借助这本书成功地成为众人心中歌德的情人，不幸的是贝蒂娜还没来得及销毁书信原件就去世了，当人们知道了真相之后，不朽的贝蒂娜从此堕落到了可笑的不朽者的行列里。昆德拉一针见血地说："即使有可能制造不朽，预先塑造它，配制它，最后的结果也绝不会和原先计划的完全一样。"① 正所谓"机关算计太聪明，反误了卿卿性命"，贝蒂娜为了一己私利恶意篡改与歌德的通信，歪曲歌德的形象，最后自己也沦落为了"可笑的不朽者"。

表面看来贝蒂娜总是想着别人，不以自我为中心。如她曾经积极为提洛尔的爱国者辩护，曾经努力保护了裴多菲死后的名声和死刑犯

---

① 米兰·昆德拉.不朽［M］.王振孙，郑克鲁译.上海：上海译文出版社，2011.241.

梅洛斯拉夫斯基，总之她为他人做出过牺牲。那么她是否真的是一个高尚无私的人呢？昆德拉告诉我们不是的，原因是"促使她为提洛尔的山民辩护的，并不是山民，而是对提洛尔山民的斗争热烈支持的贝蒂娜的'具有吸引力的形象'。促使她爱歌德的，不是歌德，而是爱上年老诗人的孩子气的贝蒂娜的'迷人形象'。"[1] 也就是说，促使贝蒂娜去行动、去斗争的不是为他人服务的本心，而是要树立一个美好形象的欲望，是要让自己显得与众不同、出类拔萃的欲望，做一些伟大的事情自然能帮助她实现这个目标。昆德拉举一反三得出结论："那些二十岁加入共产党，或者拿起枪到山区去参加游击队的男青年，被自己的革命者形象所迷惑；正是他自己的这个革命者形象使他与其他人有所区别，使他变成了他自己。"[2] 现实生活中的许多人何尝不是如此，他们选择去做某一件事并不是出于真心热爱，而只是在追逐那个"美好的形象"，我们称之为"做秀"。如一些明星会到灾区去救济灾民，当然不可否认有些人是出于本心，但也不可否认有些人只是被"行善者"的形象所迷惑，或是要用"行善者"的形象去迷惑他人。

　　总之，昆德拉认为"促使人举起拳头，握住枪，共同保卫正义的或者非正义的事业的，不是理智，而是恶性膨胀的灵魂。它就是碳氢燃料。没有这碳氢燃料，历史的发动机就不能转动；缺少这碳氢燃料，欧洲会一直躺在草地上，懒洋洋地望着飘浮在天上的白云"。[3] 在大量目光的注视下，一个人的灵魂会不断地长大、膨胀、体积增大，最后

① 米兰·昆德拉.不朽［M］.王振孙，郑克鲁译.上海：上海译文出版社，2011.241.

② 米兰·昆德拉.不朽［M］.王振孙，郑克鲁译.上海：上海译文出版社，2011.242.

③ 米兰·昆德拉.不朽［M］.王振孙，郑克鲁译.上海：上海译文出版社，2011.242.

像被灯彩照得十分明亮的气球那样飞到蓝天上去。这显然是和传统的身份理论背道而驰的,"按照本体论或亚里士多德流派的观念,人的身份对应他的本质,是一个固定的和持久的现实,它是本身存在的,并不需要他者来支撑"。① 而追逐不朽者的身份不是指向自我,而是投向外部,投到无数自我以外的他者身上,需要汇集大量的他者目光来支撑。在这个过程中,"我"已经被异化成为一个他者。

贝蒂娜的一生就在不断寻找昆德拉所称的"碳氢燃料",她的灵魂需要不断充入这些"碳氢燃料"才能不断膨胀、增大,从而升上蓝天,成为光彩夺目的"明星",凸显自我。在她的一生中,她不仅爱歌德,她还崇拜贝多芬,也爱上了她的丈夫,即大诗人阿辛·冯·阿尼姆,后来她又迷恋赫尔曼·冯·皮克勒-穆斯科伯爵,可以看出这些都是名人。贝蒂娜之所以不断与名人亲近,因为对于她来说,"所有她对名人的爱只是一张蹦蹦床,她让自己的全部力量落在蹦床上面,然后弹起来,弹得很高,一直弹到上帝存在的那片天空里,从而成为绝对存在,永垂不朽"。②

可惜,贝蒂娜机关算尽最终还是在世人心中留下了"可笑的不朽者"形象,这与她的愿望背道而驰。究其原因是因为她企图通过攀附名人的手段确立自我价值的方式从一开始就是一种误认。依附于名人而建立的身份归根到底只是一种虚幻的镜像,就如镜中花、水中月,脆弱而容易消逝,就如一个被充满"碳氢燃料"的气球,一旦被戳破,就只有彻底跌落的命运。

---

① Claude Benoit. *Quand "je" suis un autre. A propos d'une belle matinee de Marguerite Yourcenar* [M]. gitur, Utrecht Publishing & Archiving Services, 2008.146.

② 米兰·昆德拉.不朽[M].王振孙,郑克鲁译.上海:上海译文出版社,2011.242.

5.3.3 洛拉——加法法则

本节我们通过小说人物洛拉探讨昆德拉的加法法则。面对世界越来越多的面孔和越来越相像的人，如何使自己与众不同、难以模仿或复制，这无疑是一个棘手的难题。昆德拉对此提出两个解决方法：加法和减法，即有的人减去他的"我"的所有表面和外来的东西，用这种方法来接近他真正的本质；还有的人则采用恰恰相反的方法：为了使他的"我"更加显眼，更加实在，他在"我"上面不断地加上新的属性，并尽量让自己与这些属性合而为一。小说中阿涅斯的妹妹洛拉就属于用加法构建自我的典型人物。

洛拉与贝蒂娜虽属不同时代的人，但她们都喜欢同一个姿势：双手内翻，指尖点着胸口，头稍微向后仰，脸上露出微笑，把双臂用优美的姿势突然朝前伸，昆德拉把这叫作"希望不朽的手势"。这个手势体现出对自身的超越，要把"自我"投到很高很远的地方，投到认识或不认识的人们心中去占据别人的记忆，成为一种在世的不朽。如果说贝蒂娜渴望的是伟大的永垂不朽，那么洛拉渴求的则是微小的不朽。洛拉只是一个再普通不过的女人，过着再普通不过的生活，但她也希望超越自己，渴望做点"什么事"来使自己留在所有认识她的人的记忆里。在她看来，"真正的生活就是要生活在别人的思想里，没有这个，尽管活着也是个死人"。①

洛拉从小便非常钦佩姐姐阿涅斯，总试图在各方面模仿她。阿涅斯有一个优美手势，这个手势充满魅力、优美而轻快，阿涅斯曾经长时间求助于这个手势来表达感情。有一天她发现比她小八岁的妹妹洛

---

① 米兰·昆德拉.不朽［M］.王振孙，郑克鲁译.上海：上海译文出版社，2011.353.

拉也在使用这个手势向她的女同学告别，当时洛拉只有十一岁。这个成人手势和一个十一岁的女孩子显然是不协调的，洛拉做出这个手势只因为她感受到了姐姐做出这个手势时的魅力，因此她把这个优美的手势也附加在了自己身上，让它成为她的一部分。

洛拉不仅模仿姐姐的手势，还学着姐姐戴墨镜。阿涅斯在上中学时就热衷于戴墨镜，墨镜是她的癖好。洛拉受到阿涅斯戴墨镜的启发，她在一次流产以后也戴起了墨镜，她的借口是眼睛哭肿了，不戴墨镜不能出门。从此以后，墨镜对洛拉来说就代表哀伤，她戴墨镜不是为了掩盖眼泪，而是为了让人知道她在流泪，墨镜变成了她眼泪的替代物。就这样，洛拉赋予了墨镜一种更加深层的内容，一种更加严肃的意义。诚然，这个意义使阿涅斯的墨镜自愧不如。从此以后，当洛拉戴墨镜出现在人们面前时，人们都知道她心中有苦恼的事情，而阿涅斯为了谦逊和体贴，自觉把自己的墨镜摘了下来。就这样洛拉成功地把墨镜附加在她的自我上，本是阿涅斯身份代表的墨镜结果成了洛拉身份的一部分。

在一次短暂的婚姻结束之后洛拉因为孤独养了一只暹罗猫，因为她每天和猫生活在一起并经常和朋友谈起它，这只猫对她变得越来越重要。于是她到处宣扬暹罗猫的优点，逼着大家赞美它。暹罗猫身上骄傲与自由的气度让洛拉在它身上仿佛看到了自己，可是"重要的并不是要知道洛拉的性格是不是像暹罗猫，重要的在于洛拉已经把它画在了自己的家徽上，这只雌猫已经变成了她的'我'的属性之一"。①此后，洛拉的情人要想得到她就必须先接受她的猫，是否接受雌猫变成了洛拉情人是否服从洛拉权威的考验。就这样洛拉把暹罗猫也添加

---

① 米兰·昆德拉.不朽［M］.王振孙，郑克鲁译.上海：上海译文出版社，2011.113.

在自己身上，成为她的身份标识。

　　加法法则意味着一个人可以在他的"我"上增加一条狗、一只猫、一块烤肉，也可以增加一种对某事物的激情，昆德拉说"固执地鼓吹猫比任何其他动物都要优越，从本质上说，和宣称墨索里尼是意大利唯一救星是一回事。他在吹嘘他的'我'的一个属性，并竭尽所能来使这种属性（一只雌猫或者墨索里尼）被他周围所有的人承认或喜爱"。[①]昆德拉举了舒曼和舒伯特的例子：您喜欢舒伯特，朋友喜欢舒曼，那么在朋友生日的时候应该送哪位作曲家的唱片给她呢？按照加法法则构建自我的说法，应该送舒伯特的，因为舒伯特是您的爱好，是您的"我"的一部分，出于对朋友的爱，当然应该把您的一部分、把您的一片心献给她。就像洛拉，为了让暹罗猫成为她的"我"的一个属性，她到处鼓吹猫比其他动物优越，试图要让周围的人都接受和喜爱这只猫。

　　可是矛盾来了，随着越来越多人对一种属性的接受与喜爱，这种属性也慢慢会成为了他者属性的一部分，结果"他们尽力增加，为了创造一个唯一的、难以模仿的'我'，可是同时又变成了这些新增加的属性的宣传员；为了让绝大多数人和他们相像，他们使出了全力，结果却是，他们来之不易的'我'，很快便烟消云散了"。[②]不可否认，加法法则是现实生活中很多人惯用的法则，为了与他人区分开来，人们会想方设法在自己身上添加更多物质或光环，如一个名牌包包、一栋豪宅、一个耀眼的身份等等。这样的欲望促使人们去追求更多物质财富或更大的成功，仿佛这些外在物的增加真的可以让他们在人群中拥

[①] 米兰·昆德拉.不朽［M］.王振孙，郑克鲁译.上海：上海译文出版社，2011.114.

[②] 米兰·昆德拉.不朽［M］.王振孙，郑克鲁译.上海：上海译文出版社，2011.114.

有独一无二的身份，达到与众不同。但要知道这样构建自我的方法是不可靠的，因为你增加的只是外在事物，这些事物并不可能唯你独有，他人通过努力同样可以拥有这些事物，因此它们并不能构成某一个人的特性。一味地追求拥有外在事物反而会使人迷失自我，遗忘本心。

《不朽》描述了歌德去世以后，为了还原他的真实"身份"世人举行了无数诉讼，宣读了不可胜数的起诉状，也提供了不可胜数的关于贝蒂娜案件的证词。比如有勒内·马里亚·里尔克的证词，有罗曼·罗兰的证词，有诗人保罗·艾吕雅的证词等等，这些人都纷纷拿出证据描绘歌德，每个人都振振有词。可是歌德死了，又有谁能真还原一个真实的歌德呢？昆德拉因此说："不朽是一种永恒的诉讼。永远都会有人拿出新的证词对不朽者的身份予以论证和说明。"昆德拉想象歌德在尘世彼岸看到了这一幕，起初他很气愤，后来终于摆出了一副事不关己的态度，歌德对同为不朽者的海明威说："欧内斯特，您就老老实实承认我过去和您一样荒唐可笑吧，为自己的形象操心，这是人的不可救药的不成熟的表现。对自己的形象漠不关心是那么难以做到！这样的漠不关心是超出人力之外的。人只有在死后才能达到。而且还不是立刻就能达到，要在死了很久以后。"[①]诉讼当然是需要审判官的，诉讼之所以会永远继续下去就是因为没有一个有绝对权威的审判官做出判断，鉴于作为最高审判官的"上帝"已经被赶出了殿堂，不朽者的身份只能永远悬而未决。

歌德、贝蒂娜以及洛拉苦苦经营的不朽到头来都没有如愿以偿，这充分表明了昆德拉对不朽的态度，他用三位主人公的经历告诉我们不朽会让人的自我形象落到他人之手，从而导致不朽者永远做不了自

---

① 弗朗索瓦·里卡尔.阿涅斯的最后一个下午［M］.袁筱一译.上海：上海译文出版社，2005.14.

我身份的主人。对此《不朽》中的另一位主人公贝尔纳突然醒悟："别人眼中的他和他自己眼中的他是不一样的，和他以为别人眼中的他也是不一样的。我们永远不会知道为什么和在哪件事情上惹恼了别人，在哪件事上讨了他们的喜欢，在哪件事上使他们觉得我们可笑。我们的形象对我们自己来说也是神秘莫测的。"[①]可见不朽并没有世人所憧憬的那般美好，反而正如本节标题所写，它是人的生命中所不能承受之重。

5.4　阿涅斯——拒绝不朽，不如离去

本节我们继续聚焦小说人物阿涅斯，从另一个角度探讨该人物与不朽之间的关系。从上文分析可以看出世俗中的人面对短暂的生命总是力图在他人、在历史中留下印记，甚至不惜以丧失真实性为代价。那么，身在媚俗人群之中是否还有保留本真存在的可能呢？昆德拉以人物阿涅斯为例来表达了对这一问题的深思。

我们认为在昆德拉所有小说的主人公中阿涅斯对自我身份的坚持是最彻底的。她与世无争，向往宁静，追求自由。她与传统小说中的主人公不一样，比如在黑格尔看来："现代小说的主人公都是相互冲突的个体，他们有着彼此冲突的爱、荣誉、野心，有着对更好的世界、对在他们的道路上四处设置障碍的生存秩序和世俗现实的向往。于是就要打破现状，改变这个世界、加以改造，或者至少扯下一块天来盖

① 米兰·昆德拉.不朽［M］.王振孙，郑克鲁译.上海：上海译文出版社，2011.78.

在地上。"①就像歌德、贝蒂娜和洛拉，他们为了不朽的野心积极奋斗。洛拉为了战胜姐姐阿涅斯总试图从阿涅斯手中夺走本属于阿涅斯的东西，如手势、戴墨镜，甚至还一直觊觎姐夫保罗。但阿涅斯从来不争，对于事业，本可以拥有美好前程的她甘于做着一份普通的工作；对于洛拉的争夺，她每次主动放弃。与洛拉"希望不朽的手势"不同，阿涅斯不是把自己的双手向前伸出去，而是把双手内翻，手指向自己，她的目光不是关注外界，而是专注自己，她捍卫的是自己的生存空间。阿涅斯也喜欢戴墨镜，但她不是像洛拉那样通过墨镜来向世界宣告自己的独特性，而是因为墨镜能给她提供一点儿独立空间。在生活中阿涅斯总是试图减去她的"我"的所有表面和外在的东西，用这种方法来接近她真正的本质。所以面对洛拉的咄咄逼人阿涅斯一直采取一副后退让步的姿态：当洛拉模仿她的手势时，阿涅斯便不再使用那个手势；当洛拉模仿她戴墨镜时，阿涅斯也放弃了戴墨镜的习惯。

阿涅斯之所以如此是深受父亲的影响，她从小与父亲感情笃深，她的父亲就是一个不愿为了生存而极力拼夺厮杀的人。阿涅斯经常想象这样一幅景象："父亲在一条正在下沉的船上，显而易见救生艇容纳不下船上所有的人，所以甲板上你推我拉乱得一团糟。父亲开始时跟着其他人一起奔跑，可是看到旅客们不顾被踩死的危险扭打成一团，并挨了被他挡着道的一位太太狠狠的一拳以后，他突然又站住了，闪在了一边。"②在阿涅斯看来父亲的这种行为不是懦弱，因为懦夫都怕死，肯定会为了活下来殊死斗争，她肯定父亲就是厌恶那种亲密，厌恶跟人推推拉拉、挤在一起的举动，因此他宁愿淹死也不愿搏斗。后

---

① 弗朗索瓦·里卡尔.阿涅斯的最后一个下午［M］.袁筱一译.上海：上海译文出版社，2005.14.

② 米兰·昆德拉.不朽［M］.王振孙，郑克鲁译.上海：上海译文出版社，2011.28.

来父亲病故了，父亲在故世之前的几年里逐渐毁掉了一切，身后一无所剩：他甚至没有留下衣服在大柜里，没留下任何手稿、任何课本笔记、任何信件。他抹去了自己的痕迹，不让别人发觉。因为父亲知道死人的权利是不受保护的，死后他的一切统统不再属于他，他的自我也不再属于他，他人将可以随意研究他的私生活，翻阅情人写给他的信，然后根据这些文献写他的传记、描绘他的身份等等。父亲这样做是对不朽的拒绝，对他者的拒绝。

从小在父亲的影响下，阿涅斯性格既安静又优雅，父亲直到去世前都一直在教她吟唱一首歌德写的诗歌：

> 一片静寂
> 在所有的树梢上
> 你几乎感觉不到
> 一点儿风声
> 林中的小鸟不吱一声
> 耐心点吧，不用多久
> 你也将得到安息 ①

这首诗表达的是宁静，这是鸟儿在树梢上睡着后的那种宁静，父亲想通过诗歌告诉阿涅斯一个道理：人只有在宁静时才能静下心来倾听自己内心的声音，人的存在只有在宁静的状态下才是真实的。因此，阿涅斯自童年起就养成了静谧安然的生活态度，向往在大自然平静的风光中找到独处的空间。

---

① 米兰·昆德拉.不朽［M］.王振孙，郑克鲁译.上海：上海译文出版社，2011.30.

从一开始阿涅斯就显得与整个人类社会格格不入，面对熙熙攘攘的人群，阿涅斯经常有一种奇怪而强烈的感觉，那就是她确信自己和这些身体下有两条腿、脸上有一张嘴的生灵毫无共同之处。"从前，这些人的政治和科学发明把她迷住了，她想就在他们的伟大冒险中充当一个小角色。一直到有一天她产生那种她不是他们中一员的感觉以后，她的想法就改变了……她不能为这些人的战争感到苦恼，也不能为他们的节庆感到高兴，因为她深信所有这一切都与她无关"。① 阿涅斯觉得只有一样东西可以使她摆脱这种漠不关心的态度：对一个具体的人的具体的爱情。如果她真的爱一个人，那么她对其他人的命运不会漠不关心，因为她所爱的这个人和其他人是共命运的，从此以后她就不会再有那种他们的痛苦、他们的战争、他们的假期都跟她无关的感觉。那么她真的不爱任何人吗？她有家庭，有丈夫和女儿。难道她不爱自己的丈夫吗？不去爱自己的家人，这显然是一种荒唐的、不道德的想法，她为自己的这种想法感到害怕。尽管她尽量假装这种感觉不存在，但她还是抵制不了内心的真实想法，阿涅斯认为自己对丈夫保罗的爱情仅仅是建立在一种意愿之上，一种爱他的意愿之上，一种需要有一个幸福家庭的意愿之上。就如现实生活中的很多夫妻，他们并不是因为真正的爱情而结婚，而仅仅迫于周围的压力，世俗的眼光，为了结婚而结婚。因此如果有人问阿涅斯，下辈子还希望和保罗生活在一起吗？她会回答：不希望。

阿涅斯和丈夫保罗的价值观确实迥然不同，相去甚远。阿涅斯喜欢大自然，保罗却乐于看到人慢慢地用混凝土覆盖住全部地面。阿涅斯和父亲一样喜欢山间小路，保罗却喜欢宽阔的高速公路。小路与高

---

① 米兰·昆德拉.不朽[M].王振孙，郑克鲁译.上海：上海译文出版社，2011.45.

速公路的区别在于：小路是天然的，与大自然融为一体，人们在上面漫步，每一段道路本身都具有一种含义。小路代表的是传统，是缓慢，是慢慢享受生活，慢慢经历生命，总之它代表的是过程，是丰富。而公路是人造的，是以对大自然的破坏为代价，是与大自然格格不入的。有目共睹的是现代世界已经被越来越多的高速公路覆盖。阿涅斯不喜欢公路就意味着阿涅斯不喜欢这个现代化的世界，鉴于保罗是现代化世界的代表，因此不管对于这个世界还是对于婚姻，阿涅斯都是一个他者。正因如此阿涅斯总是梦想着有朝一日离开丈夫和女儿去一个人独自生活，虽然她很想知道他们的情况，可却不想天天和他们生活在一起。她把自己归为乞丐的同类，总是对乞丐慷慨解囊，她认为自己这样做"并不是因为乞丐是人类的一部分，而是因为他们和人类不一样，因为他们已经被从人类中排挤出去了，已经和人类分道扬镳了"。①

终于，阿涅斯下定决心，准备离去。当她踏上去第戎的公路时，她的选择越来越清晰，那就是放弃踏上回巴黎的行程，滞留在群山之间。昆德拉以充满诗意的笔触描绘了阿涅斯死前的那个下午所体验到的安宁与美：她静静地躺在小溪旁的草丛中，觉得溪流淌过她的身体，把她身上所有的痛苦和污秽都带走了。她忘却了自我，失去了自我，摆脱了自我，自我的污秽被溪流带走，她只剩下"存在"。此时此刻的阿涅斯体验到宁静与美，体验到"存在"的本真性，这是通过自我放弃，通过脱离自己所有的形象来实现的，除了极致的简单和悄无声息的安宁之外什么都不存在了。她在这里呈现的是一种疏离的形式，一种与世界、与自我、与世界里的自我脱离的形式。丢掉武器，离开战场，就如在孩提时父亲教会她下棋那样：其中一招迷住了她，行家把

---

① 米兰·昆德拉.不朽[M].王振孙，郑克鲁译.上海：上海译文出版社，2011.63.

这一招称为车王易位，那就是敌方聚集所有力量攻王，王却突然从眼皮底下消失：王搬了家。阿涅斯这辈子就憧憬这一招，越疲倦她就越来越渴望用上这一招数。

这次退避以阿涅斯的车祸和保罗与洛拉重组家庭为结局。与选择逃避的阿涅斯相比，洛拉是强硬的，她从一开始就不断斗争，终于篡夺了她姐姐的地位，成功地抢夺了姐姐的丈夫，成功地戴上墨镜，从模仿到获取。被动的阿涅斯最终彻底让出了自己在家庭中的位置，洗去了自己身上"自我的肮脏"，洗去了与自我一起消失的不朽欲望。在她生命的最后阶段，匆忙赶来的丈夫保罗发现阿涅斯异常平静和安详，他不理解阿涅斯脸上留下的笑容。他不知道阿涅斯临死之前的笑容是暗示着这种结局对她来说是一种彻底的解脱，只有这样的结局才能使她最终到达毫无身体局限的"自然状态"。

阿涅斯的死虽是意外但却是必然的。她对那个"没有面孔"的世界的向往必然导致她的死亡，因为只有死亡才能使她到达那个世界。她累了，跑不动了，手中一无所有，唯有彻底离开人世才能摆脱这些数不尽的面孔，摆脱令她疲惫不堪的人生重负。"人生所不能承受的，不是存在，而是作为自我的存在"。① 阿涅斯绝望地说。在《不朽》中，昆德拉将《不能承受的生命之轻》的主题推进了一步，不仅生命之轻或重不可承受，不可承受的还有自我的存在。自我在生活中永远是虚假的，附在自我上的"不朽"也是非真实的，它是自我膨胀的表现。阿涅斯意识到远离尘世远离人群的地方并不存在，保存自我的真正办法就是与自己决裂，废弃定义她本人的那个自我。在小说结尾处，阿涅斯彻底放弃了尘世的"自我"，即由他人目光确定的阿涅斯，而进入

---

① 米兰·昆德拉.不朽［M］.王振孙，郑克鲁译.上海：上海译文出版社，2011.305.

了自由的"存在"。显然，昆德拉在阿涅斯身上寄托了一种建立平静和谐并且摆脱一切空虚和冲突的世外桃源的热切希望，渴求人类可以充分实现本性的理想。

本章小结

如果说《生活在别处》中的雅罗米尔只是停留在想象阶段，那么阿涅斯则真正采取了行动。雅罗米尔是犹豫不决、缺乏勇气的，阿涅斯则是下定了决心要勇敢地去寻找另外一种可能性。她选择区别于他者的办法是与他者彻底决裂，去掉身上所有和他者共有的东西，做回最本质的自我。通过阿涅斯的默默离开和放弃身份，昆德拉似乎在表达着他的愿望：也许有一种方法可以将我们从身份危机中拯救出来。阿涅斯承载了昆德拉对人的现实性和可能性的美好理想，昆德拉让阿涅斯去寻找人类保持自我真实性和完整性的途径。当然最终结果却只能以阿涅斯的死亡来作为对问题的回答，恰如海德格尔所述："将来就存在于应被把握的可能性之中，它不断地由死亡这一最极端的和最不确定的可能性提供背景。"① 昆德拉深受海德格尔的影响，借用西方文化的彼岸关注身份问题，试图解决在现实世界中无法找到答案的棘手问题。

通过对"不朽"各种可能性的分析我们认识到对现代人来说大多数人不过是继续沉迷于"自我"独特性的幻觉中。充满个性的时代其

---

① 海德格尔．存在与时间［M］．陈嘉映，王庆节译．北京：生活·读书·新知三联书店，1987.294.

实不过是一个相互模仿的时代，不过是一个如昆德拉所说的充满了"媚俗"的时代。贝蒂娜和洛拉不惜以篡改事实或强行挤入他人生活为手段来获取"自我"的认同，而实际上是让自己活在他者的阴影下，失去了对自我身份的掌控力，无法形成具有独特性的自我形象。在这部小说中自我对他者依赖的体现可以说是最全面也是最广泛的，这种他者可以从古至今，世世代代存在下去，他者的范围已经超越了身边亲人、爱人，和同胞，已经延伸到全世界全人类。这在昆德拉看来是一件格外恐怖的事情。

　　鉴于此，昆德拉本人坚决拒绝不朽，他从来不向公众披露自己的私生活，总是低调地躲在自己的作品后面，争取能在读者眼中完全消失，力图让自身经历不对作品解读产生任何影响。可惜的是在前几年，还是有人把一份所谓的"绝密"档案翻出来，控诉昆德拉曾经告密害得一位好友锒铛入狱，对此昆德拉提出了强烈抗议。可见虽然昆德拉拒绝不朽，但他早已成为一个"拒绝不朽的不朽者"。

第 6 章　昆德拉 "身份" 理念的现实意义

作为一个移民作家，昆德拉的 "身份" 理念具有所有移民作家共同的特性，那就是着力于探讨异质文化环境下人的孤独无根、无从归属的感觉。但昆德拉的 "身份" 理念还具有其独特性，这与他的文化渊源、小说理念及自身经历息息相关。在本章中我们将从存在、他者、昆德拉 "身份" 理念的特性以及昆德拉 "身份" 理念的现实意义四个方面进行综合分析，试图通过整合昆德拉小说中的 "身份" 思想得出他 "身份" 理念的精髓，然后反思这些理念对现代社会的启示与指导意义。

引　言

在对昆德拉的四部小说进行了逐一分析以后，我们对其小说中的身份思想已经有了较为深入的了解。但在对这四部小说的分析过程中，小说与小说之间是互相孤立的，并没有形成完整的线路和系统。于是在本章我们将对这四部小说中的身份思想进行提炼与整合，以便更好地理清昆德拉身份理念发展的脉络。

"身份"早已不是一个新鲜话题，随着经济社会发展和殖民主义扩张，尤其是两次世界大战造成的世界格局重新调整和世界人员流动，"身份"成为社会学家、人类学家、小说家等积极探讨的主题。关注身份的小说家主要是一些受过多重文化影响，在不止一个国家生活过的移民作家。这些作家有跨越多种文化的经历，因而有机会体验到不同文化的碰撞。他们的思想呈现多元性，同时也给其身份定位造成一定尴尬。毕竟在一种文化中生活作家们不可能不受其影响，久而久之文化就会内化为作家身份的一部分。在此情况下如果移民到他国，其身上必然带有原有文化的印记。这就势必导致不能完全融入移居国的文化从而引发身份危机和焦虑。因此身份危机是20世纪以来众多移民作家逃避不过的命运，从而成为他们笔下被广泛诠释的主题。

但要知道每个移民作家的经历是千差万别的，祖国实力的不同、移民原因的差异等都会导致作家对身份感受的差异。昆德拉由于政治原因从东欧小国捷克流亡到了西方大国法国，不可避免会出现心理上的自卑感。法国人对待昆德拉的态度确实带有一种大国优越感，他们对昆德拉的接纳与友好更多是出于大国居民对小国居民的同情，是为了体现西方资本主义制度的优越性以及包容性，这些遭遇造就了昆德拉独特的心态与身份观。法国人不仅在对待昆德拉本人的态度上带有偏见，对待昆德拉的作品也是如此，他们往往倾向于从意识形态角度解读昆德拉的作品而忽略其小说的艺术价值。

昆德拉的困境在于他无论在法国还是在捷克都被当成一个他者，尤其在祖国捷克，他被愤怒的民众视为一个背叛者，一个懦夫。像他这样在"故乡"和"异乡"都被深深误解的境况是其他大部分移民作家所没有经历过的，所以昆氏小说中的主人公往往会陷入让人绝望的境地，小说会以悲剧作为结局。《生活在别处》中的雅罗米尔绝望地死去，《无知》中的伊莱娜陷入无尽的绝望，《不朽》中的阿涅斯死于一场偶然的车祸。除了本书论述的这三部小说，昆德拉的其他小说如《笑忘录》《不能承受的生命之轻》也都是以绝望或主人公死亡而结束，他的有些小说甚至会用特别极端的情节，比如巨大的性爱场面来释放自我，作为小说的结尾。我们认为这些反映了昆德拉本人身陷进退两难窘境时的绝望无力。

昆德拉 "身份" 理念的另一个特点在于，他不仅仅关注移民的身份危机问题，还致力于探索整个人类面临的身份困境。身处 20 世纪那样一个最动荡、最变化多端的世纪，两次世界大战的劫难让西方人从他们社会的快速发展中醒悟过来，开始重新反思科技发展带来的可怕后果。人曾经被笛卡尔上升为大自然的主人和所有者以及地球的主人，在上帝被否定以后人能否真正掌控自身命运、掌握自我呢？西方世界在战后很长一段时间都陷入了绝望与空虚，人们找不到方向和前途。广受西方哲学影响的昆德拉敏感地注意到了上述问题，他在后期小说创作中已经不仅仅关注小我身份，而是放眼整个人类关注所有人的身份，这是昆德拉身份理念的难能可贵之处，也是他身份理念的大格局所在。

6.1　存在——昆德拉小说身份的多种可能性

"人的存在"，或者说人的可能性是昆德拉所有小说的主题核心。昆德拉认为所有时代的小说都关注自我之谜，当一个作家创造出一个小说人物时他自然而然要面对这些问题：自我是什么？自我能否被掌握？如何把握自我？小说就是要试图探讨这些问题。他在《小说的艺术》中写道："抓住自我，在我的小说中，就是抓住存在的本质，抓住他的存在密码……存在不是已经发生的，而是人类可能性的场所，所有人类可能成为的，所有人类能成为的。"① 因此可以说存在是小说的阵地，小说是存在的版图，勘探被遗忘的存在对昆德拉而言是自觉与必然的使命。鉴于对存在的质疑就是对人的多种可能性的探索，我们发现在昆德拉的作品中这些可能性首先体现在境况的可能性，也就是他对人在"极权"统治下、流亡状态下、人类共同命运下的存在可能性一一进行了探究。接下来我们将以身份为主线条把昆德拉的大部分小说连贯起来，并把它们归纳到昆德拉小说创作的三个阶段中，然后对每一阶段的身份可能性进行详细解读。

6.1.1 "极权"统治下的身份

昆德拉 46 岁才移民法国，在这之前他一直生活在捷克。捷克是一个小国家，虽然处于欧洲的心脏位置但在欧洲现代史进程中基本处于边缘状态。1945 年捷克在苏联红军帮助下驱走了德国法西斯后，捷克人民对苏联红军和苏联共产党感激至极，从此甘愿唯苏联马首是瞻。然而现实远没有想象中那么美好，苏联的帮助不是无偿的。在驱走了德军以后苏联开始了对捷克的全面控制，尤其是 1948 年捷克共产党掌权以后捷克变得处处依附于苏联。处于苏联控制下的捷克失去了自由，它不能按照本国人民的意愿发展本国政治、经济、外交及文化等等，一切受制于苏联。1968 年"布拉格之春"以后捷克更是被苏联直接入侵，在随后的二十年里一直生存在苏联帝国的阴影之下。长期处于苏

---

① 米兰·昆德拉.小说的艺术 [M].董强译.上海：上海译文出版社，2014.38.

联控制下的捷克成了苏联的附庸，它自然就不能具备自己独立自主的身份，也不能在国际舞台上构建本国的文化身份。从此捷克的真实身份渐渐陷入了被遗忘的境地，既被世界遗忘，也被本国人遗忘。这种状况引发了昆德拉的反思，他开始关注"极权"状态下一个国家以及一个人的生存境况，试图用小说来抗拒国家政治、道德等种种强制力量对人类自由精神的剥夺行为。

昆德拉的第一部长篇小说《玩笑》就展示了人在官僚主义统治时代的可能性。《玩笑》的主人公路德维克本是一名出身工人阶级家庭里的前途光明的大学生，也是一名坚定的共产党员，在一个偶然巧合中路德维克玩笑似的给他心仪的女同学寄了一封带有"反动言论"的明信片，本是一个玩笑，可他的玩笑却被当真了。结果他从一个学生会干部、党员变成了一个被流放到荒凉落后地区的苦役犯，命运从此被改写。他拿政治开了一次玩笑，政治开了他一生的玩笑。这充分表明在那样的年代人是不自由的：不能说想说的话，不能做想做的事，不能按照自己的意愿生活，总之人无法支配自己命运。在"极权"统治的年代，人的尊严已经遭到极端蔑视，生命显得残酷而可笑，"极权"统治下的人不是自己的主人，而是命运的玩物。

昆德拉年轻时也曾经历了一段激情燃烧的岁月。那时的他积极加入捷克共产党，对苏联盲目崇拜，直到对局势有了清醒的认识后才幡然醒悟。他开始意识到曾经的自己是多么天真幼稚，自己曾经的形象是一幅多么虚幻的不可思议的镜像，与真实自我相去甚远，而这源于一开始对"极权"统治以及"极权"统治下自我身份的误认。幸运的是昆德拉在经历了一段青春激昂的岁月后归于了平静，对现状有了理性而深刻的认识。

然而很多与昆德拉同时代的人并没有他那样的悟性，他们仍然迷恋于让人热血沸腾的青春与革命，被当局宣扬的伟大镜像所麻痹和欺骗。昆德拉在他的第二部长篇小说《生活在别处》中就对一个盲目而幼稚的抒情诗人进行了描述和讽刺。如我们在第一章所述,《生活在别处》中的主人公雅罗米尔从小处在畸形母爱的控制之下,他从懂事之日起就活在母亲为他营造的虚幻镜像中,导致他一生被镜像所束缚,对自己的身份产生误认。雅罗米尔一直都在试图摆脱母亲的阴影,追求真实自我,却以失败告终。我们认为畸形母爱在一定程度上象征着国家的"极权"统治,处于"极权"统治下的人和处于母爱圈囿下的人一样没有人生自由,他们不能摆脱束缚,不能自由建构理想自我,只有被异化的命运。

6.1.2 流亡状态下的身份

1968 年"布拉格之春"失败以后昆德拉在捷克处境非常艰难,他失去了在布拉格高等艺术学院教授文学和电影的工作,同时他的作品也被当局从图书馆、书店下架,他还被禁止在国内发表任何作品。在此情况下昆德拉被迫踏上了流亡之路。当雷恩大学在 1975 年向他提供一个助教职位时昆德拉毅然带着他的妻子来到了法国。作为步入中年后被迫移民的作家,其中的艰辛和酸楚不言而知,这意味着他不仅要在艺术创作上面临语言、主题、作品背景和灵感启迪上的障碍,而且要在个人精神上饱受着思乡之苦和陌生文化之苦的双重煎熬。正是这番特殊的流亡经历和流亡生活中存在的不确定性危机、个人情感的无所依托以及自我价值的缺失促使昆德拉热切关注和深刻思考处于流亡状态下的生命存在。也是在流亡以后昆德拉才开始正式明确地关注身份问题,并且直接把身份作为创作主题,由此他也加入了关注身份问题的移民作家之列。

昆德拉流亡法国后写的第一部小说《笑忘录》就是他流亡初期心

理状态的真实写照，"笑"与"忘"两字道尽了作者背井离乡的痛苦和无奈。主人公塔米娜的奋斗实际上就是昆德拉的奋斗，是昆德拉在失去生活了半辈子的祖国却仍想与祖国同在时所做的一种斗争。小说主人公塔米娜因遭受政治迫害被迫和丈夫一起逃离到海外，丈夫病逝后她为找回对丈夫的记忆千方百计想要拿回留在捷克家里的信和记事本，甚至不惜付出尊严和肉体的代价。在《笑忘录》中昆德拉写道："自从那天他们把我从圆圈中赶出来之后，我就一直没有停止过坠落。我现在还在坠落，他们所做的一切就是再推我一把，好让我坠得更加深一些，远离我的祖国，进入一个回荡着天使们可怕的笑声的虚无之中，那种笑用它的纷乱喧嚷淹没我的每一句话。"[①] 这不正是昆德拉初离故国后无"根"失语状态的真实写照吗？遗忘和记忆本是人类正常的生理表现，但对于远离故土的人来说寻找记忆以避免遗忘便是他们赖以对抗现实的一种方式，通过这个方式流亡者能得以维持自我身份，避免陷入"存在的被遗忘"当中。

昆德拉在《笑忘录》以后的几部小说里没有再直接探讨移民的身份与存在，尤其是在昆德拉逐渐适应法国生活以后他开始跳出纯粹的移民主题而去关注更广阔意义下人的状态。1989年"东欧剧变"苏联解体之后昆德拉不得不再次直面自己的移民身份问题，此时的捷克已摆脱了苏联统治，很多海外游子都选择回归祖国。在众人眼中这也是昆德拉该回归的时刻了。作为对公众的回答，也是对自己回归的一种假设，昆德拉再次拾起移民主题，撰写了《无知》这部小说。

《无知》一开始便将主人公置于"回归"的两难选择中：主人公伊莱娜流亡二十年后，在法国有了住房，有了工作，有了女儿，她认为自己已经因此在法国扎下了根。殊不知在她的法国朋友眼中她仍然是

① 米兰·昆德拉.笑忘录［M］.王东亮译.上海：上海译文出版社，2014.78.

一个远离故土的流亡者，是一个法国的"他者"。结果伊莱娜不得不面对自己心里一直很排斥的话题：回归。二十年的流亡生涯让伊莱娜对故土的一切早已陌生，她不知遥远的故乡到底发生了什么，不知当初被国人视为"背叛"而"离家出走"的行为能否得到祖国的宽恕，不知自己的回归迎来的是灵魂的安定，还是精神的绝路。何为家？何为归处？何为"身份"的栖息地？此类问题缠绕着女主人公。其实伊莱娜的感受何尝不是昆德拉自己的感受，此时的昆德拉已然在法国生活了二十多年并且取得了法国国籍。然而他并没有得到法国人完全的认可，甚至有法国人在苏联解体东欧剧变之后对昆德拉喊话"滚回捷克去"！

　　《笑忘录》和《无知》是昆德拉的两部直接探讨移民身份问题的小说，它们发表的时间相隔二十年，可谓遥相呼应。《笑忘录》是描写流亡者初来乍到时的生存境况，《无知》是流亡者在移居国生活了二十年之后面临"回归"选择时的探讨。从《笑忘录》和《无知》的描述中我们可以清楚地看到流亡者从踏上流亡之路的那一天开始，他们的身份再也得不到确认。无论在故乡还是他乡，流亡者都成了永远的"他者"。现实中不能被认可是一方面，其实对流亡者来说过去的身份何尝不是再也回不去的曾经。昆德拉便是如此，他在流亡初期表露出对捷克深深的眷念与怀念，那时的他一直宣称自己有朝一日肯定会回归捷克。而二十年之后的他对待故乡已经非常理性，他充分意识到了心中的故乡将是他永远回不去的地方。祖国早已物是人非，没有了流亡者牵挂的东西，不再是他们的精神家园。所以此时的昆德拉认为，"我不相信还有回到捷克的那一天，永远不会有此可能。一生中移居国外一次已经够了。我是从布拉格作为移民来到巴黎的，我永远不会有精力再从巴黎移民布拉格"。[1]可见，昆德拉已经不知不觉地把他乡当作了

---

① 高兴．米兰·昆德拉传［M］．北京：新世界出版社，2005.28.

故乡，而故乡却已悄然成为他乡。

　　总之我们认为随着时间推移，随着昆德拉逐渐适应了法国的生活和文化习俗，他的回归之心也开始逐渐淡化，故乡已渐行渐远。

6.1.3　人类共同命运下的身份

　　身份不只是"极权"统治下或流亡状态下的人要面对的问题，也是每个人一生中不可回避的问题。"认识你自己"这句镌刻在古希腊阿波罗神庙前殿墙上的箴言像一个神秘的召唤已经回响了数千年，可以说一切哲学思考都是围绕这个问题而发展起来的，任何形而上学的思考都是对这个问题的拷问或贴近或疏远的回答。昆德拉早年曾在查理大学哲学系学习，对现象学、存在主义有过接触和思考，这些自然将他引向了对人的存在、对自我的深入探索。尽管昆德拉不是哲学家，但他的作品却充满着哲理和哲思。昆德拉曾忧虑地指出："科学的发展很快将人类推入专业领域的条条隧道之中，人们掌握的知识越深，就变得越盲目，变得既无法看清世界的整体，又无法弄清自身，就这样掉进了胡塞尔的弟子海德格尔用一个漂亮的、几乎神奇的叫法所称的'对存在的遗忘'那样一种状态中。"[①]所以昆德拉认为小说的任务就是要发现被哲学和科学所遗忘了的存在，正如他所说："假如哲学和科学真的忘记了人的存在，那么多亏了小说这一伟大的欧洲艺术，对被遗忘了的存在进行探索。"[②]就这样昆德拉在小说创作中坚持不懈地对人类共同命运下的身份进行探究。

　　《生命中不能承受之轻》是昆德拉的一部满负盛名的作品。小说描

---

① 米兰·昆德拉.小说的艺术［M］.董强译.上海：上海译文出版社，2014.4.

② 米兰·昆德拉.小说的艺术［M］.董强译.上海：上海译文出版社，2014.5.

写了托马斯与特蕾莎、萨宾娜之间的感情生活，但它绝不仅仅是一个男人和两个女人之间的三角性爱故事，而是一部哲理小说。小说开篇就引入了尼采的"永恒轮回"观点，接着引导我们进入对一系列问题的思考中，比如轻与重，灵与肉等等。昆德拉说："最沉重的负担压得我们崩溃了，沉没了，将我们钉在地上。可是在每一个时代的爱情诗篇里，女人总渴望压在男人的身躯之下，也许最沉重的负担也是一种生活最为充实的象征。负担越沉，我们的生活就越贴近大地，越趋近真切和实在。相反，完全没有负担，人变得比大气还轻，会高高地飞起，离开大地。那么轻为积极还是重为积极呢？"①在该小说中昆德拉通过三位主人公对"轻"与"重"的不同选择展示了他们对自我身份的选择。男主人公托马斯需要一边保持与特蕾莎的爱情，一边又在灵与肉的分离中实践自己的"友谊"，他只有在轻与重的徘徊中才能实现对自我的确认；女主人公特蕾莎则一心只想追求灵与肉合一的安全归宿，她选择以"重"的方式存在，因为只有这样她才感到"我是我"；另一位女主人公萨宾娜则选择以"轻"的方式存在，她不想受任何事物的羁绊，需要在一次又一次的背叛中确认自我的存在。托马斯、特蕾莎和莎宾娜对"轻"与"重"的不同选择诠释了存在的多种可能性。其实我们每个人的选择都无外乎是这三种可能性中的一种。

　　《身份》和《不朽》是昆德拉所有小说中仅有的两本既没有捷克因素也没有政治因素、也不包含移民身份主题的作品，因此这两部小说可以被视为昆德拉探讨人类共同命运下人的身份的代表作。虽然两部小说都探讨"人"的身份，但它们在篇幅、深度和广度上有所差异。可以说这两部小说代表着两种存在的可能性。《身份》是一部短篇小

---

　　① 米兰·昆德拉.不能承受的生命之轻［M］.许钧译.上海：上海译文出版社，2014.78.

说，描述的是一对再普通不过的恋人，故事发生的场景是日常生活化
的。《不朽》是一部内容丰富的长篇小说，它囊括古今人物，既有作古
名人歌德和贝蒂娜，也有现代普通人阿涅斯和洛拉。因此虽然两部小
说都表达了同一个道理：人不能自我确立或确认身份，需要借助他者
的目光。但两部小说中的他者范围是不同的，《身份》中的他者目光
只局限于恋人的目光或是身边人的目光，而《不朽》中的他者目光更
抽象、范围更宽阔，他者囊括的是古今中外甚至将来的无数他者。当
然这两本小说中的"身份"主题都和每个人息息相关的，《身份》描述
的是私人生活，《不朽》描述的是公共生活，是在众人眼中的身份，因
此可以说《不朽》是昆德拉全面思考与探索人的存在问题的一部小说。
"不能承受的生命之轻"这个标题可以适用于昆德拉的多部小说，作者
自己就曾表达过想把这个标题用于《不朽》。可见《生命中不能承受之
轻》和《不朽》这两部小说在寓意上具有相通性，用昆德拉的话来说
就是："既然上帝走了，既然人也不再是主人，那么谁是主人？地球在
没有任何主人的情况下在虚空中前进，这就是不能承受的生命之轻。"①

6.2　他者

我们从对昆德拉四本小说的分析可以看出"他者"是一个贯穿始
终的主题。昆德拉笔下的他者理念大致可以分为两个方面：依赖他者
和作为他者。依赖他者是指人的身份建立在他者认可的基础上；作为

---

① 米兰·昆德拉.不能承受的生命之轻［M］.许钧译.上海：上海译文出版社，
2014.78.

他者是指人意识到了对他者依赖的不可靠性以后寻求摆脱他者束缚，坚持真实自我，最终沦为"尘世的他者"。

6.2.1　依赖他者

萨特说过："每一个人都需要他人，只有通过他人我们才能自我感知、自我认识……要想客观地了解自己，就必须求助于他人从外部来观察自己。可以说是他人'掌握着我存在的钥匙'。"[1] 可见他者对自我身份构建的重要性。人是具有社会属性的存在物，完全脱离社会的人是无法生存的，这就决定了每一位个体的存在都离不开他者，身份是在自我与他者的关系中才得以形成并确立的。

在昆德拉小说中依赖他者认同的情况普遍存在。《生活在别处》中的雅罗米尔首先在母亲身上寻求身份确认，然后在革命、诗歌、爱情和画家身上寻找自我；《无知》中的伊莱娜之所以感到自己在法国是个他者，是因为法国人把她当成他者，她之所以觉得在捷克是个他者，也是因为捷克人把她当成他者；《身份》中的尚塔尔之所以会有身份危机是因为得不到陌生男人们的关注，她的身份最终得到确认也是因为恋人的目光；《不朽》中的歌德、贝蒂娜、洛拉苦苦追求的不朽正是在他者眼中的不朽，要在他者心中留下记忆。可见这四部小说中的主人公都是在他者眼中寻求对自我价值和自我身份的确认，人的身份一旦得不到确认就容易陷入对自我的怀疑和身份危机中。

但要知道将自我确认建立在他者身上终究是不可靠的，因为依赖他者的过程也是被他者异化的过程。拉康说："自我成长的历史是一部

---

① 萨特.存在与虚无［M］.陈宣良等译.北京：生活·读书·新知三联书店，1997.457.

被他者奴役的苦难的异化历史。"[①] 由这点出发我们可以得出：雅罗米尔被他母亲所异化，尚塔尔被匿名信所异化，歌德、贝蒂娜被名气所异化。被异化的自我当然不再是真实自我，那么真实自我呢？真实自我在主体依赖他者确认的过程中被遗忘了。雅罗米尔的真实自我是克萨维尔，但因为雅罗米尔在异化的道路上越走越远，最终他只能和自己的真实自我彻底决裂；尚塔尔的真实自我是深爱让·马克的亲密恋人，因为她最后从被异化的处境中醒悟过来所以得以找回自我，有个完美结局；歌德的真实自我是一个纯粹自由的作家和诗人，一个会写书的普通人，但他为了追求不朽，一辈子没有按照自己的意愿生活过，真实自我被彻底掩盖了。综上所述获得认同与被异化是相辅相成的，恰如齐泽克所说："只有他者为其提供了整体的意象，自我才能实现自我认同；认同与异化因而是严格地密切相关的。"[②] 所以詹明信说："拉康理论中的镜像将造成主体与他自己的自我或形象之间永远也不能沟通的鸿沟"[③]

　　从解构主义开始，人的能指与所指间的关联就被斩断，人成了没有根基的一个概念。福柯形象地比喻："人即将被冲刷抹去，正如海岸边所画的一张脸那样"，[④] 福柯所言道出了现代人的悲哀。因此每个人都想从根源上肯定自己，确定自己的位置。昆德拉让他的小说主人公都在依赖他者过程中遭到异化，这体现了他对身份的悲观看法和对寻找身份的怀疑。昆德拉认为在上帝隐去以后，人只能在虚空中前行。

---

① 拉康. 拉康选集［M］.褚孝泉译.上海：上海三联书店，2001.88.

② 齐泽克. 意识形态的崇高对象［M］.北京：中央编译出版社，2002.33.

③ 詹明信. 晚期资本主义的文化逻辑［M］.北京：三联书店，1997.211.

④ Foucault Michel. *The Order of Things—An Archaeology of the Human Sciences*［M］. New York：Vintage Books.

6.2.2 作为他者

萨特有一句名言："他人即地狱"，萨特本人的解释是："如果与他人的关系被扭曲、被破坏，那么他人就只能是地狱。因为不管我对自己说什么，里面总加入了他人的评价，这样就将自己置于完全依赖他人的地位。于是，我实际上就是在地狱里。世界上有这么一些人就是在地狱里，因为他们过分依赖他人的评价。"①

让人庆幸的是在昆德拉的小说《生活在别处》《无知》《身份》《不朽》中总会有一个人物能清醒地意识到"他人即地狱"，从而拒绝生活在地狱里。《生活在别处》中的克萨维尔、《无知》中的约瑟夫、《身份》中的让·马克以及《不朽》中的阿涅斯都是如此。无论外界怎么变化，这些人始终坚持自我，拒绝被他者异化。克萨维尔承载了雅罗米尔所有的梦想，他随心所欲，不为任何人所羁绊，自由自在地按照自己的意愿生活，克萨维尔就是没被异化的理想自我形象；约瑟夫对时局不感兴趣，因为不愿和人打交道他甘心做一名兽医。苏联入侵以后，因为不愿违心地服从"大他者"苏联的统治，他决定流亡丹麦，远离是非；让·马克也是一个尘世的他者，他不愿为了生计从事任何一份自己不喜欢的工作，不愿为了能有朋友这面"镜子"接受不纯粹的友谊，结果没有稳定的工作和收入，随时可能被社会所抛弃，沦为边缘人，而让·马克却心安理得地待在他奢侈的边缘，不愿随波逐流加入被异化的世界；阿涅斯是最超凡脱俗的，如果说约瑟夫和让·马克还留恋于爱情，那么阿涅斯则是一个十足的"他者"，她本有一个幸福的家庭和美满的爱情，但她总想着逃离这一切，向往隐居独立的生

---

① 徐枫. 他人即地狱——萨特戏剧《密室》浅析［J］. 四川外国语学报，1992，（4）：67.

活，阿涅斯和谁都不争，和谁争她都不屑。昆德拉在《身份》和《不朽》中都提到了乞丐。让·马克想象自己有一天对一个乞丐说："来跟我喝杯咖啡吧，您是另一个我。您在经历着的命运，我只是侥幸躲开了。"① 匿名信事件暴露以后，让·马克对尚塔尔说："我早就跟你说了好几遍，我是跟那个乞丐一边的，而不是跟你在一边。我处于这个世界的边缘，你处在它的中心。"②《不朽》中的阿涅斯说她施舍给乞丐的钱比任何人都多，"阿涅斯对乞丐施舍并不因为他们是人类的一部分，而是因为他们和人类不一样，因为他们已经被从人类中排挤出去了，也很可能和她一样，已经和人类分道扬镳了"。③ 和人类分道扬镳，不就成了人类的异类和他者吗？

究其原因，这些主人公"作为他者"的选择自然离不开对世界"荒诞"的认识，他们眼中的世界几乎都是一个无聊、荒诞、没有意义的世界。正如加缪所描写："一旦世界失去幻想与光明，人就会觉得自己是局外人……这种人与他的生活之间的分离，演员与舞台之间的分离，真正构成荒谬感。"④ 人类在上帝隐去以后没有了精神寄托，只有死亡在前面等着，所以人类需要到处寻找生命的意义，殊不知在寻找过程中和自己的真实自我渐行渐远了。约瑟夫、让·马克、阿涅斯属于这个飞速发展的社会中的清醒者，他们看到了社会快速发展导致人的异化，看到人被物质社会淹没，看到了社会的冷漠与无聊，于是他们选择坚持自我，守住自己的存在。在昆德拉最新出版的著作《庆祝无

① 米兰·昆德拉.身份［M］.董强译.上海：上海译文出版社，2011.97.

② 米兰·昆德拉.身份［M］.董强译.上海：上海译文出版社，2011.138.

③ 米兰·昆德拉.不朽［M］.王振孙，郑克鲁译.上海：上海译文出版社，2011.46.

④ 加缪.西西弗神话［M］.杜小真译.北京：人民文学出版社，2012.14.

意义》中，昆德拉依然在说："无意义，我的朋友，这是生存的本质，它到处，永远跟我们如影随形。"①

6.2.3 哲思

昆德拉是个善于思考的作家，他的小说总带有浓浓的哲学味，引人深思，领悟这些深刻的哲学思想也是读懂昆德拉的难点所在。国内研究昆德拉的学者张弛说过："昆德拉是一个很难读懂的作家，要想理解昆德拉，必须具有深厚的哲学功底，必须对古希腊哲学、西方近现代哲学有深刻理解才行。"②

昆德拉一直坚持理论与实践相结合。早在 1960 年昆德拉就写了一本自谦地称为"小学生作业本"（cahier d'écolier）的论文集，虽然该论文集是讨论捷克作家万库拉的，但他却将其命名为《小说的艺术》，可见当时年轻气盛的昆德拉有创建小说理论的雄心。在他后来创作的一系列文章和访谈录中昆德拉都致力于对小说的思考，1986 年其中的七篇文章被冠以《小说的艺术》之名结集出版。1993 年另外九篇文章以《被背叛的遗嘱》之名出版，2005 年第三本论文集《帷幕》出版了，由此可见昆德拉不减的创建小说理论的雄心。在《小说的艺术》的扉页上昆德拉写道："每位小说家的作品都隐含着作者对小说历史的理解，以及作者关于'小说究竟是什么'的想法。在此我陈述了我小说中固有的、我自己关于小说的想法。"③因此阅读昆德拉小说的同时不可不阅读他的小说理论，这是能真正理解其小说的钥匙。

---

① 米兰·昆德拉.庆祝无意义［M］.马振骋译.上海：上海译文出版社，2011.127.

② 这是张弛教授在本文作者的博士论文开题会上所说的话.

③ 米兰·昆德拉.小说的艺术［M］.董强译.上海：上海译文出版社，2011.1.

昆德拉在他的小说理论中反复提到了笛卡尔、海德格尔、胡塞尔等哲学家。如在《小说的艺术》中开篇就提到了哲学家胡塞尔：

> 1935 年，埃德蒙·胡塞尔在去世前三年，相继在维也纳和布拉格做了关于欧洲人性危机的著名演讲……胡塞尔谈到的危机在他看来是非常深刻的，他甚至自问欧洲是否能在这一危机之后继续存在。危机的根源在他看来处于现代的初期，在伽利略和笛卡尔那里。当时，欧洲的科学将世界缩减成科技与数学探索的一个简单对象，具有单边性，将具体的生活世界，即胡塞尔所称的 die Lebenswelt，排除在视线之外了。[①]

紧接着昆德拉又谈到了海德格尔的思想："科学的飞速发展很快将人类推入专业领域的条条隧道之中。人们掌握的知识越深，就变得越盲目，变得既无法看清世界的整体，又无法看清自身，就这样掉进了胡塞尔的弟子海德格尔用一个漂亮的、几乎神奇的叫法所称的'对存在的遗忘'那样一种状态。"[②] 当然不仅只是提及，昆德拉的小说创作确实深受这些哲学家的影响。海德格尔所称的"存在"正是昆德拉反复提及的他的小说的主题。昆德拉的小说理论建立在西方哲学家的理论基础上，因此他的小说充满哲学理念就不足为怪了。

在昆德拉看来正是因为哲学和科学忘记了人的存在，小说才应该担负起这个使命，致力于探索"被遗忘的存在"。所以对昆德拉来说现代的奠基人不光是笛卡尔还有塞万提斯。"多亏有塞万提斯，一种伟大

---

① 米兰·昆德拉.小说的艺术［M］.董强译.上海：上海译文出版社，2011.3.

② 米兰·昆德拉.小说的艺术［M］.董强译.上海：上海译文出版社，2011.4.

的欧洲艺术从而形成,这正是对被遗忘了的存在进行探究。一部接一部的小说,以小说特有的方式,以小说特有的逻辑,发现了存在的不同方面"。[1]为了支持自己的论点,昆德拉对欧洲小说史作了不同于一般文学史家的解释。他认为海德格尔在其名著《存在与时间》中所分析的所有关于存在的主题,其实都已经被四百年来的欧洲小说揭示出来了:

> 与塞万提斯的同代人一起,它质询什么是冒险;与萨缪尔·理查生一起,它开始考察"内心活动",揭示隐秘的感情生活;和巴尔扎克一起,它发现人和历史的根本关联;和福楼拜一起,它的探索深入到了日常生活的未知之地中;和托尔斯泰一起,它趋向于探索非理性对人的决定和行为的影响;和马塞尔·普鲁斯特一起,它探讨无法捕捉的过去;和詹姆斯·乔伊斯一起,它探讨无法捕捉的现在,等等。[2]

为此昆德拉很认同赫尔曼·布洛赫关于小说的观点,即发现唯有小说才能发现的东西乃是小说唯一的存在理由。一部小说,若不发现一点在它当时还未知的存在,那它就是一部不道德的小说。总之昆德拉认为小说就是应该去关注"人",关注人的具体生活和存在境况,避免其陷入被遗忘的境地。因此我们在对昆德拉小说进行解读时就应该把这个标准作为解读其小说的出发点和落脚点。

根据本章第一节的分析我们知道昆德拉探讨了"极权"统治下、流亡状态下、人类共同命运下的身份主题。尽管我们探讨了三种境况

---

① 米兰·昆德拉. 小说的艺术 [M]. 董强译. 上海:上海译文出版社,2011.5.
② 米兰·昆德拉. 小说的艺术 [M]. 董强译. 上海:上海译文出版社,2011.6.

下的身份，但如果按照昆德拉小说理论的指引我们可以得出一个真理——无论探索哪种境况下的身份归根到底都是探索了"被遗忘的存在"："极权"统治下是探索被高压政治遗忘的存在，流亡状态下是探索背井离乡之人被遗忘的存在，人类共同命运下是探索上帝隐去以后人类失去最高精神寄托时被遗忘的存在。对于小说中具体的政治和历史背景，昆德拉的解释是："海德格尔有一个极其著名的说法，指出了存在的特点：世界中的存在。人跟世界的关系不像主体跟客体、眼睛与画幅的关系，甚至都不像一个演员跟舞台布景的关系。人与世界连在一起，就像蜗牛与它的壳：世界是人的一部分，世界是人的状态，随着世界的变化，存在（世界中的存在）也在变化。"[①] 时代背景只是昆德拉为人物营造的存在处境，这个处境和小说人物是一体的、不可分割的，并不是理解小说的出发点。昆德拉确实没有像传统小说家那样对政治事件做细致描写，比如政党的作用，恐怖的政治根源，社会机构组织的动能等等，我们在他的小说中找不到这些具体的东西。因此读者在阅读昆德拉前期创作的小说时不应该局限于只从小说故事发生的背景去理解小说，而要透过现象看本质，去了解作者最根本的创作意图，以便更好地领悟他小说的精髓。

　　昆德拉的哲学思想不仅体现在他的小说理论中，也直接或间接出现在他的小说中。《生命中不能承受之轻》就以尼采的"永恒轮回"之说开头，该小说开篇写道："永恒轮回是一种神秘的想法，尼采曾用它让不少哲学家陷入窘境：想想吧，有朝一日一切都将以我们经历过的方式再现，而且这种反复还将无限重复下去！这一谵妄之说到底意味

---

① 米兰·昆德拉.小说的艺术［M］.董强译.上海：上海译文出版社，2011.45.

着什么？"① 他用尼采的哲学观点渲染了一种沉重氛围，引导人们进入对"轻"与"重"的思考中。

除了受胡塞尔、海德格尔、尼采的影响，昆德拉还受到拉康的影响。虽然他没有直接提到拉康镜像理论，但"镜子"却是一个在他小说中反复出现的意象。从《生活在别处》开始，之后在《不能承受的生命之轻》《不朽》《身份》等作品中都经常出现。我们认为作者反复使用这个意象绝非偶然，而是有着深刻的哲学寓意。要知道镜子本身只是一个普通的物理反射板，它的功能不过是把一个三维空间的实际存在物转换为一个二维平面的图像，可是镜子里反映的图像是令人惊诧的。在这些作品中镜子已经不仅仅是一个简单的生活工具，还是主人公借以认识自我的道具，它承载了无限的象征意义。根据拉康镜像理论，人是受镜子里的影像启发才开始认识到自身的，"镜像理论"表征了人存在的本质。综上所述可以看出，昆德拉小说中的镜子意象与拉康的镜像理论不谋而合。镜像理论折射了他者目光，昆德拉借助该理论寓意人活在他者目光下被剥夺了自由，丧失自我结果面临身份危机。况且昆德拉和拉康有着共同的理论渊源，那就是他们都受到黑格尔和海德格尔的影响。

此外昆德拉小说中还有很多对性爱场面的描写。昆德拉表示他小说中的"性爱"也是具有深刻哲学寓意的，在与菲利普·罗斯关于《笑忘录》的对话中他说道：

> 目前，在性欲不再是禁忌的情况下，单纯的性描写，单
> 纯的性自白，显然已变得令人厌烦。劳伦斯，甚至为淫秽涂

---

① 米兰·昆德拉.不能承受的生命之轻［M］.许钧译.上海：上海译文出版社，2011.3.

上抒情色彩的亨利·米勒显得多么不合时宜！然而乔治·巴塔耶的某些性爱段落却给我留下了难忘的印象。或许那时它们具有哲理性而非抒情性的缘故。我的所有作品确实都以盛大的色性场面而告终，因为我感到性爱场面能产生一道极其强烈的光，可以一下子揭示人物的本质，展现他们的生活境况。①

可见昆德拉的小说创作深受多位哲学家理论的影响。哲学是在抽象空间中的思想，没有人物也没有处境；而文学却是有血有肉有引人入胜的故事情节表达，带有哲思的文学不是哲学和理论思潮的衍生物，而是和哲学一样能够揭示人类存在境况的学说。赵琼红在《镜中之像——阅读和理解昆德拉小说世界的一条新路径》中写道："实际上，一个时代的理论话语和小说文本是在同一时空背景中产生的，他们应对的是共同的生存境况和时代问题。但由于采用了不同的思维形态和表述方式，所以两者只不过是同一主题的不同变奏而已。理论话语对小说文本具有某种建构意义；反过来，小说艺术对理论发明也具有某种建构意义。"②概言之，"身份"是个跨学科跨领域的主题，很多移民作家笔下的身份都需要从社会学或人类学角度去阐释，但要理解昆德拉作品中的身份则更应该从哲学层面去解读。徐真华教授说："米兰·昆德拉的小说是关于存在的诗性之思。"③也就是说，对身份的思考也是一种关于人的存在的哲学思考。

---

① 高兴摘译.罗斯和昆德拉关于《笑忘录》的对话。

② 赵琼红.镜中之像——阅读和理解昆德拉小说世界的一条新路径 [J].哈尔滨：北方论丛，2004，（1）.

③ 徐真华.米兰·昆德拉：小说是关于存在的诗性之思 [J].武汉：外国文学研究，2008，（4）：7.

6.3　独特的昆德拉

　　身份问题可以说是个老生常谈的话题，任何一个移民作家都会面临着身份上的困惑。而且探讨身份主题也不是移民作家的专利，充满着动荡与流离的 20 世纪让很多没有流亡经历的作家也对全人类的"身份"危机给予了关注。那么在众多作家都探究身份主题的全球化语境下昆德拉的身份书写有何特色呢？这是我们在本节探讨的主题。接下来我们将把昆德拉与其他两位法国作家进行比较，一位是带有犹太血统没有流亡经历的法国作家莫迪亚诺，另一位是法籍华裔作家程抱一。我们之所以选取这两位作家是因为没有流亡经历的莫迪亚诺作品中也有着非常明确的"身份"主题，"身份"是他作品的关键词之一，他探究了人类共同命运下人的身份困惑；程抱一与昆德拉一样同样来自东方阵营，他们年龄相仿成就相当，经常被相提并论，而且在 20 世纪末这两位作家也都探讨了流亡者"回归"的主题。因此我们将试图对这三位作家的"身份"理念进行比较，旨在发现昆德拉"身份"理念的特殊性，还原一个独特的昆德拉。

6.3.1　昆德拉与莫迪亚诺"身份"理念之比较

　　法国作家帕特里克·莫迪亚诺 1945 年出生在法国的布洛涅－比扬古，是当今法国最有才华的作家之一，他于 2014 年获得诺贝尔文学奖，获奖原因之一是他的作品"唤起了对最不可捉摸的人类命运的记忆"，[①] 颁奖官员称"身份、记忆、历史"是莫迪亚诺作品的三个关键

---

　　① http://culture.ifeng.com/a/20141009/42163040_0.shtml.

词。可见,"身份"也是莫迪亚诺执笔的主题。

从作品的历史背景来说,莫迪亚诺的小说故事几乎都发生在第二次世界大战法国被德国法西斯占领时期;从小说人物形象来说,莫迪亚诺几部主要作品的主人公几乎都是犹太人、无国籍者与飘零的流浪者,他们无一不承受着巨大的压力在生活。"面对着黑沉沉的、看不见的压力与周围那种令人不安的气氛,面对着自己的存在难以摆脱魔影这一可怕的现实,这些人物无不感到自己缺失存在支撑点、存在栖息地的恐慌,无不具有一种寻求解脱、寻求慰藉、找寻支撑点与栖息处的迫切要求,无一不具有一种向往'母体'的精神倾向,似乎是尚未满月的婴儿忍受不了这个炎凉的世界,仍然依恋着自己的胞衣"。[①] 母亲、父亲、祖国以及象征着母体祖国的护照与身份证,成为人物向往的方向、追求的目标,成为他们想要找到的支撑点,可悲的是他们的这种向往与追求无一不遭到悲惨的失败。如《星形广场》中的犹太青年拉法埃尔·什勒米洛维奇怀着扎根的意图到处寻找自己的栖息地,最后以噩梦收场;《暗店街》中不仅彼德罗是没有合法护照、没有正当身份的"黑人",而且费雷迪、盖伊、维尔德梅尔也都是持假护照者。因为在法国没有正当身份,他们只能躲在边境上伺机逃到中立国去,而这种冒险带来的却又是更大的不幸。莫迪亚诺小说中这样类似的故事都集中揭示了人在现实中找不到自己的支撑点和根基的状态,彰显了人在现实中得不到确认的悲剧。

"不仅仅是得不到现实的确认,而且更惨的是得不到自己的确认。莫迪亚诺继续深化自己的主题,在表现人物寻求支撑点、栖息所的同时又表现了人寻找自我的悲剧,从而使他的小说具有了又一个深刻的

---

① 帕特里克·莫狄亚诺.暗店街［M］.李玉民译.上海:上海三联书店,2008.

寓意，也许是20世纪最耐人寻思的寓意之一"。① 在《暗店街》中，叙述者"我"几乎丧失了全部的自我：自己的真实姓名、生平经历、职业工作、社会关系，他成了一个无根无底的人，一个其内容已完全消失泯灭的符号。"私人侦探居伊·罗朗"这个符号仅仅是他偶然得到的，他真实的一切都已经被深深埋藏在浩瀚无边的人海深处，他必须到这大海中去搜寻一切线索以拼凑自我身份。综上所述，"莫迪亚诺创造了一部现代人寻找自我的悲怆史诗"。② 柳鸣九认为：

> 在莫迪亚诺的作品里，确认自我、显现自我、寻找自我之所以特别艰巨，就因为在现代社会里，人都经受着自我泯灭与自我消失。这种自我泯灭与自我消失，首先是发生在社会生活的过程中，发生在"流通过程"中，在这里，不仅有严峻的政治、经济、社会等种种原因促使这种不以人的意志为转移的自我泯灭、自我消失，而且，复杂的社会流通过程、现代复杂的生活方式也促使自我的泯灭与消失。③

通过上文对莫迪亚诺小说的简介，我们可以梳理昆德拉与莫迪亚诺小说中"身份"理念的异同。首先他们的相同点在于都抓住了"寻找自我"这个深邃而悲剧性的主题，在最深层挖掘了现代人的身份危机，描绘了现代人得不到身份确认、找不到自我身份的焦虑和迷惘，揭示了寻找自我的艰难。其次这两位作家都对"记忆"给予了特别关注。莫迪亚诺代表作《暗店街》中的主人公是一个失忆的人，他千方

---

① 帕特里克·莫狄亚诺.暗店街［M］.李玉民译.上海：上海三联书店，2008.
② 帕特里克·莫狄亚诺.暗店街［M］.李玉民译.上海：上海三联书店，2008.
③ 帕特里克·莫狄亚诺.暗店街［M］.李玉民译.上海：上海三联书店，2008.

百计寻找记忆以便知道自己的真实身份；昆德拉的《笑忘录》是他移民法国后写的第一本小说，寻找记忆以抵抗遗忘是这部小说的主题。总之两位作家都致力于探讨身份与记忆的关系，用小说主人公的曲折经历告诉我们记忆对维持身份的重要性。昆德拉和莫迪亚诺笔下的"身份"都具有普遍性，他们小说中人物的身份危机事实上也是全人类面临的困境，当然这两位作家的"身份"理念还是有所差异的。

首先在表达方式上，昆德拉的小说一般没有紧凑连贯而又扣人心弦的情节，他的长篇小说像《笑忘录》和《不朽》甚至不是一个完整连贯的故事，中间会采用复调方式插入一些完全与人物和情节不相关的内容。如《不朽》的第一章着重写阿涅斯，第二章跳到了其他两个人物：歌德和贝蒂娜，第三章又回到阿涅斯，第四节回到歌德和贝蒂娜，第六节穿插了一个完全陌生的男人的故事，这样的结构造成了小说情节没有任何连贯性，比较零散。对此昆德拉引用了音乐复调的说法，即两个或多个声部（旋律）同时展开，虽然完美地结合在一起却仍保留各自的独立性。运用到小说上就是各个章节相互独立，只是由共同的主题串联在一起。与之相反，莫迪亚诺的小说类似侦探小说，情节既紧凑又引人入胜，小说中常出现某件不平常的事件、某种紧张气氛，常有一个与所有一切事件有关的悬念存在吊着读者胃口，使读者急于知道悬念的究竟与结果。可以说莫迪亚诺的小说就像一条公路，人们走在上面有飞速行驶的欲望，引导读者迫不及待到达目的地一探究竟；而昆德拉的小说就像一条条山间小路，没有激动的情节诱惑，读者只能慢慢地行走，在走的过程中有所思考，小说的结局又往往令人绝望且发人深省。

除了形式上的差异以外，两位小说家的"身份"理念在内容上也有所不同。莫迪亚诺的小说"身份"主题明确，主人公往往在失去记忆的情况下不再知道"我是谁"，于是他们需要不断寻找自我来确认身份。因此莫迪亚诺笔下的"身份"侧重的是主人公寻找自我的过程，主人公急于知道自己是谁，急于找回自己以前的信息，比如他的名字、职业、一切社会关系等等。而昆德拉小说中的主人公很清楚地知道自己是谁，他们的身份危机不在于自己在生活中的具体"身份"，他们忧虑的是现实生活中的"我"和芸芸众生有何区别？"我"的独特性在哪里？莫迪亚诺小说主人公是要寻找自己的各种信息，而昆德拉却是对这些信息进行了解构。比如通常我们用来识别一个人的"脸""名字"和"言行举止"，昆德拉对这些传统身份标识一一进行了否定，其实也可以说他对莫迪亚诺小说的主人公所寻找的"身份"进行了否定。在昆德拉看来知道了自己的过去，知道了自己曾经真实的身份又如何？那个"我"与成千上万个他人目光中的"我"之间又有何本质区别呢？难道找回了曾经的自我就真的找到了真实的自我吗？也许在昆德拉看来，莫迪亚诺的主人公对身份的寻找是徒劳、是没有意义的。为此昆德拉小说中往往有一个主人公心甘情愿做尘世的他者，他们对一切冷眼旁观，漠不关心。他们根本不去主动寻求身份，而是我行我素宁愿做一个边缘人。因为他们已经看清了事情本质：寻找自我只能是徒劳的，只会以失败告终，人们千方百计寻找到的自我始终是一个被异化的自我。昆德拉的"身份"理念侧重点不在于"寻找身份"，而在于"存在"，他探索的是"身份"的各种可能性，是人在各种情况下所有可能的状态。正如昆德拉颇为欣赏的作家卡夫卡的《变形记》中的主人公所揭示的，变成甲壳虫就是人的一种可能性，一种极端的可能性。昆氏小说结尾大都以绝望或庞大的性爱场面结束，他就是要用这些方式让主人公抵达各种极限，探究在这些极限情况下人可能成为的样子。

　　昆德拉小说中的"尘世他者"和"边缘人"身份是莫迪亚诺小说中所没有的，上述两种身份和昆德拉自身的经历不无关系。莫迪亚诺是土生土长的法国人，他在自己的祖国生活不会有"他者"感受，自然也不会在他作品中体现"他者"。昆德拉是步入中年后才流亡到法国的移民作家，移民的坎坷生活经历或多或少都会体现在他的小说中，因此他的身份理念中有一些不可言说的情感。对于"边缘人"，昆德拉还让他们做出选择，即"离去"，"离去"思想也是莫迪亚诺小说中所没有的。例如昆德拉让《不朽》的主人公阿涅斯逃离法国去瑞士落脚，让《无知》中的约瑟夫逃到丹麦定居。由此我们猜测昆德拉的内心或许也产生过逃离法国的念头，但因为各种客观原因他不能付诸行动，所以他让小说主人公代他去行动。

与昆德拉小说中描述的"边缘人"身份不同，莫迪亚诺的小说描述的是"海滩人"的形象。莫迪亚诺的代表作《暗店街》中有这样一段寓意深长的话："他们当中大多数人，即便在世的时候，也不过像一缕蒸汽，决不会凝结成型。"[①] 譬如在海滩上有一个人，他在游泳池旁度过了四十个春秋，在成千上万张暑假照片里的一角或背景里总能看到他穿着游泳裤混迹在欢乐的人群中，但是谁也叫不上他的姓名，也不知道他为什么待在那里。当有朝一日他从照片上消失以后同样不会引起任何人的注意，这就是所谓的"海滩人"。这段话流露出作者感叹生命短暂、身份易逝的悲怆感，也表达了人与人之间关系的冷漠。在现代大都市环境里，人们来来往往，行色匆匆，你的周围充满了人却都是陌生人，没有人关注你，你也不关注任何人，就如《暗店街》中所描述的："千千万万的人，在巴黎纵横交错的街道上川流不息，就像无数的小弹丸子在巨大的电动弹子台上滚动，有时两个就撞到一起。相撞之后，没有留下任何痕迹，还不如飞过的黄荧尚能留下一道闪光。"[②]

---

① 帕特里克·莫狄亚诺.暗店街［M］.李玉民译.上海：上海三联书店，2008.
② 帕特里克·莫狄亚诺.暗店街［M］.李玉民译.上海：上海三联书店，2008.

总之，昆德拉和莫迪亚诺都描述了现代人身份的脆弱性，莫迪亚诺重点描述了寻找自我过程的艰难，昆德拉侧重描述对人的独特性无从确认的焦虑。此外，昆德拉由于自己特殊的人生经历还在作品中描述了"边缘人"的形象。

6.3.2 昆德拉与程抱一"身份"理念之比较

提到法国移民作家的杰出代表，昆德拉与程抱一总是被相提并论。这两位作家都出生于 1929 年，程抱一是华裔法国诗人、小说家、翻译家，他生于山东济南，于 1948 年获得联合国"教科文组织"的奖学金赴巴黎大学深造。在异国之旅的头十年中程抱一饱尝了无"根"而飘零的痛苦，他回忆说："我不能投身于个人创作，不能用法语，因为不能充分掌握这门语言，也不能用中文，因为无法深入中国的现实。"[①]在这种艰辛的生存环境中他一方面努力学习法国语言和文化，另一方面加强国学知识的积累，努力与"失语"的寂寞和痛苦抗争。经过十年寒窗苦读，他终于掌握了法语这门新的语言，在法国站稳了脚跟。这个"异乡人"开始融入法国文化中："随后，我逐渐深入这个接待国，这种新的语言，我感受到将事物重新命名的激动，就像开天辟地一样。"[②]天道酬勤，程抱一的才华得到汉学家戴密微的赏识，他进入巴黎高等研究实验学校任助教，同时用中文写作与翻译法国现代诗作。他发表的论文《唐代张若虚诗〈春江花月夜〉之结构分析》获得了结

---

① 卡特琳娜·阿尔冈辑录.程抱一访谈录［J］.刘阳译.当代外国文学，2002，（4）：149.

② 卡特琳娜·阿尔冈辑录.程抱一访谈录［J］.刘阳译.当代外国文学，2002，（4）：149.

构主义大师罗兰·巴特、朱丽亚·克里斯瓦特和雅各布森的高度评价，从此逐渐进入法国知识界并有机会与巴黎文化精英对话。程抱一先在巴黎第七大学然后在东方语言文化学院执教，同时开始用法语写作和思考。2001 年，他因全部作品出众而获得法国文学大奖，法国总统希拉克授予他最高荣誉勋章。2002 年他以绝对优势当选法兰西学院院士，成为第一位进入法国最高文学殿堂的华裔人士。几十年来程抱一致力于中西文化的双向交流，被称为"东西方之间的摆渡人"。从同样的时间轴看昆德拉，1948 年，19 岁的昆德拉考入布拉格查理大学哲学系，1975 年昆德拉移居法国。到法国后由法国作家费尔南德斯举荐，他先在雷恩大学担任助教，随后于 1978 年和妻子定居巴黎，于 1981 年加入法国国籍。值得关注的是，昆德拉的小说《无知》完成于 2000 年，于 2002 年才在法国出版，可以说这一时期昆德拉正在和法国人"闹别扭"。而同一年即 2002 年程抱一当选为法兰西学院院士。从两者的人生经历看，程抱一移民法国较早，并且是因为求学而到法国，并不是因为流亡。程抱一到法国以后积极学习法语，努力融入法国文化，当时尚且年轻的程抱一有充足的时间去适应和融入法国社会。而昆德拉 46 岁才移民法国，而且是因为政治而流亡，当时法国人之所以对昆德拉感兴趣更多是因为他的流亡者身份。

程抱一与昆德拉在法国定居以后所从事的文化活动是完全不同的。程抱一所从事的是译介法国诗歌，他译介过的著名诗人有波德莱尔、兰波、阿波利奈尔、勒内·夏尔等，与此同时他不断地将中国的文化精品介绍给法国大众。例如他翻译过老舍的《骆驼祥子》和中国诗词，介绍过中国绘画、书法等令西方人着迷的艺术形式，在法国和西方文化界产生了重要影响。半个多世纪以后，程抱一不无自豪地说："命运安排我，从生命的某一阶段开始，成为驾驭汉语和法语两门语言的艄公。这是否完全是命运的安排呢？总之我努力迎接挑战，以我的方式驾驭它们，直到从中获得最佳结果。"① 昆德拉到达法国以后所做的是积极在《世界报》和《新观察家》等报纸杂志上发表访谈、文章，并通过序言等副文本形式表达自己的小说美学观、欧洲小说史观、中欧观等。他这样做一方面是要纠正人们对其作品的意识形态误读，二是要改变其作为"流亡作家"和"持不同政见者"的身份。为了实现这一目的昆德拉甚至试图打破第二次世界大战以来东西方的政治历史格局，将当时属于苏联统治下的"东欧社会主义阵营"，包含捷克、波兰、匈牙利等国家都纳入"中欧"的范畴，赋予"中欧"一个超越地理、历史意义之上的文化定义，他反复强调"中欧"是一个与"东欧"完全不同的概念。综上所述，两位作家所努力的方向是完全不同的。程抱一积极致力于中西方文化交流特别是向法国介绍中国文化，这样的异域风情文化自然能让法国人感兴趣，程抱一也因此得以一直活跃在法国主流文化圈里。昆德拉则是努力把自己纳入法国文化系统，努力向法国靠拢，这样的行为在当时东西方冷战背景下当然引起非议。如果说昆德拉采取的策略是和法国求同，那么程抱一的策略就是与法国存异。显然程抱一的行为更能吸引法国人的兴趣，同时也增进了程抱一和中华民族的感情，他因此被称赞为"中西方文化的摆渡人"，被评价为拥有着"双重身份，双重视角"的人；与此截然相反，昆德拉得到的却是一个"双重他者"的身份，他的行为不但没有引起法国人多大的兴趣，反而造成了他与自己祖国之间有了更大的隔阂。一个值得关注现象就是虽然昆德拉和程抱一都来自东方阵营，但程抱一不会被法国人期待他回中国去，而昆德拉却得不到法国人的欢迎。1989 年东欧剧变之后法国人要求昆德拉"回捷克"的呼声持续了很久，由此可见

---

① F.Cheng. *Le Dialogue*: *une passion pour la langue francaise* [M]. Paris: Desclee de Brouwer，2002. 7–8.

两位作家在法国人心中的身份截然不同。

当然无论最终境况如何，两位作家在移民法国后毕竟都经历了一段孤苦无"根"的异质文化环境中的生活，都有过难以融入法国文化的痛苦，这些使他们都会有意识去挖掘流亡状态下人的身份问题。20世纪末这两位年近古稀的作家在移居法国几十年后不约而同地开始思考"回归"主题，即所谓落叶归根。在生命的列车逐渐驶向终点时，"回归"成为一个再也无法回避的问题。几乎在同一时期，程抱一创作了《天一言》(1998 年)，昆德拉创作了《无知》(2000 年)，《天一言》和《无知》都讲述了漂泊西方之人回乡寻根的故事。《天一言》以艺术家天一青少年时代的苦难与追求、漂泊巴黎的孤独与辛酸、重返故土后所经受的磨难与痛苦这三段人生经历为中心，结合对天一与浩郎、玉梅之间生死相依的友谊与爱情的描写，讲述了一代漂泊者的生命历险经历。《无知》描述了两位流亡西方的捷克人回乡寻根却在现实巨大的落差中经历迷惘、失望及寻找自我的过程。两部小说的相同点在于主人公都是回乡寻根，寻找的过程并非一帆风顺，他们都有过被排斥、失望与迷惘的经历。不同点在于程抱一笔下的天一彻底回归了祖国，而昆德拉笔下的伊莱娜和约瑟夫在做了回归祖国的尝试后决定还是"继续流亡"，这就造成了两部小说的基调截然不同。《天一言》在总体上还是比较乐观向上的，主人公面对艰难的环境一直在坚持不懈地努力，最终克服了困难。"天一的生活经历表现了一个文化人与命运的奋斗与抗争"。[①] 就像程抱一自己一样，早期的艰难生活没有让他放弃，他最终通过努力赢得了认同。而《无知》则通篇流露出一种消极、绝望的感受，首先主人公并不像天一那样积极回归，而是在他人

---

① 刘阳.双重身份双重视角——程抱一与中西文化交流［J］.国外文学，2006，(1)：32.

劝说下才尝试着回归祖国。天一回到中国后在艰苦的政治环境下至少还有他的朋友浩郎。和天一与浩郎之间真挚的友情不同,《无知》中的伊莱娜回到捷克后和约瑟夫的爱情故事充满荒诞和讽刺。伊莱娜在机场遇到了昔日梦中情人约瑟夫后满怀希望可以共续前缘,可丝毫不记得伊莱娜的约瑟夫只把这次相遇看作一场艳遇,在阴差阳错的误会中两人的邂逅最终演变成一个绝望透顶的结局。这样的结局充满悲凉情调,没有给人任何希望。总之,《天一言》给人以希望,《无知》给人以绝望,这样反差巨大的结局反映了两位作家对人生、对回归、对身份迥然不同的感受和体验。

6.4　现实意义

我们之所以研读昆德拉的作品并对其作品中的"身份"主题进行全面诠释与剖析就是因为其所揭示的身份问题可以促使我们反观自己的"存在"处境,使我们可以清醒地活着,拒绝"荒诞",寻求意义。卡夫卡说过:"我们需要的书,应该是一把能击破我们心中冰海的利斧。"我们认为昆德拉的书能成为这样一把利斧,可以一定程度上消除现代人对身份问题的困惑与迷茫。

6.4.1　活出最真实的自己

根据拉康镜像理论,人从幼儿时代开始就会把镜中形象归于自己,而后形成"自我"。事实上人在镜中看到的形象并不是真正的自我,而是一个虚幻镜像,是人身份异化的开端,从那以后人都要在他者身上

240

寻求确认。《生活在别处》中的雅罗米尔从小会在亲人眼中寻求对自我的确认，时刻渴望得到亲朋好友的赞美和肯定。当他走向社会后，发现自己在母亲圈囿下的形象得不到社会认可时，他又尝试了其他方式去确认自我，比如求助于画家、爱情和革命来树立理想男子汉形象。但最终这些形象都只是镜中花水中月，犹如过眼云烟，导致雅罗米尔陷入一片虚无之中。雅罗米尔短暂的一生是活在他者目光里的一生，他无时无刻不在他人眼中寻找自我确认，显然这样的人生是不自由的也是不真实的。在《身份》中，人到中年的尚塔尔对自我魅力越来越不自信，她不仅需要在恋人眼中确立身份，还需要得到更多陌生眼光的关注，所以当她走在海滩上得不到陌生男人们的关注时就自然而然陷入了忧伤。正是这种急于得到他人认可的心情让她轻易陷入了匿名信事件中不能自拔，匿名信事件让尚塔尔自以为终于得到了一个陌生男人的关注于是极力去满足这个陌生男人的要求，甚至会去做一些平时不可能做的事或是违背心愿的事，这种表现导致了她和恋人让·马克的双双迷失。《不朽》表达的是人除了寻求身边的亲人、爱人、朋友的认可以外还需要寻求同一时期无数陌生人的认可，以及在历史长河中得到子孙后代的认可，这种情况下的他者便是不计其数、数以万计的。毋庸置疑为了满足如此多他者的认可就必须时时刻刻注意自己的言行举止，克制自我的欲望按照他者的标准去行动。盛名之下其实难副，《不朽》中的歌德为了维持不朽一味地委曲求全受制于贝蒂娜，他明明意识到贝蒂娜的企图和威胁可还是不惜一切代价与她和平相处而不是选择与她决裂。其实对于歌德的真实自我来说，现实中的他已然是一个他者，一个被扭曲了自我的他者，一个失去了自我的他者。

阿兰·德波顿在《身份的焦虑》中写道："每一个成年人的生活可以说包含着两个关于爱的故事，第一个就是追求性爱的故事，第二个就是追求来自世界之爱的故事，第二个关于爱的故事在强烈程度上一

点不亚于第一个,在复杂性、重要性和普遍性上也是如此,而且一旦
失败,所导致的痛苦不会比第一个少。"[1] 我们将在下面以图表的形式比
较被漠视和被关注的后果差异:[2]

被漠视的后果	
别人的看法	自我的感觉
你是一个失败者	我丢人现眼
你无关紧要	我是一个小人物
你毫不起眼	我愚蠢至极
	我聪明
	我受人欢迎
	我受人尊重

被关注的后果	
别人的看法	自我的感觉
你充满智慧	我聪明
你很重要	我受人欢迎
你非常成功	我受人尊重
	我丢人现眼
	我是一个小人物
	我愚蠢至极

　　根据观察上述表格我们发现同一个人被漠视与被关注的后果截然

---

　　① 阿兰·德波顿.身份的焦虑[M].陈广兴,南治国译.上海:上海译文出版社,
2007.22.

　　② 阿兰·德波顿.身份的焦虑[M].陈广兴,南治国译.上海:上海译文出版社,
2007.19.

不同。表格中的小字体部分表示容易被忽视的特点，由表格可以看出当人受到漠视时，"我聪明，我受人欢迎，我受人尊重" 这些优点就会被忽视，伴随而来的便是 "我丢人现眼，我是一个小人物，我愚蠢至极" 这些负面情绪。相反当一个人受到关注时，"我丢人现眼，我是一个小人物，我愚蠢至极" 这些消极情绪便会随风而去，"我聪明，我受人欢迎，我受人尊重" 这些良好感觉就会随之而来。看来世人的关注是人看重抑或是看轻自己的关键，没有了他人关注，人们容易对自我失去自信，从而难以按自己的秉性办事。

拉康有一段名言："如果一个人认为自己是国王的话他就是疯子，那么一个国王认为自己是国王的话，他同样也是个疯子。"① 这句话听起来有些令人费解，一个不是国王的人说自己是国王，人们认为他疯了这很好理解。可是为什么真的国王认为自己是国王，拉康也要认为他是疯子呢？"因为在拉康的逻辑中，主体是一个无，但'主体总得来说是相信自己是什么'，殊不知，自己的那个'什么'，不过是他者的映像"。② 比如我们可以说自己是医生、是教授，殊不知所谓医生和教授只是一种被承认的社会角色，我们无非总在力图扮演着自己的角色。同样我们认为自己是明星、是偶像，这也不过是他人对你的评价，因为这样的身份也是建立在众多他者、众多粉丝身上的。一旦依赖于粉丝来确认自我身份，那么就自然而然地要按粉丝们的标准去行动、去生活、去表现，粉丝们也会想当然地认为他们想对你怎样都可以。昆德拉在《不朽》中写过这样一句话："光荣意味着许多人认识您而您不认识他们；他们相信自己想对您怎么样都可以；他们希望知道您的一

---

① 米兰·昆德拉. 小说的艺术 [M]. 董强译. 上海：上海译文出版社，2011.45.

② 张一兵. 魔鬼他者：谁让你疯狂？——拉康哲学解读 [J]. 人文杂志，2004，（5）：18.

切，而且他们的举止表现得就像您是属于他们所有。"① 这种情况下人已不再是自我身份的主人，他们的身份被他者所控制、所建构，不能随心所欲做真实自我。结果可怜的你只能任他人摆布，丧失自我。

　　昆德拉在《不朽》中把人的生命分为三个阶段，第一阶段："死亡是十分遥远的事情，因此我们对它漠不关心。它是不必看的，看不见的。这是生活的第一阶段，是最最幸福的阶段。"② 第二阶段：我们突然看到死亡就在我们眼前，驱也驱不走。它始终和我们在一起。因为不朽和死亡难分难解，我们也可以说，不朽始终和我们在一起。歌德正是在生命的第二阶段，狂热地追逐不朽，为了不让贝蒂娜出版自己的传记，他自己写了自传《诗与真》，"我们为不朽定做一件无尾常礼服，为它买一条领带，生怕由别人来为它选择上装和领带，选择得不好"。③第三阶段昆德拉认为是最最短暂，最最神秘的阶段，在这一阶段人的精力衰退，疲惫不堪，乃至气息奄奄，走向死亡。换言之，死亡近在咫尺，人已懒得再去看它了，甚至无力关注死亡；而在第一阶段则不然，死亡是不必看的，看不见的，它距离新生儿还甚为遥远。歌德在生命的最后阶段终于对贝蒂娜忍无可忍，他愤怒地写下了"使人难以忍受的牛虻"这句话，这时候的他已经对不朽感到疲倦，他已经根本不再去想不朽了，所以他才敢与贝蒂娜决裂。只有到了生命的最后阶段人才真正意识到，其实"不朽是一种不值得一提的幻想，一个空洞

---

　　① 米兰·昆德拉.不朽［M］.王振孙，郑克鲁译.上海：上海译文出版社，2011.353.

　　② 米兰·昆德拉.不朽［M］.王振孙，郑克鲁译.上海：上海译文出版社，2011.81.

　　③ 米兰·昆德拉.不朽［M］.王振孙，郑克鲁译.上海：上海译文出版社，2011.353.

的字眼，一丝人们手持捕碟网追赶的风"。① 只可惜大部分的人都只停留在第二阶段，很少有人能到达第三阶段，"凡是能到达的人都知道，真正的自由就在那里，而不在任何别的地方"。②

那么既然意识到了上文所说的又何必等到生命的第三阶段才去自由生活呢？我们每个人在生活中都会像雅罗米尔或像歌德一样在意他人，不知不觉会去做他人认为应该做的事，说他人认为应该说的话，成为他人认为应该成为的样子。可纵然再小心翼翼最后还是难免会遭受他人误解，他人眼中的形象和自己想建立的形象很可能相去甚远。既然如此又何必太在意他者的看法呢？要想活出最真实的自己就要做自我身份的主人，就要不被他者目光所左右，只有这样才能追随本心。"众口难调"，我们的行为不可能满足所有他者的需求。所以，走自己的路，让别人去说吧。

6.4.2　媒体时代下的身份

斯图亚特·霍尔曾这样描述现代社会："大众传媒通过生成知识和影像给大众提供一个认识外部世界的通道。在社会高度发展、信息丰富芜杂以及生活形态多样变迁的同时世界也在一定程度上变得破碎、凌乱和神秘，而大众传媒恰好掩盖了这种破碎、凌乱和神秘。"③ 确实现代社会的大众传媒已经不知不觉渗透进了人们的日常生活中。比如买

---

① 米兰·昆德拉.不朽［M］.王振孙，郑克鲁译.上海：上海译文出版社，2011.82.

② 米兰·昆德拉.不朽［M］.王振孙，郑克鲁译.上海：上海译文出版社，2011.83.

③ 周志强.这些年我们的精神裂变：看懂你自己的时代［M］.北京：社会科学文献出版社，2013.162.

衣服这个表面看起来纯粹个人的行为，理论上来说买什么衣服、选什么品牌完全由个人爱好决定。但在今天任何购买行为都是受到各式各样广告渗透之后的选择，广告无疑对人们的自主选择能力带来了巨大的影响和冲击。这说明在现代人的选择行为中已经隐藏了他人的建议、他人的要求、他人的标准、他人的想象。媒体具有的权力已经到了难以想象的地步，一种看不见的权力笼罩在所有人之上，随着媒体对人的影响，人逐渐沦为媒体的附庸或奴隶。

　　大众传媒具有的权力让它自以为可以无孔不入，昆德拉描述了这样一个定律："国家的事务越是不清不楚，个人的事情就越必须透明；官僚主义尽管代表的是公事，但它是匿名的、秘密的、有密码的，是无法让人理解的，而私人则必须显示他的健康情况、经济状况、家庭状况。而且，假如大众媒体判决、决定的话，他就再也得不到一刻的隐私，不管是在爱情中，在疾病中，还是在死亡中。打破别人隐私的欲望是侵犯性的一种古老形式，今天，这一形式已经机构化，在道德上合法化，并被诗化了。"① 在《不朽》中，昆德拉以新闻记者与政治家、名人、明星的关系为例深刻揭示了现代人的生存状况，新闻记者和摄影师俨然是现代社会的眼睛，他们注视着政治家以及名人、明星的一举一动，他们俨然就是公平与正义的化身。

　　昆德拉在小说中提到了一个词即"媚俗"，该词的意思是不惜一切代价地讨好他人，而且是讨好最大多数人的一种态度。为了讨好，人就必须确定什么是大家都想听或想要的。大众传媒顾名思义是要吸引尽可能多的大众眼球，因此必须讨好大众以获得最大多数人的关注，可以说大众媒体不可避免是媚俗的。昆德拉说："直到不久以前的时代，现代主义还意味着一种对固有观念与媚俗的反保守主义的反叛。

---

① 米兰·昆德拉.小说的艺术［M］.董强译.上海：上海译文出版社，2011.45.

今天，现代性已经与大众媒体的巨大活力相容。成为现代人就意味着一种疯狂的努力，竭力跟上潮流，竭力与别人一样，竭力比那些最与别人一样的人还要与别人一样。现代性已被披上了媚俗的袍子。"①昆德拉一语道破了现代性的弊病。

　　昆德拉本人是坚持拒绝大众传媒对现代人的异化的。作为享誉世界的小说家，昆德拉特别低调，基本不出席公众活动，很少公开露面，对媒体和大众敬而远之。在他看来，"公众人物"的身份往往会给小说家的作品带来不利，其作品可能被视为其行为、宣言和立场的附庸品。福楼拜说过"艺术家应该让后世以为他没有生活过"②。莫泊桑为了不让自己的肖像出现在一系列著名作家的肖像册中而说道："一个人的私生活与他的脸不属于公众。"③纳博科夫也说过："我厌恶去打听那些伟大作家的珍贵生活，永远没有一个传记作者可以揭起我私生活的一角。"④按照这些小说家的说法，小说家应该是一位希望消失在自己的作品后面的人；一个真正的小说家应该具有的特征是：不喜欢谈自己。消失在自己的作品后面，也就是说拒绝成为公众人物。这在当今社会并不容易，因为今天任何略微有些重要性的事件都必然被大众媒体曝光，名人如同登上灯光刺眼得让人无可忍受的舞台。这显然与福楼拜的意愿相反，大众媒体会使作品消失在它的作者形象后面，而让人看到作者本人。当今没有人可以完全逃避媒体的关注，在这种处境下我们认为福楼拜的观点几乎是对现代人的警示：小说家一旦扮演公众人物的角色，就会使他的作品处于危险的境地。

　　按照昆德拉的说法，作家应该消失在作品后面，我们也可以推而

---

① 米兰·昆德拉.小说的艺术［M］.董强译.上海：上海译文出版社，2011.187.
② 米兰·昆德拉.小说的艺术［M］.董强译.上海：上海译文出版社，2011.187.
③ 米兰·昆德拉.小说的艺术［M］.董强译.上海：上海译文出版社，2011.186.
④ 米兰·昆德拉.小说的艺术［M］.董强译.上海：上海译文出版社，2011.183.

广之，画家应该消失在自己的画作后面，演员应该消失在自己的演绎作品后面。现代社会的事实恰恰相反，往往是作者把作品的光芒掩盖了。现代人但凡有一点名气就迫不及待到处做宣传，争取尽可能多地将自己曝光在媒体面前以便让观众记住。作品也许不怎么样可作者已无处不在地被媒体频频曝光。我们想到了一个电视节目叫《爸爸去哪儿》，几个孩子因为在节目中的表演受观众喜爱，节目播出以后可谓无处不见他们的身影，各类广告、娱乐节目、访谈节目中都能看到他们的曝光和作秀。此时观众感兴趣的已经不限于他们的节目作品本身了，而是更关心这些孩子在节目外的日常生活、孩子们的名牌服饰、孩子父母的爱情八卦等等，而作品本身被掩盖了。这显然是和昆德拉的思想背道而驰的，频频曝光在媒体面前确实能给一个人带来名誉与金钱，但同时他也不再是自我身份的主人了，从此他会被媒体、被无数观众所监视所奴役，必须时时刻刻注意自己的言行以维持在公众心中的完美形象。歌手李健说："娱乐圈是一种幻象，很多时候是艺人的虚荣心、自尊心加上观众的好奇心共同营造的。这种营造，其实是如梦幻一般的泡影。它可能会给人造成一些错觉。当一个歌手或者演员非常有名了，他可能觉得自己跟别人不太一样，而事实上，这个行业没有任何特权，或者说很多别人拥有的你无法拥有。这是一把双刃剑，得到了很多，失去了很多。所以，人在特别受关注的时候，应该冷静和远离人群。因为那种灯光下、人们的目光下，那种灼热感让你无所适从。"[1] 在娱乐圈如此，在其他领域其他行业也是如此。

　　在这个躁动的、媒体无所不在的社会中，昆德拉的观点与行动无疑给许多迷失在聚光灯下的人们指明了出路，让他们得以看清自己的处境。总之在现代社会，无论是名人还是普通人都应该清醒认识到大

---

[1] 参见 http://news.163.com/17/0319/13/CFT4LH8100018AOR.html.

众媒体对人无形的影响与控制，在媒体无所不在的时代更应该坚持自己的本心，坚持自我，静下心来做自己。

6.4.3　加法？减法？

昆德拉在《不朽》中阐释了加法和减法法则，即有的人减去他的"我"的所有表面和外来的东西，用这种方法接近他真正的本质；而有的人为了使他的"我"更加显眼和实在，在"我"上面不断加上新的属性，并尽量让自己与这些属性合而为一。所谓加法法则，就是在自我身上不断添加外部事物，比如金钱、名誉、地位、物质等，在追求加法法则的人眼中，外在财富的增加可以给他们带来显赫的身份。阿兰·德波顿在《身份的焦虑》中写道："一些非常富足的人仍孜孜以求地聚敛财富，尽管他们所拥有的已足够供其后五代人挥霍之用。如果我们坚持以理性的财务视角来分析他们，也许会对他们的狂热感到难以理解，但是，如果我们看到在积累财富的同时，他们其实也在赢取他人的尊重，我们就不会奇怪了。"[①]加法法则会促使人汲汲于功名利禄，不断追求物质财富。这种对外在物质的追求又并非为了满足生活需求，而是为了赢得他者关注以凸显自己的身份。阿兰·德波顿写道："身份高低决定了人情冷暖：当我们平步青云时，他人都笑颜逢迎；而一旦被扫地出门或失去官位，就只落得人走茶凉了。其结果是我们每个人都唯恐失去身份地位，如果察觉别人并不怎么喜爱或尊敬我们时就很难对自己保持信心。要想觉得自己不是一个'失败者'，我

---

① 阿兰·德波顿.身份的焦虑［M］.陈广兴，南治国译.上海：上海译文出版社，2007.6.

们必须期望更多的东西。"①

20世纪的信息技术发展一方面将人类活动效率提升到了一个新的高度，但另一方面就像著名学者刘易斯·芒福德指出的那样，"为了获得更多、更丰富的物质，人们牺牲了时间和当前的快乐，只是将幸福简单地与拥有汽车、浴缸和其他机械产品的数量画上了等号，芒福德将之称为'无目的的物质至上主义'。"②有评论家因此指出："当发展着的物质科技生产力忽略、脱离民众精神力的时候，就会丧失它应受人控制并为人服务的真正本质，而变成与人对立的人的异化力量。"现代社会已经进入了赫伯特·马尔库塞所批评的"物质丰富，精神痛苦"时代，马尔库塞用"人的需求遭致扭曲""人成了商品的奴隶"来加以说明，他指出，"追求物质享受并不是人的主要需求，因此物质需求的满足并不能给人幸福。人与动物不同，人非但不满足于锦衣玉食，酒池肉林，而且还力图摆脱物的束缚，追求更加高尚的东西。现代西方社会中的人们之所以在精神上感到莫大的痛苦，主要原因就在于把追求物质享受作为了自己的第一需要，从而把自己降低为一般的动物"。③

与古代人相比，现代人所拥有的物质财富已经如此令人炫目，按照加法法则，现代人增加在自己身上的物质数量已经非我们的祖先可以比拟。按理说现代人对自我身份应该越来越有信心，但为什么人的身份焦虑并没有因此而消散呢？随之而来的反而是一种挥之不去且愈

---

① 阿兰·德波顿.身份的焦虑［M］.陈广兴，南治国译.上海：上海译文出版社，2007.9.

② 刘易斯·芒福德.技术与文明［M］.陈允明，王克仁，李华山译.北京：中国建筑工业出版社，2009.238.

③ 陈学明.马尔库塞对现代西方社会"物质丰富、精神痛苦"现象的批判［J］.社会科学战线，1987，（4）：856.

演愈烈的"一无所有"的感觉，以及对这种感觉的恐惧，甚至"同那些在中世纪的欧洲大地上辛勤耕作却对岁尾收成毫无把握的祖先比起来，现在的生活富有且充满机遇的这些欧洲后裔们对身份的焦虑、对所有之物的担忧远甚于他们的祖先"。[①]按照阿兰·德波顿的解释是："我们从来就不会孤立地形成对事物的相应期待，我们的判断必然有一个参照群体——那些我们认为和自己差不多的人。只有同他们比较，我们才能确定我们合适的期待视野。我们不可能孤立地欣赏自己拥有的东西，也不可能通过与中世纪祖先进行比较来衡量我们现在的拥有。"[②]按照昆德拉的说法是这些增添的物质之所以不能成为人独特身份的组成部分，因为一个人能增添在自我身上的物质其他人通过努力同样可以拥有，等到很多人都拥有同样的物质时这些物质就不能再成为一个人专属的特征，不能再代表一个人的身份了。如奔驰车，在 20 世纪 70—80 年代的中国开奔驰的人很少，也许一个城市的奔驰数量屈指可数，因此在当时开奔驰确实能彰显出一个人显贵的身份，提及某人可以用开奔驰来对他的身份进行定位。随着经济社会发展，越来越多的人买得起奔驰，开奔驰成为一件司空见惯的事情，因此现在要想再通过开奔驰来定位一个人的身份已经很难，因为拥有这个同样属性的人太多导致它并不能再成为某一个人的特性。

可见运用加法法则来凸显自我身份的方式只能以悖论结束，这些人的出发点是使"自我"更加独特和难以模仿，试图通过拥有更多东西在人群中凸显自己的身份以赢得他者尊重，然而在为增加的属性进行宣传的过程中却又必须让人去认同，进而让绝大多数人和自己相像。

---

①　阿兰·德波顿. 身份的焦虑［M］. 陈广兴，南治国译. 上海：上海译文出版社，2007.37.

②　阿兰·德波顿. 身份的焦虑［M］. 陈广兴，南治国译. 上海：上海译文出版社，2007.38.

最终他们得到了相反的结果，那就是得来不易的"自我"又被丢掉了。人以拥有某种物质作为标准确认自我身份难免会在此过程中受物欲刺激，被他人目光左右，结果只能是被物质所异化，导致追求身份失败，这无疑是对当下物欲横流社会内在本质的揭露与讽刺。

昆德拉通过对加法法则的论述告诉我们，人会在不断追求外在物质过程中迷失自我，不断往身上增加物质不仅不能让身份凸显反而会让人与真实自我渐行渐远。只有认识到这一点我们在现实生活中才不会陷入"物质主义""功利主义"的泥潭，不会被现代社会琳琅满目的商品所裹挟，才能抵制异化，坚持自我。

本章小结

本章以前五章为基础，通过对《生活在别处》《无知》《身份》《不朽》这四部小说中"身份"主题的总结与提炼，同时把昆德拉其他小说中的"身份"主题融入其中，形成了一个相对完整的系统。我们把昆德拉对身份的关注分为"极权"统治下、流亡状态下、人类共同命运下人的身份三种境况，几乎昆德拉所有小说都能被囊括进这个系统中。接着我们从整体和纵向对昆德拉的"身份"理念进行了深入探讨和升华，以便让读者能更简明清晰地认识到其"身份"理念的特点，并且我们把这些特点与其他两位小说家作品中的"身份"主题与思想进行了横向比较，得出了昆德拉"身份"理念的与众不同之处。简言之，昆德拉"身份"理念的特点体现在：第一，对人在三种境遇下的可能性进行了探究，而不限于一种境况，这反映了其小说中"身份"主题的多样性；其次每部小说中的"身份"都涉及他者，而且都有两种对立的态度，一种态度是依赖他者，另一种态度是拒绝他者。我们所选取的四部作品虽然彼此孤立，但却有"他者"这条隐形线把它们连贯起来，使得这四部小说在本质上具有一致性；最后，昆德拉的"身份"理念反映了体现在哲学意义上，它不只反映了现实生活中人的具体身份，还反映了一种形而上意义上的抽象的本体论身份，这代表着昆德拉"身份"理念的深度。总之，昆德拉的"身份"理念是一种深度与广度相结合的理念。

在本章我们只阐述了昆德拉"身份"理念对现代人启示意义的一些方面，当然他的"身份"理念还能具有其他启示作用，每个人都能通过对其"身份"理念的理解得出自己的反思与感悟。而这需要建立在充分掌握作者"身份"理念的基础上，只有这样才能举一反三，才能真正理解昆德拉的小说，理解他的"身份"思想，从而在迷惘中摸索出一些摆脱身份困境的道路。

结　论

　　莎士比亚在名著《哈姆雷特》中写下一句经典独白："to be or not to be，that is a question。"王佐良把此名句翻译为"生存还是毁灭，这就是问题所在"。在莎士比亚作品中，哈姆雷特陷入极度痛苦、疑惑，对人生充满怀疑，觉得人活着没有意义，于是在"生存还是毁灭"之间徘徊，犹豫不决。在当今社会，莎士比亚这句名言仍然还能成为振聋发聩的警句。虽然自古以来人类一直在尝试认识自我，但却从没有达到终点，没有得到一个明确的答案。哲学的深奥晦涩让众多普通人望而却步，而作为一种艺术形式的小说却能以通俗易懂而又形象生动的方式让人们更清楚地认识到存在的真相，看到人在各种状态下的可能性。每位小说主人公的经历与遭遇都会引发我们反思自己的处境，从而有利于我们更清醒地认识自我，认识人与人之间的关系，认识这个世界，这正是小说的最大价值所在。

　　全球化的发展让越来越多肤色不同、语言不同、文化不同的人相识，相遇，相互交往，当诸多不同个体混杂在一起时，文化冲突日益尖锐，身份危机也随之凸显出来。正因如此，身份问题已然成为最近十几年来各个学术领域研究的热点话题和焦点话题。在工业文明膨胀的时代，在信息技术迅速发展的时代，在信仰危机的时代，工具理性不断对人类情感进行挤压与侵占，导致人类渐渐迷失了精神家园，现代社会呈现出意义缺失、精神迷茫的虚无主义倾向。世事变迁，随着经济社会和科学技术的狂飙突进，人渐渐趋向于物化，沦落为物质社会的附庸，最终失去人性和本该独属于人类的"身份"。当物质财富充盈了人们的生活，科技文化解释了自然的部分奥秘和规律后，人的心灵和精神的黑洞却日益扩大。

作为一名小说家，昆德拉以其小说创作具体而又生动地反映了现代人在追寻自我路上产生的迷茫、恐惧和焦虑等情感。正是因为作者紧紧抓住了身份认同危机这个根本的现代性问题，从而其小说具有了形而上的深邃。对于在工业文明和工具理性中迷失的现代人来说，昆德拉的隽永思想和人文精神无疑正是他们所需要找寻的精神家园和心智救赎良药。昆德拉对于身份的反思，超越个人并阐明了人类共同境遇，这是他对小说发展做出的贡献，也是他对现代社会，对人类做出的贡献。

人在本质上是具有社会属性的存在物，人的社会性决定了每一位个体的存在都离不开他者，正如约翰·多恩（John Donne 1572—1631）所言："没有人是一座仅仅只有自己的孤岛。"[1] 这说明自我与他者是相互影响、相互依存的。现代社会的他者更是变得无处不在，无孔不入，并且进行了各种形式的伪装。信息技术与大众媒体的迅猛发展，导致人的隐私越来越不受保障，从而导致现代人被暴露在越来越多他者的目光下。由于有了微博、微信、网络直播，任何一个普通人都有机会

---

① 原文为 No Man Is An Island，这是英国诗人约翰·多恩（John Donne 1572—1631）一首诗的标题。海明威喜爱这首诗，把它放在自己一部小说的正文之前标明主题，小说也用诗中的一句话作为书名，就是《丧钟为谁而鸣》。

获得更多人的关注，而在众多他者的关注下，人该如何坚持自我，保持本真，不忘初心，这便是昆德拉指导我们去反思的问题。中国古代哲人庄子早就说过："假于异物，托于同体。"言下之意，人身是假借了外面各项相异之物来暂时合成为一体的。因此，人唯有离开"假我"，才能认识"真我"。

在本书中，我们以昆德拉的四部小说为基础，以他者为视角并充分结合了昆德拉的人生经历、时代背景等，从多个角度和多个层面对其小说中的"身份"进行了深入解读，主要揭示了价值缺失下现代人身份的脆弱性与不确定性。我们把昆德拉对"身份"问题的关注分为了"极权"统治下、流亡状态下和人类共同命运下三个阶段，对每一阶段中人是如何受到他者异化的境况进行了详尽描述和深刻揭露。譬如《生活在别处》中的雅罗米尔不可自拔地沉浸于对虚幻理想身份的苦苦追寻中，承受着这个虚幻理想身份突然出现在他身上并背叛他所带来的折磨和痛苦；又如《身份》中的尚塔尔，一个需要男人目光来证实自己魅力的成熟女人，在一场试图换回她自信的暗恋游戏中差点迷失了自我，苦苦纠缠于两个身份之间不能自拔；又如《无知》中的伊莱娜是一个流亡者，她在过去与现实中倍受煎熬，苦苦寻求外部环境对她新身份的接受与认可，最后只能面临无尽的绝望困境无法脱身；又如《不朽》中的阿涅斯，她追求安宁、自由，拒绝他者目光，拒绝被他者异化，最终走向死亡从而摆脱了身份困扰，达到了永恒的宁静。我们发现昆德拉对这三种状态下人的"身份"思考是相辅相成的：正是因为昆德拉经历了流亡，经历了高压统治，他才对"身份"的脆弱性与不确定性有着深刻感悟，是他坎坷的人生经历促使他思考身份问题，让他更能体验到人存在的痛苦与荒诞。昆德拉笔下的人物经历显示出：无论是"极权"统治下、流亡状态下还是人类共同命运下的身份，作者都始终以"他者"为主线，从而去揭示人在各种境况下对他者的依赖。我们甚至认为昆德拉笔下这些人物的遭遇在某种程度上正是作者本人经历和内心的写照，因为作者遭受了东欧文化和西欧文化的冲突，在两种不同文化和两种不同语言之间游离，所以不得不在客观和精神双重流亡中抗争，顽强地在两种文化夹缝中求得生存。

　　我们试图通过对昆德拉小说中"身份"主题的分析，给现代人提供一面面行动的镜子。因为日常生活中确实有很多人和昆氏主人公一样面临相似处境，他们容易被他者目光所诱惑，总是在努力成为他者眼中应该成为的自己。人们常说的所谓"别人家的孩子"，在某种意义上不就是现实版的"雅罗米尔"吗？和雅罗米尔一样，这些孩子从小活在赞扬与光环下，犹如温室中的花朵被小心呵护。一旦有一天他们步入社会，遇到挫折，从小建立的优秀形象便会动摇以致得不到确认，从而容易产生身份焦虑甚至心理扭曲。其次，在现代中国全民大迁徙时代，很多人从农村来到城市，离开生于斯长于斯的故乡成为城市的一代移民、二代移民。对于很多农村青年来说，一方面他们不愿意再当农民，另一方面又无法在城市安居，不被城市所接纳，被迫沦为城市的"边缘人"。还有"北上广"之类的漂泊者，如北漂一族和南漂一族，他们也都不情愿再回到故乡，可大城市又容不下他们，这样不就像《无知》中的伊莱娜和约瑟夫吗？现代故乡观念已经越来越模糊了，伴随而来的身份观念也越来越模糊，不管在农村还是在城市，他们都是一个他者。因为在故乡，他们是离乡在外的漂泊者；在城市，他们是外地人，由此就像处于无根状态，难以找到自己的真正归属感。在物欲横流的社会中，人们纷纷迷失在对财富、对名誉的追逐中，扪心自问：我们越来越富有，但是真的越来越幸福吗？我们真的成为自己真心想成为的人了吗？

　　昆德拉的小说没有扣人心弦、激情起伏的情节，他是用哲思的方式在叙述故事。有些读者也许不喜欢这样的风格，因为他们追求的是心跳至死的紧张与刺激。然而那样的小说在给人带来紧张刺激以后又能剩下什么呢？也许是无尽的空虚和一如既往的迷惘吧。昆德拉的小说不一样，其作品就如陈年美酒，越品越香，也如一股清泉，能不断给人的思维注入清新与活力，促使人们去不断地进行思考和反思，从而让人们能更清醒地认识自我，认识这个世界。我们希望本书的分析能把昆德拉小说中精彩与深刻的一面展示出来，从而让读者能更好地认识到其小说的价值，认识到昆德拉作为一个小说家的独特与深邃之处。

身份本身就是要求人有自己的独特性，不能人云亦云，不能随波逐流，要做独一无二的自己。因此只有静下心来，回归自我，专注于自身，不被他者左右，才能在这个趋向单一的世界拥有独一无二的身份。这不禁让我们想起了杨绛先生的话："我们曾如此渴望命运的波澜，到最后才发现，人生最妙曼的风景，竟是内心的淡定与从容，我们曾如此期盼外界的认可，到最后才知道，世界是自己的，与他人毫无关系"。[①]

人的身份危机归根到底就是哲学意义上的"同一性"危机，也可以说是"是（Etre）"的危机。"同一性"指人与自我的"同一"，如果这种"同一性"遭到破坏，便会产生不安与焦虑。当与"自我"的"同一性"遭到破坏之后的人向外部他者寻求认可时，有时会成功得到身份确认，却自始至终都不能彻底解决身份危机。因为无论外界如何认可，人与自我的"同一性"这一内部矛盾始终没有得到解决，甚至会加剧。本书所探讨的昆德拉小说中的身份问题的最终落脚点在"同一性"上。譬如《生活在别处》中雅罗米尔的毁灭在于镜像破灭后，"同一性"遭到彻底破坏，与自我的"同一性"永远不可能恢复，于是只有走向灭亡。《无知》中流亡者的身份危机来自跨越祖国边界后原本

---

① 杨绛.百岁感言.

与自我所维持的"同一性"遭到破坏，而在移居国"异乡"他者的排斥导致其新的"同一性"建构不成功，是而产生身份危机。《身份》中尚塔尔的身份危机同样也是源自与理想"魅力"自我的"同一性"遭到破坏，她努力寻求陌生男人的目光以试图修复这种"同一性"却以失败告终。《不朽》中追逐不朽者之所以会沦落为"可笑的不朽者"，原因在于他们精心维护的"不朽者"形象，不是一个与真实自我维持"同一"的形象，而是一个已经被众多他者异化的形象。

在绪论中我们对"身份"这一概念已经进行了界定。在对小说文本进行分析之后，我们更明确了为什么选择"身份"而没有选择"同一性"这一用法。因为"同一性"危机是一种哲学高度上的"危机"，是终极危机和最根本的危机。而我们在对昆德拉的小说文本进行分析时是由浅入深的，并没有一开始就上升到"同一性"这种极具形而上意义的高度，因此"身份"这一概念更适合本书的研究。

总而言之，虽然我们尝试了对昆德拉小说中的"身份"进行深入剖析，但本书仍有很多不足之处，有待于完善。最重要的一点在于我们的哲学功底薄弱，导致对身份问题的哲学解读缺乏更精确、更丰富的哲学理论支持。在日后我们将加强哲学修养，特别是将认真研读笛卡尔以后的现代哲学理论，以便更好地理解现代哲学对人主体性身份的解释和探究，从而更深度地解读昆德拉小说中的"身份"。其次，我们将尝试用所掌握的身份理论和研究方法去分析其他移民作家，并试图对这些作家做横向比较研究，正如本书第六章第三节所做的尝试那样，有对比才能有发现。我们之所以对移民作家的身份问题感兴趣，是因为这些作家深受双重文化影响，他们的作品自然会"阐释受双重文化影响之后所形成的杂糅文化身份"。[①]移民作家的经历和追求有助

---

① 刘成富 . 当代法国文学镜像中的文化身份［J］. 当代文学，2016，（4）：156.

于我们探讨身份主题。诚然，身份问题不仅是文学领域的问题，也是社会学、人类学、政治学等多个学科领域的主题，我们将会更多地去涉猎其他领域有关身份的理论，特别是社会学方面的理论，争取能做到对文学与其他学科身份理论融会贯通，从而可以从多学科角度解决更多实际问题，让身份研究发挥其自身的现实价值。

参考文献

昆德拉著作中文版

［1］米兰·昆德拉.被背叛的遗嘱［M］.余中先译.上海：上海译文出版社，2011.

［2］米兰·昆德拉.不能承受的生命之轻［M］.许钧译.上海：上海译文出版社，2011.

［3］米兰·昆德拉.不朽［M］.王振孙，郑克鲁译.上海：上海译文出版社，2011.

［4］米兰·昆德拉.慢［M］.马振骋译.上海：上海译文出版社，2011.

［5］米兰·昆德拉.身份［M］.董强译.上海：上海译文出版社，2011.

［6］米兰·昆德拉.生活在别处［M］.袁筱一译.上海：上海译文出版社，2011.

［7］米兰·昆德拉.玩笑［M］.蔡若明译.上海：上海译文出版社，

2011.

　　［8］米兰·昆德拉.无知［M］.许钧译.上海：上海译文出版社，
2011.

　　［9］米兰·昆德拉.小说的艺术［M］.董强译.上海：上海译文出版社，2011.

　　［10］米兰·昆德拉.笑忘录［M］.王东亮译.上海：上海译文出版社，2011.

昆德拉著作法文版

　　［1］KUNDERA Milan. *Le livre du rire et de l'oubli*［M］. Paris：Editions Gallimard，1987.

　　［2］KUNDERA Milan. *L'immortalité*［M］. Paris：Editions Gallimard，1991.

　　［3］KUNDERA Milan. *L'insoutenable légèreté de l'être*［M］. Paris：Editions Gallimard，1991.

　　［4］KUNDERA Milan. *La plaisanterie*［M］. Paris：Editions Gallimard，1991.

　　［5］KUNDERA Milan. *La vie est ailleurs*［M］. Paris：Editions Gallimard，1991.

　　［6］KUNDERA Milan. *Les testaments trahis*［M］. Paris：Editions Gallimard，1993.

　　［7］KUNDERA Milan. *La lenteur*［M］. Paris：Editions Gallimard，1994.

　　［8］KUNDERA Milan. *L'identité*［M］. Paris：Editions Gallimard，1997.

［9］KUNDERA Milan. *L'art du roman*［M］. Paris：Editions Gallimard，1999.

［10］KUNDERA Milan. *L'ignorance*［M］. Paris：Editions Gallimard，2003.

外文文献

［1］ABOU Sélim. *L'identité culturelle*［M］.Antropos，1984.

［2］ARENDT Hannah.*Condition de l'homme moderne*［M］. Paris：Gallimard，1973.

［3］AUGE Marc. *Pour une anthropologie des mondes contemporains*［M］. Paris：Flammarion，1994.

［4］BHABHA Homi K. *The location of cultural*［M］. London：Routledge.

［5］BINSWANGER Ludwig.*Introduction à l'analyse existentielle*［M］. Paris：Edtions de Minuits，1971.

［6］CHARTIER Pierre. *Introduction aux grandes théories du roman*［M］. Paris：Dunod，1998.

［7］CHENG François. *Le Dialogue : une passion pour la langue francaise*［M］. Paris：Desclee de Brouwer，2002.

［8］CHVATIK Kvetoslav. *Le monde romanesque de Milan Kundera*［M］. Paris：Editions Gallimard，1994.

［9］CLAUDE Benoit. *Quand "je" suis un autre. A propos d'une belle matinée de Marguerite Yourcenar*［M］. gitur，Utrecht Publishing & Archiving Services，2008.

［10］DRAPEAU CONTIM Filipe. *Qu'est-ce que l'identité*［M］.

Paris：Librairie philosophique J.Vrin 6，2010.

［11］EVA Le Grand. *Kundera ou la mémoire du désir*［M］. Paris：L'Harmattan，1995.

［12］FERRET St é phane. *L'identité*［M］. Paris：GF-Flammarion，1998.

［13］FERRET Stéphane. *Le bateau de thésée,le problème de l'identité à travers le temps*［M］. Paris：Les Editions de Miniut，1996.

［14］FOUCAULT Michel. *The Order of Things—An Archaeology of the Human Sciences*［M］. New York：Vintage Books Editio，1973.

［15］GUENANCIA Pierre. *L'identité*［M］. Paris：Editions Gallimard，coll. Notions de philosophie，sous la direction de KAMBOUCHENER Denis，1995.

［16］KOSKOVA Helena. *Milan Kundera*［M］. Prague：H&H，1998.

［17］KUNDERA Milan. *Comedy is Everywhere*［J］. Index on Censoship，1977.

［18］KUNDERA Milan. *Prague, poème qui disparait*［J］. Débat，1980.

［19］KUNDERA Milan. *Un Occident kidnappé ou la tragédie de l'Europe centrale*［J］. Le Débat，1983.

［20］MARIA Nemcova Banerjée. *Paradoxes terminaux, Les romans de Milan Kundera*［M］. Paris：Editions Gallimard，1993.

［21］MARIA Nemcova Banerjée. *Paradoxes terminaux, Les romans de Milan Kundera*［M］. Paris：Editions Gallimard，1993 pour la traduction française.

［22］MARTINE Boyer Weinmann. *Lire Milan Kundera*［M］. Paris：

Armand Colin, 2009.

［23］MCEWAN Ian. *An interview with Milan Kundera*. Granta, 1984, （11）.

［24］R. M. Albérès. *Histoire du roman moderne* ［M］. Paris: Albin Michel, 1963.

［25］RICARD François. *Le Dernier Après-midi d'Agnès, essai sur l'oeuvre de Milan Kundera* ［M］. Paris: Gallimard, 2003.

［26］RIZEK Martin. *Comment devient-on Kundera·, Image de l'écrivain, écrivain de l'image* ［M］. Paris: L'Harmattan, 2001.

［27］SAID Edward. *Orient al ism* ［M］. Lon-don: Routledge & Kegan Paul, 1978.

［28］SAID Edward. *Reflections on exile* ［M］. in Granta, 1984.

［29］SARTRE Jean-Paul. *L'existentialisme est un humanisme* ［M］. Paris: éditions Gallimard , coll.Folio/essais, n° 284, 1999.

［30］SAULIN-RYCKEWAERT Anneliese. *Théorie et pratique du roman européen dans l'oeuvre de Milan Kundera* ［M］. Paris: ANRT Diffusion. 2003.

［31］SILVIA Kadiu. *George Orwell-Milan Kundera, Individu, littérature etrévolution* ［M］. Paris: L'Harmattan, 2007.

［32］TODOROV. Tzvetan. *Les Abus de la Mémoire* ［M］. Paris: Arléa.

［33］VELICHKA Ivanova. *Fiction, utopie, histoire, Essai sur Philip Roth et Milan Kundera* ［M］. Paris: L'Harmattan, 2011.

［34］VINCENTS Descombes. *Les Embarras de l'identité* ［M］. Paris: Gallimard, 2013.

中文文献

［1］阿尔贝·加缪.西西弗神话［M］.杜小真译.南宁：广西师范大学出版社，2002.

［2］阿尔弗雷德·格罗塞.身份认同的困境［M］.北京：社会科学文献出版社，2010.

［3］阿兰·德波顿.身份的焦虑［M］.陈广兴，南治国译.上海：上海译文出版社，2007.

［4］埃马纽埃尔·勒维纳斯.塔木德四讲［M］.关宝艳译.北京：商务印书馆，2002.

［5］艾晓明.小说的智慧：认识米兰·昆德拉［M］.长春：时代文艺出版社，1992.

［6］安东尼·吉登斯.现代性的后果［M］.田禾译.南京：译林出版社，2011.

［7］安东尼·吉登斯.现代性与自我认同［M］.赵旭东，方文，王铭铭译.上海：三联书店，1998.

［8］巴塔耶.色情史［M］.刘晖译.北京：商务印书馆，2003.

［9］柏拉图.辩护词［M］.水建馥译.西安：西安出版社，1998.

［10］保罗·利科.作为一个他者的自身［M］.佘碧平译.北京：商务印书馆，2013.

［11］彼得·毕尔格.主体的退隐［M］.夏清译.南京：南京大学出版社，2010.

［12］彼得·伯格.与社会学同游［M］.何道宽译.北京：北京大学出版社，2008.

［13］彼得·雷森伯格.西方公民身份传统——从柏拉图到卢梭［M］.郭台辉译.长春：吉林出版集团有限责任公司，2009.

［14］陈功继.对自我之谜的关注——关于昆德拉小说中自我主题的剖析［D］：［硕士学位论文］.重庆：西南大学，2009.

［15］陈学明.马尔库塞对现代西方社会"物质丰富、精神痛苦"现象的批判［J］.社会科学战线，1987，（4）.

［16］褚孝泉.穿越拉康的魔镜［J］.国外社会科学，1998，（6）.

［17］董强.昆德拉的欧洲视野［J］.读书，2003，（8）.

［18］董学文.西方文学理论史［M］.北京：北京大学出版社，2005.

［19］方汉文.后现代主义文化心理：拉康研究［J］.国外社会科学，1998，（6）.

［20］菲利克斯·格罗斯.公民与国家——民族、部落和族属身份［M］.王建娥，魏强译.北京：新华出版社，2003.

［21］费尔迪南·德·索绪尔.普通语言学教程［M］.高名凯译.北京：商务印书馆，1999.

［22］弗朗索瓦·里卡尔.阿涅斯的最后一个下午［M］.袁筱一译.上海：上海译文出版社，2005.

［23］福柯.规训与惩罚［M］.北京：生活·读书·新知三联书店，1999.

［24］高行健.一个人的圣经［M］.台北：联经出版事业公司，2000.

［25］高兴.米兰·昆德拉传［M］.北京：新世界出版社，2005.

［26］高兴摘译.罗思和昆德拉关于《笑忘录》的对话［J］.外国文学动态，1994，（6）.

［27］龚群，完颜华.论死与不朽［J］.江汉论坛，2006，（10）.

［28］郝朝帅.焦虑与虚妄［J］.广东第二师范学院学报，2016，（2）.

［29］黑格尔.逻辑学［M］.杨一之译.北京：商务印书馆，1976.

〔30〕黑格尔.小逻辑〔M〕.贺麟译.北京:商务印书馆,1980.

〔31〕胡塞尔.欧洲科学的危机与超验论的现象学〔M〕.张庆熊译.上海译文出版社,1988.

〔32〕黄蓓佳.无知背后的深渊〔N〕.北京青年报,2008,(8).

〔33〕黄作.从他人到"他者"——拉康与他人问题〔J〕.哲学研究,2004,(9).

〔34〕加缪.加缪文集〔M〕.郭宏安等译.南京:译林出版社,2002.

〔35〕蒋欣欣.身份/认同〔M〕.选自王晓路等著.文化批评关键词研究〔M〕.北京:北京大学出版社,2007.

〔36〕解华.从捷克到法国——米兰·昆德拉的文化身份建构〔J〕.江淮论坛,2014.

〔37〕解华.米兰·昆德拉的欧洲文化身份建构〔J〕.安徽师范大学学报人文社会科学版,2013,(1).

〔38〕卡特琳娜·阿尔冈辑录.程抱一访谈录〔J〕.刘阳译.当代外国文学,2002,(4).

〔39〕拉康.拉康选集〔M〕.褚孝泉译.上海:上海三联书店,2001.

〔40〕李凤亮,李艳.对话的灵光:米兰·昆德拉研究资料辑要(1986—1996)〔M〕.北京:中国友谊出版公司,1999.

〔41〕李平,杨启宁.米兰·昆德拉:错位人生〔M〕.成都:四川人民出版社,2000.

〔42〕李倩倩.找寻自我的存在之路——论米兰·昆德拉流散写作下的心灵变迁〔D〕:〔硕士学位论文〕.兰州:兰州大学,2011.

〔43〕李维.米兰·昆德拉流亡书写下的身份认同〔D〕:〔硕士学位论文〕.长沙:湖南师范大学,2010.

［44］里德.拉康［M］.北京：文化艺术出版社，2003.

［45］刘成富.当代法国文学镜像中的文化身份［J］.当代文学，2016，（4）.

［46］刘建徽.在流散中重构本土文化［J］.博览群书，2011，（4）.

［47］刘文.拉康的镜像理论与自我的建构［J］.学术交流，2006，（7）.

［48］刘晓露.话语权力观照下的主体身份建构［J］.求索，2012，（1）.

［49］刘阳.双重身份双重视角——程抱一与中西文化交流［J］.国外文学，2006，（1）.

［50］刘易斯·芒福德.技术与文明［M］.陈允明，王克仁，李华山译.北京：中国建筑工业出版社，2009.

［51］刘英梅.米兰·昆德拉小说的流亡主题论析［J］.重庆师范大学学报，2006，（2）.

［52］露易丝·奥本赫姆.米兰·昆德拉访问录［J］.段怀清译.当代外国文学，1991，（1）.

［53］罗洛·梅.心理学与人类困境［M］.郭本禹，方红译.北京：中国人民大学出版社，2010.

［54］罗洛·梅.自由与命运［M］.郭本禹译.北京：中国人民大学出版社，2010.

［55］马云龙.主体的颠覆——拉康精神分析学中的"自我"［J］.武汉：华中师范大学出版社，2004，（6）.

［56］米歇尔·福柯.规训与惩罚［M］.刘北成，杨远缨译.北京：生活·读书·新知三联书店，2007.

［57］莫里斯·哈布瓦赫.论集体身份［M］.毕然，郭金华译.上海：上海人民出版社，2002.

［58］帕特里克·莫狄亚诺.暗店街［M］.李玉民译.上海：上海三联书店，2008.

［59］齐泽克.意识形态的崇高对象［M］.北京：中央编译出版社，2002.

［60］钱超英.流散文学与身份研究［J］.中国比较文学，2006（2）.

［61］钱锺书.说"回家"［J］.观察，1947.转引季进.钱锺书与现代西学［M］.上海：三联书店，2002.

［62］乔格蒙·鲍曼.后现代性及其缺憾［M］.郇建立译.上海：学林出版社，2002.

［63］乔纳森·弗里德曼.文化认同与全球化过程［M］.郭建如译.北京：商务印书馆，2003.

［64］让·雅克·卢梭.社会契约论［M］.何兆武译.北京：商务印书馆，2003.

［65］荣格.心理类型［M］.吴康译.上海：三联书店出版，2009.

［66］萨尔曼·拉什迪.论君特·格拉斯［Z］.黄灿然译.江苏人民出版社，2009.

［67］萨特.存在与虚无［M］.陈宣良等译.北京：生活·读书·新知三联书店，1997.

［68］萨特著，周煦良，汤永宽译.存在主义是一种人道主义［M］.上海：上海译文出版社，1988.

［69］赛义德.东方学［M］.王宇根译.北京：三联书店，1999.

［70］赛义德.知识分子论［M］.单德兴译.北京：三联书店，2002.

［71］生安锋.霍米·巴巴的后殖民理论研究［D］：［博士学位论文］.北京：北京语言大学，2004.

［72］石浩.文化身份的追寻——对程抱一小说《天一言》的研究

［D］：［硕士学位论文］. 太原：山西师范大学，2013.

［73］覃明兴. 移民的身份建构研究［J］. 浙江社会科学，2005，（1）.

［74］汪民安. 乔治·巴塔耶的色情和死亡［J］. 读书，2004，（2）.

［75］王恒.《时间性：自身与他者——从胡塞尔、海德格尔到列维纳斯》［M］. 南京：江苏人民出版社，2006.

［76］王娜. 身份的焦虑与建构［D］：［博士学位论文］. 武汉：武汉大学，2013.

［77］吴琼. 雅克·拉康：阅读你的症状［M］. 北京：中国人民大学出版社，2011.

［78］吴晓东. 从卡夫卡到昆德拉：20世纪的小说和小说家［M］. 北京：三联书店，2003.

［79］仵从巨. 叩问存在：米兰·昆德拉的世界［M］. 北京：华夏出版社，2005.

［80］西格蒙德·弗洛伊德. 梦的解析［M］. 方厚升译. 杭州：浙江文艺出版社，2016.

［81］肖恩·霍默. 导读拉康［M］. 重庆：重庆大学出版社，2014.

［82］肖燕，文旭. 语言认知与民族身份构建［J］. 外语研究，2016，（4）.

［83］徐枫. 他人即地狱——萨特戏剧《密室》浅析［J］. 四川外语学院学报，1992，（4）.

［84］徐真华. 米兰·昆德拉：小说是关于存在的诗性之思［J］. 武汉：外国文学研究，2008，（4）.

［85］徐真华，张弛.20世纪法国小说的"存在"观照［M］. 广州：暨南大学出版社，2011.

［86］许钧. 流亡之梦与回归之幻［J］. 外国文学评论，2004，（4）.

［87］杨绛. 百岁感言.

［88］杨爽.在目光尽头寻找自我——论米兰·昆德拉小说中"自我"的呈现［D］:［硕士学位论文］.上海:上海外国语大学，2007.

［89］杨卫东.《无奈的放纵，无趣的狂欢》评论［J］.世界文学，2007，（3）.

［90］詹明信.晚期资本主义的文化逻辑［M］.北京:三联书店，1997.

［91］张弛.昆德拉的"欧洲小说观"——昆德拉小说诗学研究之一［J］.当代外国文学，2005，（3）.

［92］张弛.昆德拉的"欧洲小说观"——昆德拉小说诗学研究之一［J］.当代外国文学，2005，（3）.

［93］张弛.小说和所是？小说何所为？——昆德拉小说诗学研究［J］.外国文学研究，2008，（3）.

［94］张德明.流浪的缪斯［J］.外国文学评论，2002，（2）.

［95］张德明.西方文学与现代性的展开［M］.北京:中国社会科学出版社，2009.

［96］张剑.西方文论关键词——他者［J］.外国文学，2011，（1）.

［97］张萌.埃里克森八阶段理论视角下的家庭教育对儿童初始社会化的影响［J］.现代职业教育，2016，（22）.

［98］张一兵.不可能的存在之真［M］.北京:商务印书馆，2006.

［99］张一兵.从自恋到畸镜之恋［J］.现代外国哲学研究，2004，（6）.

［100］张一兵.魔鬼他者:谁让你疯狂？——拉康哲学解读［J］.人文杂志，2004，（5）.

［101］赵琼红.镜中之像——阅读和理解昆德拉小说世界的一条新路径［J］.北方论丛，2004.

［102］赵稀方.后殖民理论［M］.北京:北京大学出版社，2009.

［103］赵一凡．西方文论关键词［M］．北京：外语教学与研究出版社，2006．

［104］周力行．捷克史——波西米亚的传奇［M］．台北：三民书局，1997．

［105］周启超．超越国界的角色转换——20世纪侨民文学的文化功能邹议［J］．译林，2003，（2）．

［106］周志强．这些年我们的精神裂变：看懂你自己的时代［M］．北京：社会科学文献出版社，2013．

［107］邹涛．叙事、记忆与自我［M］．成都：电子科大出版社，2014．

电子资源

［1］http://book.ifeng.com/shupingzhoukan/special/detail_2014_09/16/161100_0.shtml．

［2］http://culture.ifeng.com/a/20141009/42163040_0.shtml．

［3］http://news.163.com/17/0319/13/CFT4LH8100018AOR.html．

［4］http://rue89.nouvelobs.com/blog/blog-de-martin-danes-sur-lactualite-tcheque/2009/04/27/pourquoi-les-tcheques-detestent-milan-kundera-100201．

［5］http://bbs.tiexue.net/post2_4245021_1.html．

［6］http://www.Lxbook.org/zjzp/german/g_030.htm．

［7］www.cnki.com．

［8］www.thèse.fr．

词典

［1］杜布瓦. 拉鲁斯法汉词典［Z］.梁音等译.北京：商务印书馆，2014.

［2］外研社·现代法汉汉法词典［Z］.北京：外语教学与研究出版社，2000.

［3］张寅德.新法汉词典［Z］.上海：译文出版社，2001.